STRESS de Brest à Trévarez

Aux Éditions Alain Bargain

Dans la collection
ENQUÊTES ET SUSPENSE :

Christophe Chaplais
- Pâté de Corbeau aux amandes amères *(épuisé)*
- Le calisson jusqu'à la lie
- Farz aux herbes de Portsall
- Addition salée au Croisic
- Salade russe aux noix de Grenoble *(épuisé)*
- Fourchette mortelle à Chinon *(épuisé)*
- Soupe de Crabes à Brest
- La face cachée des Étoiles *(épuisé)*
- Mélodie gourmande à Guérande

Jean-Pierre Farines
- Brume sur la Presqu'île
- La route de Rocamadour
- Le Phénix est mort à Camaret
- Cercueil vide en Mer d'Iroise

Solenn Colléter
- Lettres de sang sur la Côte Sauvage

Vincent Cabioch
- 5 Diables Verts à Huelgoat

Patrick Bent
- Erquy profite le crime *(épuisé)*
- Le macchabée du Val-André *(épuisé)*
- Saint-Cast priez pour eux ! *(épuisé)*
- Hécatombe à Saint-Malo *(épuisé)*
- Nuit noire à Dinard *(épuisé)*
- Algues fatales à Erquy *(épuisé)*
- Rock'n'Roll à Lamballe
- Pluie de fiel sur Fréhel
- Arnaque à Erquy

Aux Éditions Alain Bargain

Dans la collection ***POL'ART :***

Serge Le Gall
- Sombre dessein à Pont-Aven
- Meurtres du côté de chez Proust *(épuisé)*
- Eaux-fortes à Ste-Marine *(épuisé)*
- Ciel rouge au Pouldu *(épuisé)*

Loïc Gourvennec
- Le râle du basson *(épuisé)*

Yves Horeau
- Monsieur Butterfly *(épuisé)*

Renée Bonneau
- Nature morte à Giverny *(épuisé)*
- Séquence fatale à Dinard *(épuisé)*
- Sanguine sur la Butte *(épuisé)*

Stéphane Jaffrézic
- Toiles de fond à Concarneau
- Le Rubis de Châteauneuf-du-Faou

Bernard LARHANT

STRESS de Brest à Trévarez

Collection

ENQUÊTES & SUSPENSE

Quadri Signe - Editions Alain Bargain
125, Vieille Route de Rosporden - 29000 Quimper
E-mail : contact@editionsalainbargain.fr
Site Internet : www.editionsalainbargain.fr
Facebook : https://www.facebook.com/editionsalainbargain

DU MÊME AUTEUR :

- *La croisée des maux* - roman - 2006 - Art Média Éditions (à présent Arphilvolis).

Le blog de l'auteur : http://motsdebernard.canalblog.com/

Nous remercions le Conseil départemental du Finistère et tout particulièrement monsieur Le Boulanger, directeur du château de Trévarez, pour son accord de prises de vues de ce site magnifique.

REMERCIEMENTS

À André Morin et Jean-Pierre Homo, pour leurs conseils d'enquêteurs, le premier côté police, le second côté gendarmerie.

À Renan Péron, pour son expertise autour de la scène du sniper et à Stéphanie qui l'a accompagné autour du domaine de Trévarez.

À Dominique Descamps, pour sa relecture amicale et attentive.

PRINCIPAUX PERSONNAGES

PAUL CAPITAINE : 58 ans, capitaine de police, ancien agent des services secrets français. Natif de Quimper, il connaît bien la région. Il trouve au sein de la brigade judiciaire une seconde jeunesse grâce à Sarah, sa fille et partenaire. Compagnon de la vice-procureure Dominique Vasseur, actuellement en mission aux États-Unis.

SARAH NOWAK : 34 ans, d'origine polonaise, lieutenant de police. Elle a découvert en Paul Capitaine le père qu'elle recherchait. Dotée d'un caractère généreux, elle cultive des rêves d'absolu. Souvent attachante, parfois irritante, toujours franche et sincère. Avec son compagnon Quentin, jeune pompier, ils sont les parents de Pauline.

ROSE-MARIE CORTOT : 33 ans, d'origine antillaise, enquêtrice de police. « RMC » pour tout le monde. Le rayon de soleil de l'équipe par sa bonne humeur, le maillon fort de la brigade judiciaire par son génie de l'informatique. Meilleure amie de Sarah, compagne de Mario, ancien policier et détective privé, jeune maman d'un petit Théo.

BLAISE JUILLARD : 32 ans, célibataire, lieutenant de police. Le père a été un ponte du quai des Orfèvres ; le fils ne possède pas son étoffe. Sous ses airs nonchalants, qui lui ont valu le surnom de Zébulon, il n'est pas dénué de vivacité d'analyse. Amoureux transi de Sarah.

MEHDI LANGEAIS : 40 ans, divorcé, lieutenant de police, tout juste débarqué à Quimper. Ancien garde du corps de personnalités, il a passé avec succès son examen d'OPJ. Il est discret sur son passé mais a trouvé l'amour auprès de Julie Varaigne, secrétaire de Mario Capello dans son cabinet de détective.

LAURE BARBOTAN : 34 ans, célibataire, substitute de la procureure. Ambitieuse et besogneuse, libre et spontanée, elle a trouvé en Paul Capitaine un policier aguerri pour apprendre son métier de magistrate.

PROLOGUE

Jeudi 5 septembre, 9 h 30, voie express Quimper-Brest

Les derniers mois avaient apporté de gros changements autour de moi, pas forcément positifs et, pour me montrer honnête, je ne me sentais pas dans ma meilleure forme morale. Je détestais ces phases mornes et moroses qui semblaient me priver de toute énergie. La vie se déroulait ainsi, de manière cyclique, avec ses périodes fastes et ses zones de turbulences, quand on devait rentrer la tête et fermer les yeux, à cause du vent de face. J'étais plongé dans l'une de ces phases sinistres dont je ne parvenais pas à m'extirper, incapable de me forcer à réagir.

Par chance, Sarah se trouvait sur un petit nuage et allégeait mon quotidien de son ambiance primesautière, même si, au volant, je lui réclamais sans cesse un peu plus de concentration et de vigilance. Elle ne comprenait pas comment un être humain pouvait être plus heureux qu'elle ne l'était en cette période, avec une adorable petite Pauline, le soleil de ses journées, qui faisait déjà ses premiers pas, un mari sérieux et prévenant comme il n'en existait pas deux sur terre, sans oublier le beau magot à l'abri sur son compte en banque, après l'héritage inattendu à la mort de Condor. Car, à l'ouverture de son testament, on avait découvert que Conrad Dormeuil, alias Condor, mon référent dans les services secrets, mon mentor et mon ami, était en fait polonais d'origine et membre de la famille de Beata, la mère de Sarah. Et il avait fait de ma fille l'héritière d'un important patrimoine immobilier.

Comprenant que, même si je me réjouissais pour elle, je ne baignais pas dans la même euphorie, ma fille me demanda où j'en étais dans ma vie amoureuse. Je feignis de ne pas comprendre le sens de la question, bottai rapidement en touche et lui assurai que ma thérapie personnelle fonctionnait parfaitement. Sarah soupira de dépit, je savais que je l'exaspérais parfois par mes cachotteries. Comme si, au prétexte qu'elle était ma fille, je devais ne rien lui cacher de ma vie privée. Même un père a sa pudeur, mince !

En fait, depuis quelques mois, j'avais renoué le contact avec une amie d'enfance, un amour de jeunesse, Françoise Mével, ancienne propriétaire de l'hôtel des Voyageurs, face à la gare de Quimper. Pas facile ni intense, la relation, car Soizig, comme on l'appelait souvent depuis les bancs de l'école, habitait en banlieue parisienne auprès de sa fille et ne venait en Bretagne qu'un week-end tous les deux mois environ. De mon côté, difficile de rallier Paris à cause de mes horaires de fou, avec un total d'heures supplémentaires accumulées ahurissant. Par chance, il restait le téléphone, mais, malgré le progrès permanent, on ne faisait pas encore tout avec un téléphone…

Pour le reste, ce qui me préoccupait le plus, c'était l'arrivée à Quimper d'un nouveau et tout jeune commissaire à la place de Radia Belloumi, mais aussi d'une procureure au passé sulfureux au poste occupé voilà peu par le paisible et sécurisant Julien Vanhamme. Une page de la vie policière et judiciaire de la ville venait de se tourner, mine de rien, et nul ne savait ce que l'avenir allait nous réserver. Pour l'heure, nous restions dans l'expectative, dans l'attente de premières affaires significatives pour juger sur pièce.

Comme on pouvait s'y attendre, Radia Belloumi avait quitté Quimper, où elle n'avait plus rien à prouver, pour prendre une année sabbatique. Les récents événements – surtout son séjour injuste derrière les barreaux – l'avaient profondément marquée, même si elle tentait de n'en rien laisser paraître. Elle rencontrait souvent Katell Pin qui, elle-même, avait quitté ses fonctions de présidente du conseil départemental pour envisager une page nouvelle de sa carrière politique, à coup sûr sur le plan national. Nul ne savait ce qu'elles tramaient ensemble et, comme elles avaient quitté la ville du jour au lendemain, en snobant toutes les cérémonies habituelles en de telles circonstances, les supputations allaient bon train.

Un nouveau commissaire avait donc débarqué à

Quimper, frais émoulu de l'École nationale supérieure de police. Guilhem de Wancourt avait une belle gueule de premier de la classe, une tête bien remplie, de la repartie et une certaine prestance. Il lui manquait ce qui faisait défaut à tous les jeunes loups aux dents longues : l'expérience. Il n'avait que 29 ans et, décidé à imposer son style et son autorité, il avait choisi de diriger la boutique selon ses méthodes, avec fermeté et arrogance, sans les conseils parfois avisés des chefs de groupe et autres policiers d'expérience. Une option risquée, selon moi, à l'opposé du management de Radia, tout en concertation et en communication avec ses équipes.

Dans le même temps, comme cela était prévu, Carole Mortier avait officialisé sa mutation à Rennes, où elle allait retrouver son ex – proche de redevenir son mari –, Guéric Boissard, lui aussi OPJ. Priscilla, leur fille, était forcément aux anges, appelant ce rapprochement de tous ses vœux depuis tant d'années. Pour l'équipe, le départ de Carole, la cheffe de groupe, c'était un coup dur. Elle savait mettre de l'huile dans les rouages, prendre les décisions avec justesse, fédérer l'équipe avec fermeté mais aussi douceur. J'avais hérité du poste sans enthousiasme particulier, d'autant que Rose-Marie Cortot, l'enquêtrice antillaise amie de Sarah, était, elle aussi, proche de quitter le commissariat pour rejoindre son époux détective, Mario Capello. L'équipe se réduisait comme une peau de chagrin et il ne restait à mes côtés que Sarah, Blaise Juillard et Mehdi

Langeais, tous trois lieutenants. Un stagiaire, dont on ignorait encore l'identité, allait bientôt se joindre au groupe.

Enfin, troisième changement d'importance dans le paysage de la ville, l'arrivée de Consuelo Da Costa, nouvelle procureure de la République. Une superbe femme de 47 ans d'origine portugaise, comme le révélaient son identité et sa chevelure noire, une magistrate dotée d'un fort tempérament. La France avait entendu parler d'elle à la suite de sa décision de remettre en liberté un supposé pédophile qui n'allait pas tarder à repasser à l'acte. Un sujet sensible qui fit couler beaucoup d'encre et avait déchaîné la vindicte populaire. L'affaire s'était déroulée dans le Cher… et elle avait pris cher. La magistrate avait assumé avec courage et honnêteté son erreur de jugement, sans pour autant encourir d'autre sanction qu'une mutation en Guyane. Le procureur général n'avait pas jugé utile de saisir le Conseil supérieur de la magistrature, au grand dam des familles des nouvelles victimes. Consuelo Da Costa revenait donc en métropole, après une période discrète de cinq années à Cayenne, non dénuée d'un certain esprit de revanche ressenti par les invités de son pot d'arrivée. Pour ma part, j'attendais de la tester sur le terrain pour me faire un jugement.

— Tu crois vraiment que Dominique sera heureuse de nous voir ? questionna Sarah, alors que nous arrivions à hauteur de Châteaulin. Après tout, elle est là pour une réunion importante, qui plus est en compagnie de Jillian Marlowe et d'une partie des membres de sa commission internationale. En plus, son groupe de travail a rendez-vous à Brest avec des juristes renommés et des ministres de la Justice de tous les pays de l'Union européenne, un sacré programme. Elle a d'autres chats à fouetter et ne sera sûrement pas disponible pour nous parler…

— C'est pour cela que je tiens à la rencontrer à l'aéroport, à son arrivée, coupai-je pour me justifier. Même trente secondes, même juste pour recevoir un signe de connivence de sa part, pour découvrir l'une de ses mimiques qui deviennent si vite des grimaces, alors qu'elles se voudraient des sourires. Je veux qu'elle sache que je ne l'oublie pas, que son combat est important pour moi, que je suis toujours à ses côtés, même à des milliers de kilomètres d'elle. Tu sais, on se connaît si bien tous les deux, pas besoin de mots, entre nous. Juste croiser son regard, ce sera suffisant pour constater comment elle va. Bien sûr que je ne vais pas la déranger, tu me prends pour qui…

— C'est peut-être une idiotie de ma part, insista Sarah, mais je pense que si elle avait voulu te rencontrer, elle t'aurait adressé un mail ou un SMS pour convenir d'un jour ou d'une heure de rendez-vous, durant son séjour en Bretagne. Elle ne l'a pas fait, c'est certainement qu'elle ne veut pas de parasitages durant son séjour breton. Bon, moi, je dis ça, je dis rien…

— Dans ce cas, je préfère quand tu ne dis rien…

— OK, bonjour l'ambiance ! Je me demande même ce que je fiche avec toi dans cette galère alors que nous sommes censés aller recueillir le témoignage d'un élu du département victime d'un home-jacking.

— Je te l'ai dit, ce sera l'affaire d'une heure, tout au plus, cela ne va pas entraver l'enquête sur ce vol à Daoulas, expliquai-je à ma fille, fébrile et agacé. Déjà, je ne parviens pas à comprendre pourquoi le commissaire et la procureure ont insisté pour que nous suivions ce dossier. Ce délit aurait dû être étudié par le parquet de Brest, pas vrai ? Ensuite, le substitut aurait confié le dossier à nos collègues du nord du département, ou encore les gendarmes de Daoulas.

— Mon papounet, dis-toi que…

— Tu ne crois pas qu'il serait temps de cesser de m'appeler Papounet, quand même ! Tu vas avoir bientôt trente-trois balais, tu es maman, tu vis en couple et…

— C'est quoi, le problème, au juste ? s'emporta Sarah en tapant sur son volant. Tu sais, même à soixante ans, une fille est toujours l'enfant de son père et les termes affectueux utilisés restent les mêmes au fil des années qui passent. Mais soit, je vais veiller à ne plus utiliser ce terme qui t'embarrasse. Je ne te promets pas de réussir à tous les coups.

— Pardonne-moi, ma fille, je suis un peu stressé, ce matin…

— Je confirme.

— Cela fait si longtemps que je n'ai pas vu Dominique, il faut me comprendre, j'ai le palpitant en plein solo de batterie. Tu sais, près de six mois passés loin de la femme qu'on aime, c'est long, quand même ! Tu te verrais vivre plusieurs semaines sans nouvelles de Quentin ?

— Tiens, direction Daoulas par la bretelle de droite, mais je suis une fille obéissante, je poursuis tout droit jusqu'à Brest. Pour ta gouverne, les policiers de la ville de Brest doivent être aux cent coups avec la gestion de la sécurité de cette rencontre internationale exceptionnelle. Et puis, cet homme politique de Daoulas a confiance en nous pour coincer ses agresseurs, c'est bien qu'on est toujours les meilleurs. Si l'affaire est embarrassante, il ne va pas la confier aux gendarmes du coin, tu penses bien…

Fin de parcours dans les petits embouteillages habituels de la rocade brestoise avec, effectivement, la présence de forces de police et même de militaires aux plus importants ronds-points. Les rencontres devaient se dérouler durant trois jours aux ateliers des Capucins, non loin du téléphérique et de la place de la Liberté. Sarah avait raison, la protection des personnalités présentes allait mobiliser toutes les forces de l'ordre du nord du Finistère, et peut-être même aussi les gendarmes de Daoulas.

Enfin, arrivée en approche de l'aéroport de Guipavas peu avant 10 heures. Là aussi, important dispositif de sécurité. Pour la venue de toutes ces sommités du monde de la justice, les risques d'attentat avaient été pris au sérieux. Je suggérai à Sarah de se garer au parking P1 couvert, malgré le tarif, à présent qu'elle était pratiquement milliardaire. Cela économiserait mes vieilles jambes. Elle s'amusa d'entendre une telle réflexion dans la bouche d'un sportif honoraire, avant de suivre mon conseil. Quelques minutes plus tard, nous déambulions dans le hall de l'aéroport, lui aussi bien surveillé par des militaires et des policiers armés. Plutôt que de faire les cent pas et de se fatiguer inutilement, je m'installai sur l'un des bancs, devant les tapis de livraison des bagages.

Fidèle à elle-même, Sarah était partie lécher les quelques vitrines voisines, en quête d'un accessoire de mode pour compléter une collection déjà imposante. Je la regardai du coin de l'œil, tellement délicieuse avec une jupe plissée d'étudiante, son caban très local et son béret bordeaux sur la tête, duquel s'échappaient ses mèches blondes. Elle était toujours aussi craquante et je m'en voulais de l'avoir brusquée car, si elle avait voulu s'en défendre un moment auprès des intéressés, elle restait toujours Poupette aux yeux de Rose-Marie ou de Blaise, comme je serai à vie son Papounet, n'en déplaise à ceux qui m'en faisaient régulièrement la réflexion avec agacement.

Au bout d'un quart d'heure, Sarah vint s'installer près de moi en veillant à ne pas souiller le tartan de sa jupe. Je la taquinai en lui reprochant de distraire les jeunes garçons en tenue militaire chargés de la surveillance du hall en défilant devant leurs yeux comme un mannequin sur un podium de mode. Elle me donna un coup d'épaule, une marque de connivence que je lui rendis, comme le feraient deux collégiens. Il ne nous restait plus qu'à attendre mais, ensemble, nous étions bien.

Devant nos yeux, les passagers arrivant de Lyon entouraient le tapis, dans l'attente de leurs bagages. L'habituel jeu de celui qui récupérera sa valise en premier avant de se ruer vers la sortie, la chasse à la meilleure place, l'attente puis le rush, la foire d'empoigne, l'agitation habituelle de tous ceux qui jouent leur vie dans une course contre la montre permanente. Avec souvent, à l'arrivée, le bouquet du vainqueur remplacé par un infarctus.

De l'autre côté de la vitre, le visage d'un homme accrocha mon regard. Il se bloqua un instant sur place en remarquant ma présence, avant de faire comme si de rien n'était. Une seconde, une éternité. Ces yeux me parlaient. Ils évoquaient un souvenir précis dans ma mémoire. Précis et sinistre. Une autre seconde, une autre éternité. Un moment dramatique à Beyrouth, au Liban. Un attentat. L'explosion d'une bombe au centre-ville, faisant de nombreuses victimes. Une véritable boucherie sur le lieu de laquelle nous étions accourus depuis l'ambassade de France, à quelques militaires et policiers, alors que les portes avaient été verrouillées derrière nous. Je me levai d'un réflexe en continuant de fixer la silhouette qui attendait son bagage, regard à présent détourné de moi. Il n'avait plus la barbe d'alors ni les longs cheveux noirs et il avait troqué son treillis pour un costard, une chemise et une cravate, mais c'était lui.

— Tu as aperçu Dominique ? questionna Sarah, me voyant scruter l'espace devant moi. Pourtant, c'est le vol de Lyon et elle doit arriver de Paris. Je crois même qu'il s'agit d'un avion spécial avec tous les congressistes internationaux. Tu dois faire erreur.

— Non, mon regard vient de croiser celui d'un fantôme du passé, répondis-je avec une voix de robot. Moktar Al-Varamini, un terroriste responsable d'un attentat à Beyrouth, il y a de cela près de trente ans. Les Américains ont prétendu l'avoir descendu en Iran, bien après ; cela m'avait soulagé de l'apprendre. Mais il est toujours vivant, il est là, face à nous, qui nous observe discrètement.

— Tu es sûr de toi ? bredouilla Sarah, pas rassurée.

— À cent pour cent ! À l'époque, on s'était bousculé dans la cohue de la rue, nos regards s'étaient croisés, je m'étais même excusé, par réflexe, je ne savais pas qui il était. Une seconde ou deux, une éternité inoubliable, indélébile. Il portait ce jour-là un treillis vert et un sac dans le dos, une barbe touffue et des cheveux longs et noirs, mais comment oublier ces yeux porteurs de haine ? Peu après, il avait été désigné officiellement comme le poseur de bombe, et son portrait avait circulé dans le monde entier. Je m'en suis longtemps voulu de n'avoir rien fait, à cet instant. J'avais l'occasion de le neutraliser sitôt son forfait accompli et je l'ai laissé filer après m'être excusé de l'avoir bousculé, alors qu'il venait de tuer des dizaines d'innocents.

— Tu ne pouvais pas savoir que c'était lui…

— Ne le quitte pas des yeux, je vais prévenir le chef de l'une des patrouilles.

Un peu plus loin, trois militaires inspectaient les recoins du hall. Je me dirigeai vers eux en brandissant ma carte de police pour leur expliquer la situation. Ils se montrèrent forcément gênés, un peu paniqués, mais prirent contact avec le chef du dispositif. Ce dernier rappliqua peu de temps plus tard, un peu agacé. Un ponte de la DGSI chargé d'escorter les cars transportant les congressistes jusqu'à la salle des rencontres, ça n'aime pas les contrariétés. Je lui répétai mon récit, il me demanda ce que je fichais à Beyrouth, à l'époque. Comme je lui précisai que j'étais alors membre de la DGSE, il ne put réprimer un rictus d'irritation. Lui aussi me demanda si j'étais sûr de moi ; je réitérai ma conviction profonde. Il haussa les épaules, s'éloigna de quelques mètres avant de parler à son micro pour recevoir des ordres de sa hiérarchie.

Il fallait agir vite. Nul doute que notre cible surveillait nos atermoiements et tergiversations. De loin, Sarah me faisait des signes peu discrets pour me faire savoir que le suspect avait récupéré son sac et s'apprêtait à quitter la salle des bagages. L'agent de la DGSI donna des ordres aux militaires pour l'intercepter en douceur, vérifier son identité et le contenu de son sac, même si ce dernier devait être clean ; nous n'avions pas affaire à un imbécile ni à un débutant. Je m'éloignai pour ne pas les gêner dans leur manœuvre, Sarah s'approcha de moi.

— Alors ?

— Ils vont l'intercepter et le fouiller, expliquai-je en suivant le gars qui s'approchait de la patrouille. Évidemment, il ne va pas transporter la bombe, il n'est pas stupide, il a certainement des complices déjà sur zone. Mais il serait étonnant qu'il passe à travers les mailles des nouveaux logiciels de reconnaissance faciale pour les terroristes.

— Une chance qu'on se soit trouvés là, me murmura Sarah à l'oreille, en se blottissant derrière mon épaule. On a peut-être évité un carnage.

— Attends la suite avant de crier victoire, ces lascars-là ont plus d'un tour dans leur sac !

Une fois intercepté par la patrouille, l'homme dut sortir ses papiers, ce qu'il fit sans sourciller, sûr de son fait, détail qui ne me plaisait pas du tout. L'un des militaires s'éloigna avec le passeport du suspect en main, se dirigea vers le bureau de la police des frontières ; le second le fouilla au corps ; le troisième ouvrit son sac pour inspecter le contenu. Le suspect semblait détendu, presque amusé, sans un regard en ma direction, sans un geste d'énervement. Le chef du trio de militaires revint avec les papiers vérifiés, qu'il restitua à leur propriétaire avant de le laisser filer. Alors, et seulement alors, le suspect me fixa, triomphant, et je crus percevoir une lueur sadique au fond de sa prunelle, réaction qui ne fit que me conforter dans mon intuition.

Près de moi, Sarah s'offusquait de le voir libre ; je la rattrapai par le col avant qu'elle ne cause un esclandre dans l'aéroport. Mon gars le remarqua certainement, mais poursuivit son chemin vers la sortie. Après avoir franchi le sas pour se trouver à l'air libre, il se retourna et adressa une œillade en ma direction, comme un défi ou un signe de nouvelle victoire. Il héla vite un taxi et disparut, nous laissant, Sarah et moi, avec nos interrogations et notre colère ravalée. Le plus gradé des militaires s'approcha, une photocopie à la main, pour nous livrer quelques explications.

— Ibrahim Ben Talal, un homme d'affaires jordanien qui n'est pas mentionné au fichier, m'expliqua-t-il, en me tendant la photocopie de son passeport. Vous avez dû faire erreur. Vous pouvez garder cette feuille, si vous le souhaitez, j'en ai aussi fait une pour la DGSI, on ne sait jamais.

— Merci de m'avoir pris au sérieux, répondis-je, comprenant la gravité de ma requête. Je suis sûr de moi, ce type a fait des dizaines de victimes au centre de Beyrouth, en posant une bombe dans le quartier d'affaires, un engin qu'il avait activé à distance. Je l'ai croisé, sur son chemin de retour, non loin de l'épicentre du drame, ignorant qui il était avant qu'il ne soit identifié, quelques jours plus tard. C'est alors que j'ai compris ma bévue. Un bon réflexe de ma part et je l'interceptais sur-le-champ. Je n'oublierai jamais son regard. Il peut changer de visage, il gardera ses yeux de vautour... Maintenant, si les ordinateurs ne l'ont pas dans leur banque de données, ils ont certainement raison et c'est moi qui me trompe. La science et la technique sont infaillibles, pas vrai ?

— Je ne suis pas convaincu que l'intelligence d'une puce remplace toujours celle d'un être humain, soupira mon interlocuteur, mais cela, c'est un autre débat. Le progrès a aussi ses limites et l'intelligence artificielle ses lacunes. Espérons que ce gars-là ne soit pas celui que vous pensez et qu'il ne débarque pas à Brest pour commettre un attentat. Mais avec ces fanatiques, on n'est jamais à l'abri de rien, les actualités récentes sont là pour nous le rappeler.

Les militaires reprirent leur surveillance et Sarah m'avertit que le vol spécial en provenance de Paris venait d'atterrir. Le visage de cet homme ne cessait de hanter mon crâne. Je revoyais la scène apocalyptique après son geste terroriste, les gens qui couraient partout, la rue jonchée de gravats, les voitures renversées, soufflées par la déflagration, les visages ensanglantés, les corps estropiés, le trou béant. Il me semblait sentir de nouveau cette odeur particulière qui ne me quittera jamais.

Tout en montant derrière Sarah vers le premier étage et la baie vitrée qui permettait de voir les avions atterrir et décoller, je tentai désespérément de chasser les sales idées de mon esprit pour revenir à l'actualité présente, mais cela m'était impossible. Sarah le sentit bien et tenta de me dérider en me rappelant que Dominique n'allait pas tarder à arriver. En pure perte. Pire, je voyais un lien entre le travail de l'équipe de Jillian Marlowe et les « amis » de ce criminel. Jillian quittait rarement les États-Unis, l'occasion était trop belle pour ces fous de frapper un grand coup.

L'avion de la cellule internationale de lutte contre le terrorisme s'apprêtait à se poser sur la piste de Guipavas. Ses membres allaient bientôt fouler le sol breton, une première pour beaucoup d'entre eux. Dominique retrouverait cette terre et ce peuple qui l'avait accueillie et aimée. Mais dans mon esprit, une autre image occultait toutes les autres : un vautour allait s'en prendre aux colombes et je ne pouvais rien faire, une fois de plus.

I

Dix minutes plus tard, les passagers du vol spécial arrivaient dans la salle des bagages et attendaient que leurs valises se présentent sur le tapis roulant. Autour d'eux, de nombreux agents de sécurité parmi lesquels je remarquai Perry Sommers, le garde du corps particulier de Jillian Marlowe, la présidente de la commission, et Dominique Vasseur, membre française que j'attendais de découvrir parmi ces personnalités. Perry Sommers, mon cow-boy de Bénodet*, croisa mon regard et m'adressa un signe de la main spontané et chaleureux. Nous ne nous étions pas souvent rencontrés mais une franche amitié nous unissait désormais, conjuguée à la volonté commune de contribuer à la protection de la population face aux menaces criminelles et terroristes. Un même sang coulait dans nos veines, que nous étions prêts à faire couler cependant pour des bannières différentes.

Enfin, Dominique apparut dans un costume trop classique qui lui donnait un air bien sévère, mais le

---

*Voir *Psychose sur Bénodet*, même auteur, même collection.

chic vestimentaire n'avait jamais été son truc. En plus, il me semblait qu'elle avait encore forci. Pas étonnant, les Américains bouffaient n'importe quoi, et comme elle n'avait plus le temps pour une balade au grand air, comme nous les pratiquions régulièrement à la pointe Saint-Gilles, la vie lui profitait encore plus.

Sac à l'épaule et imper à la main, elle discutait fermement avec un homme très chic et très imposant qui mâchonnait un chewing-gum pour se rapprocher un peu plus de la caricature de l'irrésistible crooner de saloon. Aussitôt, je sentis jaillir en moi une pointe de jalousie. Enfin, ma compagne remarqua ma présence et, alors que je lui adressai un large sourire, je reçus en retour une moue de reproche et d'exaspération, à laquelle s'ajouta un froncement de sourcils. Dire que ma présence contrariait Dominique était un euphémisme, je la sentais fulminer intérieurement, elle n'avait jamais su masquer ses sentiments profonds, surtout quand elle était en mission. Et si l'un de ses sourires passait vite pour une grimace à qui ne savait l'interpréter, une mimique furieuse se lisait au premier coup d'œil.

Les différents contrôles passés, les uns après les autres, les congressistes défilaient devant nous par grappes bourdonnantes pour lesquelles l'anglais était la langue reine. Visiblement, peu d'entre eux se tracassaient d'une possible menace terroriste, trop heureux qu'ils étaient de découvrir de nouveaux paysages et un pan de la gastronomie française. À l'inverse, le service d'ordre et les gardes du corps privés, tout à leur mission, visages tendus et gestes nerveux, veillaient à ce que tout se passe sans encombre. Ainsi, quand je m'approchai de Dominique, un vigile voulut me repousser avant que Perry n'intervienne pour expliquer au gars qui j'étais et me permette ainsi d'aller embrasser ma compagne :

— Mais pourquoi es-tu venu jusqu'ici, tu me places dans une position très inconfortable, me reprocha Dominique, à voix basse, en tournant la tête à droite et à gauche, comme si la scène pouvait passer inaperçue.

— Je pensais te faire plaisir en me pointant par surprise. Si tu savais comme tu me manques.

— Ce n'est pas le moment ni l'endroit, Paul ! Et puis je pensais avoir été claire, tout est fini entre nous. Tu as compris, là ? Tout est fini entre nous !

— Désolé de t'avoir dérangé, vraiment désolé.

Je ne pus en dire davantage, assommé par la terrible évidence. Je reçus un sourire chaleureux, affectueux même, de la part de Jillian, comme si elle voulait s'excuser de la réaction de Dominique, puis une tape sur l'épaule de la part de Perry Sommers, toujours cool, du moins en apparence, même en service. J'eus le réflexe de sortir le feuillet de la poche de ma veste et de lui raconter promptement mon histoire en lui montrant la fiche du suspect. Sans tergiverser, il étala le feuillet sur un comptoir de société de location de véhicules pour le photographier avant de me dire, dans son français mâtiné d'accent texan :

— Je vais réclamer une recherche sur ce type à mes anciens collègues de la CIA. Merci de m'avoir prévenu, on n'est jamais trop prudent. Tu fais partie du dispositif de sécurité ?

— Non, j'étais simplement venu dire bonjour à Dominique et…

— Il faut la comprendre, Paul, elle prend sa mission très à cœur et ne veut pas se laisser distraire. Ces trois journées sont importantes pour Jillian et Dominique, c'est une occasion unique d'expliquer leur job et de convaincre des politiciens et des juristes européens de les aider à harmoniser les textes mondiaux. Et puis, Dominique a beaucoup insisté pour que cela se passe en Bretagne ; le choix de Brest n'est pas le fait du hasard, elle est le pivot de l'organisation.

— Si tu glanes des infos sur ce gars, tu as mes coordonnées, je crois. Sinon Dominique…

— Pas de problème, Paul, je m'en occupe. Allez, relax ! C'est Sarah, là-bas ? Elle n'a pas changé, toujours aussi mignonne, ta fille. Bon, je dois y aller ! Il ne manquerait plus que la patronne attende son garde du corps…

Perry courut vers la sortie et me planta au milieu du hall, soudainement beaucoup plus calme, une fois la colonie bourdonnante à l'extérieur de l'aérogare. Je récupérai le feuillet pour le plier de nouveau en quatre et le placer dans la poche intérieure de mon blouson. Ingurgiter une bouteille d'Eddu en une soirée ne m'aurait pas mis dans un état plus lamentable.

Perdu dans mes pensées, je ne remarquai pas ma fille, qui s'était rapprochée de moi.

— Elle est déjà à son discours, à ses séances de travail, tu connais Dominique, insista Sarah, pour tenter vainement de me consoler. Et puis, elle n'allait pas bloquer le cortège pour t'offrir une bière au bar de l'aéroport, cela n'aurait pas fait très pro de sa part… Elle joue gros sur ces trois journées, elle aussi, mine de rien, oublie ses paroles, elle a paré au plus pressé.

— Nous vivons désormais dans deux univers différents. Je ne sais pas si c'est le fait de me trouver ici, mais c'est un peu comme un couple dans lequel lui est steward au sol et elle hôtesse de l'air. Dominique a pris son envol et je ne fais plus partie de sa galaxie. Alors qu'elle est toujours au milieu de la mienne.

— En compagnie de ta fille adorée, quand même, mon pap… euh… Papa ?

— Mon univers n'a pas changé d'un iota, ce sont les vôtres qui ont évolué. Toi, jeune maman accaparée par ta fille ; Dominique, membre d'une commission internationale qui lui prend tout son temps ; Radia partie je ne sais où ; Carole à Rennes avec Guéric…

— Oh, toi, tu me couves une grosse déprime, là ! intervint Sarah d'autorité. Viens, on se bouge, nous n'avons plus rien à faire ici. Et puis, ce gars, c'était peut-être un homme d'affaires jordanien, après tout. Ne te bile pas, ce n'est pas ton problème. Bon,

11 h 30, que fait-on ? On prend la direction de Daoulas ou bien on se casse une petite croûte d'abord. C'est toi, le chef, c'est toi qui décides.

— Allons-y directement, soupirai-je, mal en point. Plus vite cette histoire sera classée, plus vite je pourrai m'intéresser au parcours de Moktar Al-Varamini, au cours de ces dernières années, aux raisons qui le mènent au bout de la Bretagne.

— Mais puisque tes anciens collègues t'assurent que ce type est mort !

— Ils font davantage confiance à un ordinateur qu'à un œil humain. Pourtant, je te le certifie, je n'en démordrai pas, c'est bien lui. Le même regard haineux que je n'oublierai jamais.

De retour à la voiture, je n'étais pas bien. Des images s'entrechoquaient, la voix de Dominique venait se mélanger aux cris de Beyrouth, un goût amer me restait en travers de la gorge. Je pris mon téléphone pour contacter Léanne Vallauri, chef de la PJ brestoise, chargée d'une partie du plan de sécurité des trois jours, même si cela ne rentrait pas forcément dans les prérogatives de la PJ. Une grande blonde aux yeux clairs, âgée d'une quarantaine d'années, qui ne se laissait jamais marcher sur les pieds. Mais qui possédait les instincts de ma génération, la connaissance du terrain, le goût du casse-pipe. Nous avions fait connaissance lors d'un pot réunissant les équipes du département et avions eu l'occasion, à deux reprises, de bosser sur des dossiers brûlants. Même si les contacts avaient été rapides et très pros, cela avait bien fonctionné entre nous, pourtant elle avait ses têtes.

La mienne devait lui revenir. Je possédais son numéro de portable perso, elle fut surprise de m'entendre, pas forcément bien disponible pour m'écouter.

En quelques phrases courtes, je résumai la situation de l'aéroport, mes doutes, pour ne pas dire ma certitude, à propos de la présence d'un terroriste dans les parages, justement au moment où tant de personnalités étaient conviées à Brest pour unir leurs luttes, notamment face à l'islamisme. Elle me prit au sérieux, ce qui me réconforta.

— Si tu peux me passer la fiche de ce mec, je vais faire une recherche pour voir ce que nous avons sur lui.

— Je demande à Sarah de te l'envoyer, je ne suis pas de la génération du cloud. Les gars de la DGSI sont aussi sur le coup, mais comme ils m'ont pris à la légère, je préfère t'en faire part.

— A priori, le quartier est verrouillé, très peu de risques qu'il s'infiltre, mais on n'est jamais trop prudent, ponctua Léanne. Pas la moindre possibilité pour ce Jordanien de passer à l'action si son client se trouve dans le triangle fermé au public. Bon, d'un autre côté, nous n'avons pas non plus fouillé toutes les maisons du pâté mais, s'il quitte juste Guipavas, il n'a aucune chance de pénétrer dans le périmètre, à moins qu'il ne soit un fondu des souterrains de la ville.

— Comme tu l'es, toi ! J'ai vu un article sur tes derniers exploits.

— Mais tu ne devais pas t'occuper du home-jacking, chez Serge Combertin, toi ? Autant te dire tout de suite, je n'ai pas encore compris pourquoi cette affaire est gérée par le parquet de Quimper et par ton équipe, alors que nous devons jouer les gentils organisateurs, comme si j'étais payée pour escorter des congressistes.

— Nous y allons de ce pas. On quitte Guipavas et…

— C'est vrai, ton ex fait partie de l'équipe de Jillian Marlowe, à ce que j'ai appris. C'est dur de tourner la page, je sais ce que c'est, moi aussi, j'ai donné. Bon, je dois absolument te laisser, on m'appelle. Je m'occupe de ton Jordanien et, si j'ai du nouveau, je te mets au parfum.

Une fois passé le superbe pont de l'Iroise, Sarah se rangea sur le bas-côté de la voie express pour procéder à l'envoi de la fiche de l'individu suspect à la commandant Vallauri, avec quelques informations sur le passé de ce terroriste, selon mes souvenirs. Puis ma fille indiqua à son GPS l'adresse de la maison du couple victime d'un home-jacking pendant que j'annonçais à l'élu notre visite dans peu de temps, un petit quart d'heure tout au plus.

Le home-jacking était une version moderne du cambriolage, inspirée du car-jacking, mais pratiquée au domicile des victimes. L'objectif principal des voleurs était, là aussi, le véhicule, mais le mode opératoire était différent. Ainsi, le plus souvent, les intrus ne se contentaient pas de voler les voitures, ils prenaient de plus en plus fréquemment d'autres valeurs faciles à monnayer. Enfin, en plus du premier choc de se trouver face à des voleurs, généralement armés, les habitants subissaient parfois des gestes de violence pour livrer, par exemple, le code de leur carte de crédit ou la combinaison d'un coffre-fort.

L'intérêt, pour les cambrioleurs, était de récupérer le véhicule avec les trousseaux de clés et les papiers officiels, ce qui permettait de revendre plus aisément la voiture dans des réseaux spécialisés. Par ailleurs, en l'absence d'effraction, puisque les habitants se trouvaient chez eux, il était difficile de retrouver les coupables. Habituellement, les habitants du lieu, surpris dans leur sommeil, ne se montraient pas. S'ils étaient menacés par les cambrioleurs, car pas encore couchés, ils étaient trop paniqués pour noter des détails susceptibles d'aider les enquêteurs. Enfin, rodés à la manœuvre, les voleurs ne laissaient en général qu'un minimum d'indices derrière eux, portant une cagoule, des gants fins et des chaussures à semelle lisse, et ne lâchant qu'un minimum de paroles pour ne pas révéler un accent particulier.

Le couple Combertin habitait une superbe demeure à l'extérieur du bourg de Daoulas, non loin de l'abbaye réputée, avec une magnifique vue sur la rivière locale, pour l'heure à marée basse. Certes splendide, la demeure, mais très isolée, ce qui pouvait attirer les cambrioleurs. Une première inspection ne nous révéla aucun détail notable ; aussi Sarah me suivit-elle vers la porte d'entrée, sur le perron de laquelle nous attendait le vice-président du conseil départemental du Finistère, un quinquagénaire un peu froid et hautain que j'avais eu l'occasion de croiser à quelques reprises, dans le cadre du travail.

Il nous invita à le suivre jusqu'au salon, où rien ne semblait avoir été volé. Assise dans un fauteuil, un mouchoir à la main, son épouse avait le visage défait. L'agression l'avait particulièrement marquée, il y avait de quoi. À genoux près d'elle, sa fille tentait vainement de la calmer. Toutes deux se levèrent en nous voyant, s'excusant de se présenter en larmes. À ma demande, le chef de famille relata les faits.

— Nous étions tranquillement installés dans le salon, devant notre télé, mon épouse et moi, quand nous avons entendu du bruit au sous-sol. Nous avons pensé à l'un de nos minous qui utilisaient la chatière, mais nous avons entendu la porte se refermer violemment. Après avoir demandé à mon épouse, qui était rentrée après moi, si elle avait bien fermé le portail du garage à clé, je me suis levé, pensant à un coup de vent. Je descendais les escaliers quand je me suis trouvé face à un homme armé qui m'a forcé à remonter.

— Il était seul ? questionnai-je, tandis que Sarah notait les renseignements sur son fidèle carnet.

— Non, ils étaient trois, habillés de combinaisons noires, le visage caché par des cagoules de même couleur, des types d'une trentaine d'années, à leur allure ; à l'accent maghrébin, pour celui qui donnait les ordres, selon mon épouse. Le chef m'a d'abord dit que si nous étions obéissants, tout se passerait bien. Je lui ai demandé ce qu'il voulait. Il m'a parlé de nos voitures. Nous venions de les changer, nous les achetons en leasing, ce qui nous permet d'en avoir des neuves régulièrement.

— De quels modèles s'agissait-il ?

— J'ai toujours aimé les belles voitures, je le confesse. Il s'agit du dernier modèle de chez BMW, elle n'a même pas trois mille kilomètres. De son côté, ma femme possède une Audi A1, toute neuve, elle aussi. Ils nous ont demandé les deux jeux de clés et les papiers de chaque véhicule. Nous leur avons remis tout ce qu'ils réclamaient, inutile de jouer les héros.

— Ils n'ont rien exigé d'autre ? poursuivis-je, me doutant de la réponse.

— Ensuite, ils ont récupéré nos cartes de crédit et ont voulu en connaître les codes confidentiels. Là aussi, nous leur avons donné les renseignements sans faire d'histoire. C'est toujours le même qui parlait ; un complice récupérait les objets et mentionnait les indications sur un carnet. Le troisième continuait à pointer son arme à feu sur nous, pour nous terroriser. Ensuite, le chef a forcé ma femme à monter dans sa chambre pour se faire remettre ses bijoux.

— C'est là qu'il m'a parlé avec un accent nord-africain très prononcé, quand il s'est mis en colère, enchaîna Blandine Combertin, une robuste femme d'une petite cinquantaine d'années qui prenait sur elle pour ne pas fondre de nouveau en larmes, toujours soutenue par sa fille. Il me tenait par le cou pour me contraindre à le mener vers notre chambre. Bien sûr, j'ai obéi et lui ai remis le coffret, qu'il a ouvert avant de verser le contenu dans un sac de toile. Je pensais sauver un collier de perles de culture qui se trouvait caché sous des foulards de soie, mais il a fouillé le fond du tiroir de sa main gantée et il a découvert la boîte.

— Et il s'est fâché ! intervins-je, au fait des réactions de tels individus quand on tentait de les entuber.

— Oui, il a mal réagi. Il a hurlé, m'a saisie par les cheveux pour me projeter sur le lit. Je l'ai supplié de ne pas me faire de mal, mais il m'a retournée pour me gifler. J'ai même cru qu'il allait abuser de moi, mais il s'est enfin calmé et il m'a relevée pour me forcer à redescendre devant lui. Une fois de retour dans le salon, comme pour se justifier devant les deux autres, il leur a lâché que j'avais voulu la lui faire à l'envers.

Blandine Combertin éclata de nouveau en sanglots, étreinte aussitôt par sa fille Solenn, aux mêmes cheveux auburn, tirant sur le roux, dont j'avais appris qu'elle était étudiante à la fac de médecine. Serge, le mari, costume strict, carrure de rugbyman et crâne presque rasé, reprit le cours du récit. Le trio avait aussi récupéré les portables, avec leurs codes, et quelques bouteilles dans le bar : le rhum, la tequila et le whisky. « Pour la fin de soirée », avait ironisé le chef.

Ensuite, tous deux avaient été saucissonnés à terre, en deux pièces différentes, pour ne pas communiquer : le mari dans le salon et son épouse à l'étage, dans la chambre. De toute manière, ils avaient des mouchoirs dans la bouche, pour ne pas crier. Ils ont entendu vrombir les moteurs de leurs voitures, puis plus rien, juste le silence. Serge avait eu peur que, dans la suite de leur folle équipée, ils ne s'en prennent à Solenn, sur laquelle ils s'étaient renseignés en raison de la présence d'une photo de la fille sur le buffet, avant de rechercher son numéro de téléphone sur le portable.

— Avec de tels cinglés, il faut s'attendre à tout, poursuivit Serge Combertin, les mâchoires serrées. Voilà pourquoi nous avons été doublement soulagés, ma femme et moi, en voyant Solenn arriver au petit matin. Déjà parce qu'on commençait à trouver le temps très long, ensuite parce qu'ils n'avaient pas touché à notre fille.

— En fait, hier soir, j'ai appelé mes parents pour leur dire que j'étais à une soirée au Conquet, avec deux copines, expliqua l'étudiante de 24 ans. Comme je n'ai pas reçu de réponses, j'ai pensé qu'eux aussi avaient une réception, comme si souvent. Avec leurs postes au conseil départemental, ils sont sollicités très fréquemment pour des mondanités. J'ai laissé un message sur le portable de ma mère et je n'ai pas reçu de réponse. Là, j'ai commencé à m'inquiéter. Voilà pourquoi je suis venue aux nouvelles, dès que j'ai pu. Et je les ai trouvés attachés, l'un dans le salon, l'autre dans la chambre, comme mon père vous l'a expliqué. Déjà, en découvrant que le garage était ouvert, j'ai paniqué et j'ai imaginé le pire.

— Je suppose que vous avez fait le nécessaire auprès de votre assurance, intervins-je, n'osant pas préciser à mes interlocuteurs qu'ils s'en sortaient bien. Vous avez déclaré le vol de vos véhicules auprès de la gendarmerie locale ?

— Oui, j'ai prévenu la gendarmerie, puis la société de leasing et leur compagnie d'assurances car ils proposent une police très complète, explique l'élu du conseil départemental. Ma BMW est aussi équipée d'un traceur qui permet de la géolocaliser en permanence, j'attends un retour de leur part à ce sujet. Je vais vous laisser leurs coordonnées.

— Je crains malheureusement que ces truands, s'ils ne sont pas à leur coup d'essai, ne parviennent à neutraliser rapidement le système informatique du localisateur GPS pour rouler en toute tranquillité en direction des pays de l'Est. Il est à craindre que votre BMW corresponde à une demande précise. Elle était déjà commandée par un client, le plus souvent d'un pays de l'Est, avant même que ces trois hommes ne pénètrent chez vous. Voilà pourquoi la possession des papiers d'origine et des trousseaux de clés augmente la cote du véhicule volé. C'est un business parallèle très juteux. Et l'Audi de votre épouse est aussi un modèle très prisé dans un tel trafic. Je crains qu'on ne revoie jamais vos voitures en Bretagne.

— Et pour mes bijoux, pas le moindre espoir de les retrouver, non plus ? questionna timidement Blandine Combertin.

— Ce n'est pas réellement ma spécialité, répondis-je, embarrassé, mais, en général, si ce sont des experts en la matière, les objets en or sont fondus pour faire des lingots plus facilement négociables, notamment en Belgique. Les autres bijoux, pour leur part, sont revendus à des receleurs qui se chargent de les écouler sur un circuit parallèle. Soit nous avons affaire à des pros et vous ne les reverrez pas, soit ce sont des voleurs de véhicules qui se font une plus-value personnelle avec les bijoux, auquel cas, on peut garder espoir de mettre un jour la main dessus… Bien, nous n'allons pas vous déranger plus longtemps.

— Merci de vous être déplacés tous deux depuis Quimper, lança Serge Combertin, une main sur mon bras, je vous raccompagne jusqu'à votre voiture.

— Justement, je me demande un peu ce que nous faisons chez vous, réagis-je, agacé d'un tel déplacement. Plainte à la gendarmerie de Daoulas, intervention du parquet de Brest et non de celui de Quimper, me semble-t-il.

Je n'obtins pas de réponse et n'insistai pas. Sarah

et moi prîmes congé de l'épouse et de la fille de l'élu. Le temps de découvrir que Blandine Combertin travaillait elle aussi au conseil départemental, au service de comptabilité. Durant le trajet vers le parking et la Polo de Sarah – qui devait désormais réfléchir à son désir de la troquer pour une Audi A1, à présent qu'elle avait de la trésorerie –, la conversation tourna autour de banalités. Le calme de l'endroit, la vue superbe sur la rivière, l'emplacement idéal pour le conseiller départemental, à vingt minutes de Brest et quarante de Quimper. Ma fille s'installait déjà derrière son volant quand Serge Combertin aborda un autre sujet :

— Si j'ai pris l'attache de la procureure Da Costa pour vous solliciter, c'est tout d'abord par le fait que mon amie Katell Pin, l'ancienne présidente du conseil départemental, m'a souvent parlé de vous en termes élogieux. Elle appréciait votre efficacité et votre discrétion, assurant que vous saviez faire la part des choses en toutes circonstances.

— Il est certain que, même si nous avons parfois eu des différends, Katell et moi, nous avons toujours cherché, à chaque situation litigieuse, la solution la plus juste et la moins embarrassante pour elle, sur le plan politique. Pour tout vous avouer, je me demande ce que nous sommes venus faire à Daoulas, pour une affaire somme toute domestique, même si le préjudice est important.

— Voilà, ce n'est pas facile à dire ; il existe un autre volet délicat dans notre situation que je ne tenais pas à divulguer aux gendarmes. Hier soir, en déplacement dans la région de Roscoff avec deux de mes collègues conseillers départementaux, Blandine a reçu de l'un d'eux un dossier sulfureux sur l'un de nos adversaires politiques. Mes collègues restaient dans leurs secteurs, c'est-à-dire le Léon ; Blandine devait rentrer à Brest et déposer le dossier dans le coffre de mon bureau, moins d'une heure plus tard.

— Et elle ne l'a pas fait, compris-je aussitôt. Le dossier brûlant est resté dans sa voiture et, à cette heure, il est dans la nature.

— Elle était en retard, elle était fatiguée, la ville de Brest se préparait à recevoir une conférence internationale importante, Blandine est revenue avec le dossier et, épuisée par sa journée, à son arrivée, elle a oublié de récupérer, à l'arrière de sa voiture, la sacoche avec les fameux documents. J'ignore le contenu exact de ce dossier, je sais juste qu'il concerne un personnage influent du département et que, récupéré par une personne motivée par des sentiments néfastes, c'est une bombe à retardement.

— Une bombe à retardement, rien que cela, soupirai-je, ahuri.

— Oui, il est question de malversations dans la marche de l'entreprise dont il est le PDG, mais aussi de relations inappropriées avec de jeunes garçons, je pense que vous voyez à quoi je fais allusion, répondit mon interlocuteur à voix basse, très embarrassé. Voilà pourquoi vous devez absolument retrouver l'Audi de mon épouse et récupérer ce dossier avant qu'il ne tombe entre les mains de personnes malintentionnées.

— Parce que les vôtres, d'intentions, étaient louables, ironisai-je, toujours écœuré par les procédés utilisés en politique. Si ces gars sont des pros du trafic de bagnoles, vous n'avez rien à craindre. L'Audi de votre épouse est à cette heure en Allemagne ou en Pologne, peut-être même en Biélorussie ou en Ukraine, et les commissionnaires de cette filière se fichent éperdument des déviances de la vie d'un notable breton. En revanche, si ce sont des petits loulous du secteur bossant pour un commanditaire local assez futé pour avoir échappé jusqu'à ce jour aux pièges des enquêteurs, celui-là va se faire un malin plaisir de saigner votre adversaire politique. Notez, pour vous, c'est tout bénéfice !

— On ne peut pas non plus occulter complètement la possibilité que ces trois jeunes se fassent pincer. Et que, interrogés par policiers ou gendarmes, ils balancent que ce dossier se trouvait dans une Audi volée à Daoulas. Imaginez dans quelle situation intenable se trouverait mon épouse.

— Rassurez-moi tout de même sur un point, monsieur Combertin. Du temps de Katell Pin, de telles pratiques n'avaient pas cours ?

— Son père en était un spécialiste, Katell ne voulait pas en entendre parler. Alors, nous ne lui en parlions pas. Je peux juste vous assurer que, de son côté, elle a largement payé son tribut à de telles pratiques. Je sais que vous savez de quoi je parle. Passe pour son homosexualité, puisqu'elle a choisi un jour de la révéler, se libérant alors de toutes les pressions à ce sujet. Sur votre conseil, d'ailleurs, si je me souviens bien. Libido29*, je pense que ce nom, qui correspondait à un site Internet cachant un réseau de prostitution dirigé par Katell Pin, ne vous est pas inconnu ?

— Elle ne le dirigeait pas directement, tins-je à préciser, la bouche amère, mais il est vrai qu'elle y était mêlée. Je ne vous garantis rien et, de plus, je déteste le chantage sous toutes ses formes. Celui que vous avez élaboré à propos d'un adversaire politique comme celui que vous pourriez envisager sur moi, en me rappelant ce que j'ai un jour fait pour éviter une condamnation à Katell Pin. De base, j'ai actuellement des sujets autrement plus importants à traiter, comme découvrir les intentions d'un terroriste international repéré dans notre département. Mais puisque la procureure du parquet de Quimper, puis le commissaire, sous votre insistance, très certainement, m'ont commandé de m'occuper prioritairement de votre dossier, je vais me pencher dessus.

— Capitaine, je suis désolé que vous le preniez de la sorte, mes propos ne se voulaient pas blessants, encore moins les prémices d'un quelconque chantage, se reprit le politicien, sur un ton plus doux. Ne

*Voir *Effet domino à Concarneau*, même auteur, même collection.

voyez pas face à vous un élu prêt à utiliser tous les moyens pour sauver sa place, ou encore un notable profitant de sa situation pour arranger ses affaires domestiques ; je suis juste un homme qui tente d'éviter à son épouse de se trouver empêtrée dans une sale affaire à laquelle elle n'aurait jamais dû être mêlée.

— Juste une dernière mise au point. Si jamais je parvenais à mettre la main sur ce dossier, sachez par avance que votre adversaire politique devrait justifier de son comportement devant la police et la justice, mais que je ne cacherais pas que ces documents se trouvaient dans l'un des deux véhicules volés à Daoulas. Le vôtre ou celui de votre épouse. Ensuite, ce sera à votre conscience de décider. Bonne journée, monsieur Combertin.

Une fois installé auprès de Sarah, j'avais la nausée. Je détestais ces magouilles d'une époque que, candidement, je pensais révolue. Naturellement, ma fille voulut savoir par le menu la teneur de notre discussion. Je lui aurais servi que nous n'étions pas d'accord à propos de la tactique du Stade brestois, lors des matchs de l'équipe à domicile, elle ne m'aurait pas cru. Aussi lui confiai-je une version raccourcie et édulcorée du chantage que nos victimes s'apprêtaient à entamer envers un adversaire politique, à partir d'un dossier compromettant que nous devions dénicher au plus vite.

— Tu as réfléchi à l'hypothèse que toute cette affaire n'était qu'un prétexte, de la part de cet adversaire politique, pour récupérer le brûlot avant qu'il ne lui saute au nez ? suggéra Sarah, convaincue par sa démonstration. Vols de bagnoles, de bijoux, de cartes bancaires, juste des leurres pour retirer ces papiers de mains illégitimes en faisant passer leur geste comme l'acte délictueux d'une bande de petites frappes ?

— Comment l'adversaire politique l'aurait-il appris ? Comment aurait-il su que les documents étaient restés dans la voiture ? Le coffre-fort des Combertin n'a même pas été ouvert.

— Cela, c'est ce qu'ils te disent ! rétorqua Sarah, aux yeux de qui, dans ce sens inné de la mesure que nous lui connaissions tous, les plus innocentes des victimes venaient de changer de statut pour se transformer en les pires crapules.

— Donc, pour résumer, conclus-je, on a deux véhicules dans la nature avec dans l'un d'entre eux une bombe à retardement, selon l'expression de mon interlocuteur et, de l'autre côté, on a un poseur de bombes international qui vient passer une semaine de vacances en Bretagne.

— Tu penses ton gars de mèche avec eux ?

— Non, plus maintenant, tu l'as vu, il a le crâne rasé…

— Tu es bête ! Mais au moins, ça prouve que j'ai retrouvé mon papou… euh… mon papa adoré.

— Vas-y, continue à m'appeler papounet, ce n'est pas bien grave, je ne vais pas en faire un fromage. Mais essaie de l'éviter en public, cela amuse la galerie, peut-être, mais ça nous dessert.

— C'est Byzance, se gaussa Sarah, sur qui je devais déteindre peu à peu, fromage et dessert !

*

* *

Le bureau du groupe au commissariat n'était plus coloré comme avant et je le regrettais. Les coups de gueule de Carole me manquaient, ses intuitions féminines aussi. Et pas seulement. Sa silhouette, son côté glamour sans même le chercher, son parfum, ses fausses jalousies, notre vraie connivence. De plus, à présent toutes les deux mamans, Sarah et Rose-Marie avaient changé de sujets de conversation, passées toutes deux à des questions plus sérieuses et moins frivoles. Même Blaise avait changé. Bon, pour lui, ce n'était peut-être pas du luxe, avouons-le. Il avait mûri, plaisantait moins, plus sur les mêmes sujets. Il jouait à merveille son rôle de parrain de la petite Pauline, se proposant souvent d'aller s'occuper d'elle quand Sarah n'était pas libre, que Quentin était appelé sur un incendie et que Mylène, la mère de Quentin, un peu moins présente depuis que les enfants avaient emménagé dans la maison de Bénodet, ne pouvait se déplacer. Blaise ne bronchait pas et se libérait pour s'occuper de sa filleule avec tendresse et précaution.

Restait Mehdi, toujours aussi secret, autant sur sa vie passée ou présente que sur ses amours avec la belle Julie, l'une de mes ex, qui fut aussi secrétaire de Dominique. Toujours disponible, toujours sérieux, jamais bavard, encore moins cancanier. Lors d'un récent séjour à Paris, Sarah était parvenue – par les indiscrétions de l'un de ses anciens collègues, lui aussi garde du corps – à savoir qu'il avait eu des soucis avec un riche homme d'affaires suisse, dont il était chargé de veiller sur l'épouse, qui résidait le plus souvent seule à Paris. Selon le collègue bavard, mais peut-être s'agissait-il juste de rumeurs, Mehdi avait eu une aventure torride avec cette femme, ce qui n'était jamais un bon plan dans le métier. Bien sûr, le mari avait eu vent de l'affaire et avait licencié le garde du corps sur-le-champ. Mais jamais Mehdi ne nous en dirait un mot, c'était son jardin secret dont même la lumineuse Julie ne possédait pas la clé d'accès.

Nous débriefions ensemble notre journée dans le nord du Finistère quand le grand patron se pointa dans le bureau. Beau costard, belle chemise blanche, belle cravate bleu nuit, beaux yeux bleus, belle chevelure châtain clair crantée, le style parfait du major de promotion.

Il n'avait que 29 ans, mais il impressionnait Sarah et Rose-Marie par ses phrases courtes, sa posture droite, son visage sans un sourire.

— Capitaine, je pourrais vous parler ?

— Oui, bien sûr, Commissaire, suivez-moi jusqu'à mon bureau…

— Non, je préfère le mien, si vous n'y voyez pas d'inconvénient. Ce sera plus discret. Mais finissez le point avec votre équipe. Je peux attendre cinq minutes.

Il était reparti. Tous les regards se tournèrent vers moi, plus compatissants les uns que les autres. Sarah argua que, une fois de plus, elle comptait pour du beurre. Avant de reconnaître que, moins elle le voyait, mieux elle se portait. Puisque c'était urgent, autant ne pas le faire lanterner. Traversée des longs couloirs, arrivée devant la porte de son bureau. Trois petits coups de dos de doigt. Un cinglant : « Entrez ! »

Ce qui était certain en pénétrant dans son antre, c'est qu'on ne pouvait pas se tromper. On avait bien changé de commissaire ! Finies les décorations douces et chaudes créées par Radia Belloumi, plus question de petit coin salon avec une table basse et ronde pour des apartés plus conviviaux. Oubliée la cafetière branchée en permanence sur un guéridon, comme si George Clooney pouvait débarquer à toute heure. Désormais, tout visait à l'efficacité, et l'informatique avait pris le pas sur la touche féminine d'antan. Le commissaire Guilhem de Wancourt me proposa de m'asseoir face à lui et, à peine m'étais-je installé qu'il me pilonna.

— Pouvez-vous m'expliquer la raison de votre détour par l'aéroport de Brest, ce matin ? Ce n'est pas un raccourci pour rejoindre Daoulas, me semble-t-il. Et c'est quoi, au juste, cette histoire de terroriste international qui m'est parvenue aux oreilles ? Vous auriez pu m'en parler avant de prendre contact avec la commandant Vallauri, tout de même ! Je suis votre supérieur direct, vous l'auriez oublié ? Et les Combertin ? Je n'ai toujours pas votre compte rendu à propos de cette affaire de home-jacking dont ils ont été les victimes. C'est le vice-président du département, ce n'est pas n'importe qui, ses doléances sont prioritaires dans votre emploi du temps.

— On va commencer par le début. Une rencontre internationale a lieu actuellement à Brest à propos de la coordination et de l'ajustement de l'arsenal juridique de différents pays…

— Je ne suis pas ignorant des événements du département, Capitaine, venez-en aux faits, par pitié.

— Ma compagne y participe, j'ai simplement pris un quart d'heure pour la saluer avant d'aller rencontrer les Combertin. Et en l'attendant à l'aéroport, j'ai croisé un regard qui ne m'était pas inconnu. Celui de Moktar Al-Varamini, un terroriste international que j'avais déjà croisé à Beyrouth lors de l'une de ses actions meurtrières, un attentat à la bombe.

— Enfin, visiblement, ce ne peut être lui ; déjà, parce qu'il est mort en Iran, voilà une dizaine d'années, selon le rapport qui vous a été transmis. De plus, il n'est pas fiché à la DGSI, pas plus au SCRT (Service central du renseignement territorial). En fait, vous avez profité de vos heures de travail pour effectuer une visite familiale sur le dos du contribuable, c'est cela ?

— Cela compense les heures de moments familiaux écourtées par un appel du bureau pour une mission imprévisible, répliquai-je, une esquisse de sourire aux lèvres. Vous verrez, au bout de quelques années de boutique, vous découvrirez que, dans vos effectifs, les heures supplémentaires non payées sont beaucoup plus nombreuses que les minutes volées en cours de mission. Plus que les minutes, peut-être même les secondes, à bien y réfléchir.

— Capitaine, on va vite mettre quelques détails au point. Je suis commissaire, je suis votre supérieur. Si l'expérience valait les connaissances, vous occuperiez mon poste. Vos considérations personnelles, dorénavant, vous les garderez pour vous. Je vous confie une mission, vous l'accomplissez. C'est bon, jusque-là, vous me suivez ?

— Oui, Commissaire !

— À la bonne heure ! Votre mission était d'aller au plus vite recueillir le témoignage de monsieur et madame Combertin, en état de choc à la suite de l'intrusion d'un groupe armé à leur domicile. Dans un vol de voitures, chaque minute compte, vous savez. Vous représentez la police nationale, vous devez être exemplaire. Pour cette fois, je passe l'éponge, mais que cela ne se reproduise pas.

— Bien, Commissaire, je peux disposer ?

— Non, je n'en ai pas encore fini. Que ce soit bien clair. Je me fous totalement que vous ayez un passé chez les agents secrets. Vous êtes policier, vous restez dans le cadre de votre mission de policier. Les terroristes internationaux sont l'affaire de la DGSI et de la DGSE. Pas la vôtre. Il faut que votre orgueil soit surdimensionné pour vous croire supérieur aux professionnels et à leurs moyens modernes pour traquer les terroristes. Vous pensez avoir reconnu le regard d'un homme que vous avez vu dix secondes, il y a de cela... Au fait, elle date de combien d'années, votre histoire ?

— Une petite trentaine d'années, Commissaire, et je ne l'ai pas vu dix secondes, mais à peine cinq.

— Vous alertez la DGSI, vous dérangez ma collègue brestoise, vous sollicitez la CIA, parce que vous avez cru voir dans un hall d'aéroport le sosie d'un terroriste décédé que vous avez croisé cinq secondes à Beyrouth, il y a de cela trente ans ?

— J'insiste, Commissaire, je suis certain que l'homme que j'ai croisé ce matin à l'aéroport de Brest est bien Moktar Al-Varamini, même si la CIA prétend l'avoir abattu à Téhéran et si vos ordinateurs ne le mentionnent pas dans leurs fichiers, m'entendis-je répondre, dans un réflexe suicidaire. Croyez-moi, quand on a vécu certaines scènes de cette intensité, même une seconde est très longue et laisse une impression dans votre cerveau pour une vie entière. Il est impossible qu'un autre homme possède le même regard que celui-là.

— En plus, vous persistez dans votre erreur. Vous êtes décidément irrécupérable, Capitaine. Que ce soit clair. Je ne veux plus entendre parler de ce terroriste. Je ne veux pas découvrir que vous enquêtez sur lui. Je vous donne quarante-huit heures pour découvrir les deux voitures et appréhender les coupables et leurs commanditaires.

— Et si, par chance, je mettais la main sur les voitures volées, que dois-je faire du dossier, Commissaire ?

— Quel dossier ? s'agaça de Wancourt. C'est quoi encore cette histoire ?

— Dans la précipitation de la fin de journée, expliquai-je benoîtement, Blandine Combertin a oublié de sortir de son Audi un dossier remis par un collègue de son mari. Un dossier accablant qui concerne les comportements déviants de l'un de leurs adversaires politiques. Je pensais que vous étiez au courant, puisque tous mes faits et gestes vous ont été rapportés.

— Comment voulez-vous que je sois au courant ? fulmina le commissaire. Je ne lis pas les événements dans une boule de cristal.

— Comme vous m'avez confié le dossier, j'ai pensé qu'il s'agissait d'une mesure de prudence de votre part. Autrement, comment expliquer que la gendarmerie de Daoulas ou encore nos collègues de Brest ne s'en soient pas chargés ? Et d'ailleurs, pourquoi est-ce le parquet de Quimper qui a été saisi ? Ça sent la patate chaude, vous ne trouvez pas ? Parce que, là, on se trouve avec une bombe à retardement entre les mains, qui peut exploser à tout instant.

— En quoi ce dossier est-il une bombe à retardement, je vous prie ?

— Des politiciens achètent un dossier sulfureux sur un adversaire politique. Le dossier disparaît dans une voiture volée. Hypothèse la plus probable, le véhicule se trouve en Europe de l'Est et le dossier embarrassant finit dans une poubelle de Minsk ou de Kiev, ni vu ni connu. Mais comment éliminer l'hypothèse d'un vol local, une bande brestoise, et alors, tout se complique. Un commanditaire qui s'amuserait à faire chanter soit la victime, en menaçant de publier le contenu du brûlot, soit les Combertin en voulant leur revendre les documents, sous peine de balancer leurs méthodes à la presse. Et pourquoi pas les deux simultanément, après tout… D'où ma question première : de quelle manière se retrouve-t-on avec ce bébé infernal dans les bras ?

— Mais je ne comprends pas le sens de…

— Ou bien encore, c'est sur le conseil de madame la procureure Da Costa que vous avez insisté pour que je m'occupe personnellement de ce dossier, bien plus brûlant qu'un simple vol de voitures dans un garage ?

Long moment de silence. Grosse réflexion chez mon interlocuteur. J'avais tapé dans le mille, j'étais convaincu. Notre nouvelle procureure, Consuelo Da Costa, faisait ce qu'elle voulait du jeune commissaire, qui devait en pincer un peu pour elle ou bien encore la craindre. J'en avais appris de bonnes de la bouche de Laure Barbotan, mon amie substitute, qui avait été écartée des enquêtes les plus importantes depuis l'arrivée de sa nouvelle patronne, et notamment des relations avec mon groupe, ce qu'elle vivait très mal.

Nous parvenions toutefois à nous rencontrer régulièrement à La Plaidoirie, un restaurant de la ville où elle avait ses habitudes, pour une petite bouffe en duo. Récemment, Laure m'avait raconté comment – lors d'un dîner dans un haut lieu gastronomique de la région où l'une de ses amies était serveuse – la procureure n'avait cessé d'infantiliser le commissaire, comme si celui-ci était son gamin. Et le grand benêt ne parvenait pas à réagir, soit envoûté par le charme indéniable de son interlocutrice, soit marqué depuis la naissance par la forte personnalité d'une mère à tendance castratrice et donc incapable de hausser le ton face à une femme d'âge mûr.

— Oui, c'est vrai, la procureure Da Costa a reçu de bon matin un appel de Serge Combertin, et m'en a fait part, finit par concéder le commissaire, comme s'il se sentait démasqué. C'est elle qui m'a suggéré de vous confier le dossier. Les Combertin ne voulaient pas attirer l'attention des gendarmes de Daoulas. Militaires, ils auraient été forcés de tenir compte de tous les volets de cette affaire singulière. Garder sous le coude un élément sensible est plus aisé à un policier.

— Vous ne m'avez toujours pas donné d'ordre, à propos de ce dossier, Commissaire. Je le brûle ? Je le révèle pour enquête ? Je consigne dans le procès-verbal où je l'ai découvert précisément ? Je l'enterre ?

— Trouvez déjà ces voitures, Capitaine, et nous aviserons alors. La procureure n'a pas envie de voir cette bombe lui exploser à la figure dès son arrivée à Quimper. Et moi non plus, d'ailleurs.

— Vous avez, raison, il vaut mieux qu'elle pète entre les mains d'un vieux flic qui voit un terroriste là où ne se trouve qu'un honnête homme d'affaires jordanien.

— Je n'ai pas dit cela, Capitaine, je n'ai pas dit cela. J'apprécie votre tact et votre discrétion sur cette affaire de dossier disparu, autant que votre diligence à la résoudre.

— Message reçu, Commissaire !

Ce soir-là, je n'avais pas davantage le moral que la veille ou le jour d'avant et, une fois Sarah rentrée pour s'occuper de Pauline, je voulus offrir un pot à Blaise, le dernier célibataire du groupe, mais notre Zébulon avait un rancard. Il m'assura que ce n'était pas ce que j'imaginai, tout en s'excusant de ne pouvoir m'en dire davantage. Je l'abandonnai avec ses mystères et appelai Laure Barbotan. Je tombai sur son répondeur. Elle se trouvait toujours à son bureau du palais de justice. Je lui laissai un message pour la prévenir que je me trouvai à l'appartement de la rue Vis et que, si elle n'avait pas de programme pour la soirée, je l'invitais à dîner dans le lieu de son choix, après un petit verre chez moi. Enfin, chez Dominique, puisque l'appartement appartenait toujours à mon ancienne compagne…

Parmi de nombreuses autres qualités, Laure

possédait l'optimisme et l'écoute. Même les soirs les plus moroses s'illuminaient en sa compagnie et même les situations les plus sombres parvenaient à s'éclaircir dans mon esprit, à l'issue du moment passé ensemble. En ce jeudi soir, les sujets de discussion étaient nombreux, du comportement étrange de Dominique à l'aéroport au mystère du dossier resté dans la voiture volée en passant par le face-à-face avec Moktar Al-Varamini, un terroriste disparu, près de trente années après un moment similaire, sans oublier les derniers cancans du palais et les nouvelles infos sur la procureure Da Costa.

Aussi, une fois tous deux installés dans le salon de l'appartement, entre deux gorgées de crémant d'Alsace, l'une de ses boissons favorites, Laure me relançait par une question pertinente qui me poussait à aller chercher la réponse un peu plus profondément dans mes entrailles. Au moment fort d'une intervention sur le terrain, aurais-je été heureux de voir Dominique débarquer parce qu'elle avait besoin d'un câlin ? Bien sûr que non, mais les situations me semblaient différentes. Quoique, en y réfléchissant bien…

Pourquoi me faire du souci pour ce dossier compromettant, alors que les véhicules du couple Combertin n'ont pas encore été trouvés ? Était-ce ma crainte ou bien avais-je attrapé en cours de journée l'angoisse du couple, celle du commissaire et celle de la procureure, que je portais, réunies, dans mon sac à dos ?

Présenté ainsi, le problème semblait rentrer plus aisément dans mes cadres habituels. Puis elle se fit plus grave.

— Paul, votre instinct de flic vous commande de traquer ce terroriste, personne n'a le droit de vous interdire de mener votre piste jusqu'à son terme. Au pire, vous écoperez d'un blâme, vous récolterez les quolibets de ceux que vous avez irrités, ça n'ira pas plus loin. Vous vous serez trompé. Vous ne serez pas le premier, vous ne serez pas le dernier, vous vous relèverez ! En revanche, vous serez allé au bout de votre intuition de flic.

— Oui, mais…

— À présent, imaginez si, dans quelques jours, vous devez assumer une situation dans laquelle ce terroriste a fait des dizaines de victimes. Je vous connais. Jamais vous ne vous retrancherez derrière le fait que vous aviez averti votre commissaire et qu'il vous a envoyé paître. Non, vous vous flagellerez de ne pas être allé au bout de la piste que vous avait révélée votre instinct. Comme vous pouvez encore vous en vouloir aujourd'hui de l'avoir croisé, voilà trente ans, et de ne pas avoir lu dans ses yeux que cet individu était le criminel qui venait de meurtrir la ville. Je me trompe ?

— Non, bien sûr et vous le savez bien ! Moktar est passé à côté de moi et je n'ai pas eu le réflexe de lui demander ce qu'il transportait dans son sac, même si alors, il devait être presque vide. Combien d'autres victimes a-t-il laissées derrière lui depuis ce jour ? Ce criminel fait partie des pires démons qui hantent mes nuits.

— Voilà pourquoi vous allez suivre votre piste, Paul ! insista Laure, de sa voix juvénile mais ferme, avec ce qu'il fallait de persuasion dans le regard pour me faire craquer. Vous n'aurez rien à vous reprocher et, si vous avez raison, vous aurez sauvé des vies. Ne laissez personne douter de votre instinct de flic, et surtout pas un ordinateur. On en reparlera dans quelques jours et vous verrez que j'avais raison de vous inciter à avoir confiance en votre sixième sens.

— Si vous le dites !

— Ce dont vous pouvez être certain, même si je sais que mon avis vous importe peu, c'est que, moi, personnellement, je suis convaincue que l'homme que vous avez reconnu ce matin est bien un terroriste et, si j'avais été chargée de l'affaire, je vous aurais donné carte blanche pour remuer le département jusqu'à ce que vous mettiez la main dessus. Mais bon, ça, c'est juste le point de vue d'une jeune magistrate désormais cantonnée à un travail de paperasse dans son bureau.

— Laure, ce n'est pas cool de votre part, vous prêchez le faux pour m'entendre dire le vrai. Bien sûr que votre avis compte pour moi. Voilà, vous êtes satisfaite, flagorneuse ?

— Flagorneuse ? Ça veut dire quoi, flagorneuse ?

— Puisque vous passez vos journées dans votre bureau, consultez votre dictionnaire et vous saurez.

— Bon, changeons de sujet, ponctua la magistrate avec ce pétillement de malice aussi délicieux que le breuvage que nous venions de déguster, ce verre de crémant m'a donné faim et le plat du jour, à la Plaidoirie, c'est un osso-buco aux légumes de saison. On y va ? Mais surtout, Paul, vous n'insistez pas pour que je prenne un dessert par la suite car ma balance commence à maudire le jour où je vous ai rencontré.

— Dès le premier instant, Laure, j'ai su que vous n'étiez pas une fille à prendre les choses à la légère !

II

Vendredi 6 septembre, 10 heures, commissariat de Quimper

Calme plat au bureau. Pas la moindre nouvelle des deux véhicules de la famille Combertin. Comme je m'y attendais, le traceur de la BMW avait été neutralisé, empêchant les experts du groupe d'assurances de suivre le véhicule. Blaise avait diffusé les signalements et les numéros des plaques minéralogiques aux gendarmeries, aux commissariats mais aussi aux douaniers. Déjà, ni l'une ni l'autre n'avait servi de bélier pour une attaque de banque ou de commerce dans la région, ce qui n'avait rien de surprenant avec des véhicules de valeur.

De ce fait, pas de nouvelle du dossier sulfureux non plus. Un chef d'entreprise de la région avait dû dormir sur ses deux oreilles, ignorant que sa carrière politique risquait de prendre bientôt du plomb dans l'aile, que sa liberté future dépendait du nez de petites frappes, ou encore de leur commanditaire. Ces truands avaient, dans des feuilles de papier planquées au fond d'une serviette en cuir, un trésor qui valait encore plus que les deux bagnoles réunies, mais, par chance, ils devaient l'ignorer.

Cette fois, ce fut au tour de la procureure de m'appeler pour me demander de venir la rencontrer dans son bureau, afin de lui rendre compte de l'évolution de la mission qui m'avait été confiée. Cette panique de sa part me surprenait. Déjà parce qu'elle semblait une maîtresse femme mentalement solide ; ensuite parce que, dans cette affaire, elle ne risquait strictement rien. À moins qu'elle ne soit complice de l'homme d'affaires impliqué dans le dossier, je ne parvenais pas à comprendre pourquoi elle flippait autant. Et je doutais de l'apprendre de sa bouche, car elle n'était certainement pas femme à se confier sur ses états d'âme auprès de ses enquêteurs.

Sur un écran d'ordinateur, Sarah suivait le début de la rencontre internationale de Brest, retransmise par Tébéo. Pour voir comment cela se passait au niveau de la sécurité, car elle avait confiance en mes souvenirs du Liban, pour entendre Dominique défendre son dossier car, même si la magistrate n'était pas sa mère, elle était importante dans sa vie. En plus, elle n'avait rien de mieux à faire pour l'instant.

J'avais eu la commandant Vallauri au téléphone en début de matinée. Pas la moindre nouvelle de mon terroriste, ce qui ne l'empêchait pas de rester vigilante. Elle ne voulait pas risquer une grosse boulette, aussi avait-elle fait passer la salle de conférences une dernière fois au peigne fin, juste avant le début des débats. Même si elle n'était pas la responsable de la sécurité, elle aussi craignait d'imaginer une bombe qui réduise en charpie le gratin des juristes de la planète et les ministres de la Justice de nombreux pays européens. Elle espérait que je m'étais trompé depuis le début, mais l'intérêt qu'elle portait à ma suspicion me faisait chaud au cœur.

Avant de quitter le bureau, je demandai à Rose-Marie un service qu'elle n'avait pas le droit d'accepter. Je lui remis le feuillet d'Ibrahim Ben Talal, l'homme d'affaires jordanien sous les traits duquel j'étais convaincu que se cachait Moktar Al-Varamini, mais aussi une photo que j'avais extraite de mes carnets d'agent secret, un portrait du terroriste issu d'une affiche placardée à l'époque dans tout le pays, pour retrouver sa trace.

— Sur ta bécane d'ici, ce serait risqué, Rosie ; j'avais pensé que depuis celle du bureau de Mario, tu aurais plus de chance de parvenir à un résultat positif.

— Oui, d'autant plus que le logiciel est beaucoup plus performant, me répondit-elle, le visage grave, consciente de l'importance du service que je lui demandais. Moins légal en France, mais plus performant. Je lance cela à midi, Paul. Je vais d'abord utiliser un programme expérimental qui me permettra de créer un morphing à partir des deux photos. Ensuite, je vais balancer les trois photos sur un nouveau logiciel de reconnaissance faciale, qui va balayer toutes les photos d'Internet et récupérer les clichés qui auront matché. Ils ne correspondront pas tous à ce gars, mais je suis certaine que, parmi les résultats obtenus, vous saurez trouver les vues qui correspondent à lui.

— Rosie, tu sais que tu es géniale ?

— J'ai surtout confiance en vous, Paul ! Si nous pouvons sauver des vies en révélant la véritable identité de ce criminel, je n'ai pas à hésiter une seconde. Encore moins si l'une des personnes en danger est Dominique, que j'ai tant côtoyée. Passez me voir en fin de journée au bureau de la rue des Réguaires, j'aurai les premiers résultats, même si le balayage complet de la Toile va certainement prendre plusieurs jours.

*

* *

Je ne pénétrai jamais dans le palais de justice de Quimper sans une pensée émue pour Dominique, encore plus en ce jour où elle se trouvait plus proche de moi qu'à l'ordinaire, et pourtant si loin, en termes de sentiments. Mais je devais chasser son image de ma tête pour me concentrer sur un dialogue moins amène avec une magistrate au tempérament plus glaçant que celui de ma compagne ; enfin, de mon ex-compagne.

Je n'avais encore jamais eu de dialogue direct avec Consuelo Da Costa, juste des échanges au téléphone, des travaux en équipe et de courts apartés lors de réceptions officielles.

Les seuls échos glanés provenaient de la bouche de Laure Barbotan, qui travaillait sous ses ordres, et regrettait amèrement le départ du procureur Vanhamme, dont elle était un peu la chouchoute. Elle avait pris cette reconnaissance professionnelle comme un acquis que l'arrivée de la tornade lusitanienne avait balayé en quelques jours. Consuelo Da Costa avait recadré son équipe et déplacé les pions autour d'elle, de sorte que Laure, qu'elle considérait peut-être comme une menace ou une rivale, se trouvait désormais reléguée aux tâches subalternes et avait perdu le lien direct qui nous permettait de travailler ensemble.

Une partie de moi-même se piquait de l'affrontement à venir, qui ne m'effrayait pas vraiment. J'avais trop de bouteille pour craindre une magistrate. Surtout si près d'une retraite qui, même anticipée, ne me gênerait pas plus que cela. Et puis, je savais que je bénéficiais d'une certaine aura au palais de justice, d'appuis solides, même si les plus anciens magistrats nous abandonnaient, les uns après les autres, faisant valoir leur droit à la retraite. Et puis, avec son passé nanti d'une mention à l'encre rouge, même dotée d'un tempérament autoritaire, Consuelo ne possédait pas, elle non plus, une énorme marge de manœuvre. Aussi, c'est l'appétit aiguisé par la perspective d'une incisive passe d'armes que je frappai à la porte du bureau de la procureure.

Consuelo Da Costa se présenta à moi dans un tailleur strict sombre avec un chemisier ivoire plutôt vieille France. Ses cheveux noirs ramenés en queue-de-cheval, ses billes vives au brun très foncé qui me scrutaient déjà, dénotaient son tempérament autoritaire et sa volonté d'impressionner ses interlocuteurs.

Elle tendit vers moi une main franche avant de me proposer de profiter de la température agréable et du ciel clément pour aller marcher sur le chemin du halage voisin. Son invitation me surprit un peu mais je l'acceptai.

Tout en nous dirigeant côte à côte vers la passerelle du Cap Horn, elle m'avoua que, depuis son arrivée, elle avait peu de temps pour s'occuper d'elle et se sentait déjà s'encroûter. Je m'attendais à me trouver face à une tigresse, je marchais auprès d'une agnelle timide, qui semblait me craindre. Nous ne quittions pas le terrain des banalités, des beautés de la ville et de la région, des richesses gastronomiques locales en passant par mes souvenirs de jeunesse ou encore le palais de justice et ses rénovations. Nous étions à l'entame du quai Neuf, davantage à l'abri d'éventuelles oreilles indiscrètes, quand elle se lança.

— Je ne sais pas trop par où commencer ! En fait, je reporte ce dialogue depuis de nombreuses semaines. Je crois que vous m'impressionnez un peu. Vos états de service, votre brillante carrière, vos récents succès auprès de la commissaire Belloumi, que j'aurais aimé mieux connaître… Mais aussi votre compagne, Dominique Vasseur, dont l'empreinte dans le palais de justice est indélébile, presque plus forte encore que celle du procureur Vanhamme.

— Lorsque j'ai connu Dominique Vasseur, j'avais en face de moi une magistrate brisée par son séjour marseillais difficile et un piège abject qui lui avait valu ce voyage peu envié au fond de la Bretagne, me hasardai-je à répondre, pour tenter d'aider mon interlocutrice en accomplissant un pas vers elle. Notre premier travail a été de nous apprivoiser. Comme notre affaire initiale concernait des notables locaux qui espéraient se jouer de nous, il nous a fallu nous serrer les coudes pour parvenir à les confondre in extremis. À peu de détails près, nos carrières se seraient arrêtées en cette période, mais le destin en a décidé autrement, nous avons su retourner la situation à notre avantage. L'une de ces victoires à l'arrache qui forgent les amitiés solides et les complémentarités inoxydables.

— Puisque vous me tendez subtilement la perche, j'ai vécu l'enfer dans le Cher, le purgatoire en Guyane, j'espère que le Finistère sera enfin un bout de paradis. Vous n'ignorez pas mon parcours, vous seriez bien le seul…

— Je ne suis pas homme à considérer un interlocuteur sur les seuls portraits de lui que j'ai pu lire dans la presse. J'aime me forger ma propre opinion sur les gens, le plus souvent en les voyant agir sur le terrain. Le fruit de l'expérience, certainement. J'ai moi aussi parfois payé bien cher le prix d'une trahison et sorti la tête de l'eau par l'aide d'une personne que je ne pensais pas mon amie. Dans nos fonctions, on ne donne pas de blanc-seing, on accorde sa confiance à l'usage.

— Je crains hélas d'avoir déjà donné un blanc-seing, avant même de prendre ce poste à Quimper. Un piège pourtant grossier, mais je n'ai rien vu venir. Dans les prochains jours, il va vraisemblablement se refermer sur moi pour briser à jamais ma carrière. Mais je crains de vous ennuyer avec mes jérémiades.

— Vous m'en avez trop dit, ou alors pas assez, Madame la procureure ! Je pense même que si vous avez souhaité ce dialogue, c'est pour évoquer avec moi ce sujet si délicat. De quel piège me parlez-vous, Madame la procureure ?

— Oh, par pitié, appelez-moi Consuelo, Paul ! Et plus tard, si nous parvenons à tisser les liens d'amitié dont vous parlez, peut-être même vous autoriserai-je à m'appeler Chelo, mon diminutif, réservé à mes intimes, de plus en plus rares. Cela précisé, je vais vous narrer la pitoyable situation d'une magistrate que bien des personnes surnomment "la dame de fer". Comme vous le savez, ma précédente affectation était Cayenne.

— Oui, durant cinq ans, si je ne m'abuse !

— Lorsqu'on vit en Guyane, donc loin de la métropole, les plaisirs ne sont pas très nombreux. Le plus souvent, on évolue entre Occidentaux, plus par nécessité que par volonté de laisser de côté les autochtones. Cayenne est une ville de quelque soixante mille habitants, parmi lesquels on dénombre environ dix pour cent de métropolitains. Bref, le communautarisme y est forcément très fort. Voilà comment j'ai eu l'occasion, un soir, de rencontrer un homme très sympathique qui s'était implanté dans un port local pour pratiquer la pêche à la crevette, celle de Guyane étant l'une des plus grosses du monde. J'ai aidé cet homme à construire la seconde partie de son projet, une pêcherie dotée d'un élevage conforme aux normes en vigueur. Je me suis laissé subjuguer par sa faconde et son charisme avant de comprendre que le bel entrepreneur avait une face cachée.

— Ne me dites pas qu'il prenait du plaisir à coucher avec de jeunes garçons, anticipai-je, comprenant que si Consuelo avait été prise dans le filet des crevettes, je me trouvais pour ma part coincé au milieu d'un panier de crabes.

— J'avais oublié que vous êtes flic, un bon flic, même ! Dès que je m'en suis aperçue, je me suis écartée de lui. Mais il avait déjà anticipé ma mutation dans son département, le Finistère. Je l'ai aidé à bâtir sa fortune et, en retour, il m'a ficelé les poignets.

— Au point où nous en sommes, pouvez-vous me donner son nom, car je pense qu'il s'agit de l'individu dont les agissements coupables et les photos compromettantes figurent dans le dossier abandonné par madame Combertin dans la voiture qui, le soir même, lui a été volée dans son garage. De ce fait, je comprends mieux pourquoi l'affaire a atterri à Quimper et non à Brest.

La magistrate s'assit sur un banc, je restai un moment debout pour la contempler, ne parvenant pas à discerner si elle tentait de m'amadouer par ruse ou si elle était sincère. J'aurais aimé avoir Laure auprès de moi, si fine psychologue, pour m'aider à discerner les véritables intentions de mon interlocutrice et savoir si je pouvais lui faire confiance ou si je devais m'en méfier comme d'une peste encore plus subtile que d'autres fléaux avant elle.

Elle mit un moment avant de répondre à mon désir de connaître enfin l'identité de l'homme d'affaires véreux et, certainement en même temps, de la personne aussi gênante aux yeux de ses adversaires politiques pour qu'ils aient pris soin de constituer un dossier à charge sur lui. Au bout d'une longue minute, elle se décida à parler.

— Il se nomme Cyprien Vergnaud et réside à Roscoff. Il est bien le personnage principal du fameux dossier volé et j'en suis, involontairement, un personnage secondaire. En effet, mon nom figure dans certains documents collectés par ses adversaires politiques, comme la caution juridique apportée gracieusement à ses montages financiers. Voilà les éléments que m'a rapportés monsieur Combertin, en même temps qu'il me faisait part de la disparition du fameux dossier, avec le vol du véhicule de sa femme.

— Autant d'informations étonnantes se télescopent dans mon cerveau, bredouillai-je, perplexe, en m'asseyant à mon tour. Je vais tenter de synthétiser tout cela. Deux voitures sont volées à Daoulas. Dans l'une d'elles, un dossier a été oublié. Il contient des papiers compromettants sur un rival politique des propriétaires des véhicules, mais aussi sur la nouvelle procureure du parquet de Quimper, fraîchement débarquée de Guyane.

— Oui, c'est bien résumé…

— Vergnaud vous tient par votre implication involontaire à ses malversations, vous ne pouvez donc mener une action judiciaire contre lui. Combertin et ses amis politiques pensaient tenir Vergnaud par la constitution de ce dossier sulfureux, ils découvrent que vous êtes sa complice, ce qui modifie la donne. Dans ce cas, pourquoi Combertin vous prévient-il de la présence de votre nom dans les pages d'un dossier qu'il ne possède plus et qu'il n'est pas censé avoir possédé un jour ? Lui aussi voulait vous faire chanter ? Où vous torpiller comme complice de Vergnaud ? Quel micmac !

— J'ai l'intuition que Cyprien Vergnaud a eu vent de la constitution de ce dossier par ses adversaires et qu'il est le commanditaire du vol des voitures pour…

— Non, Consuelo, coupai-je aussitôt en me relevant, au risque de me faire renverser par l'un de ces cyclistes qui se croient sur le chemin du halage comme sur une piste de vélodrome. Sarah et moi y avons pensé aussi, au retour de notre rencontre avec les victimes. Mais comment aurait-il su que le dossier se trouvait dans la voiture au repos dans le garage de la résidence et non dans le coffre-fort du bureau de Combertin à Brest ?

— Et qui vous assure que le dossier se trouvait dans la voiture, Paul ? réagit Consuelo en se levant pour reprendre la marche. Le couple Combertin vous l'a affirmé, mais est-ce la vérité ? Et s'il l'avait chez eux, ce dossier, et que les complices de Vergnaud soient venus le récupérer en soirée, que le vol des voitures ne soit qu'un leurre pour vous forcer à intervenir ?

— Non, je n'achète pas votre version, Consuelo, réfutai-je, en me faisant frotter l'épaule par un nouveau fou du guidon. Trop de « si » dans une telle version ! Je ne vois pas Combertin et sa femme planquer leurs voitures pour faire croire à un home-jacking et vous appeler pour vous parler du vol d'un dossier dans lequel votre nom est mentionné. Ils n'ont pas la carrure pour assumer un tel bluff.

— Ce qui est certain, c'est qu'ils ne le possèdent plus, ce dossier. Mais qu'ils en ont pris connaissance, puisqu'ils savent que j'y suis mentionnée. Désormais, Cyprien Vergnaud connaît les plans de ses adversaires, mais aussi les méthodes qu'ils utilisent, et il les tient. Ce dossier dans la nature n'aurait pas affolé les victimes, les auteurs de home-jacking se souciant rarement de la paperasse. Si les Combertin ont paniqué, c'est qu'ils savent que leurs agresseurs ont été mandatés par leur adversaire, c'est-à-dire Vergnaud. Le seul moyen, pour Combertin et ses amis, de s'en sortir, c'est de lancer la police sur la piste de l'escroc.

— Quelque chose ne colle pas, dans votre raisonnement, Consuelo. Je ne pense pas que les Combertin auraient pu me mener en bateau de la sorte. Et encore moins Sarah. Ma fille est très intuitive face à ce style d'arnaques. Mais je vous promets que je vais faire tout mon possible pour trouver le dossier avant que son contenu ne soit révélé. Ensuite, nous aviserons. Vous voulez continuer à risquer de vous faire culbuter par un cycliste ou faisons-nous demi-tour ?

— Ces gens sont parfaitement dans leur droit, c'est nous qui ne devrions pas nous trouver côte à côte, précisa la magistrate, en garante de la loi.

— Peut-être, mais c'est moins facile de dialoguer à la queue leu leu, tout de même, arguai-je en me plaçant dans le sillage de Consuelo pour admirer ses superbes mollets. Un élément nous échappe, dans ce dossier. Quelqu'un me ment et je n'aime pas cela. En plus, j'ai une autre requête à vous formuler, qui ne va pas vous plaire.

— Allez-y toujours, me lança-t-elle en filant devant moi d'un bon pas.

— Je suis certain d'avoir croisé un terroriste islamiste, pire, un poseur de bombes, à l'aéroport de Brest. Pour les artistes de la DGSI, c'est un homme affaires jordanien inoffensif. Effectivement, cet homme n'est pas fiché. Pourtant, je sais que le visage que j'ai croisé à Brest est celui de Moktar Al-Varamini.

— Et qu'attendez-vous de moi, au juste ?

— Mon supérieur, le commissaire Guilhem de Wancourt, m'a interdit de suivre cette piste pour me concentrer uniquement sur le dossier volé, à propos duquel vous semblez l'avoir parfaitement briefé.

— Ah, Guilhem, persifla la procureure, en secouant la tête, ce cher Guilhem qui n'a pas appris dans ses cours que, lorsqu'on savait tout, il restait encore l'essentiel à apprendre. Et qu'une femme qui ouvre des yeux béats devant son parcours de jeune combattant n'est pas pour autant une femme qu'on peut mettre dans son lit. Notre tout frais commissaire n'est pas méchant, il a juste besoin d'essuyer un ou deux revers pour comprendre que le métier ne s'apprend pas dans les amphithéâtres mais sur le terrain et bien moins dans les notes brillantes de ses formateurs et les mentions au tableau d'honneur que dans les échecs et les remises en cause du terrain.

— Pourriez-vous lui toucher deux mots sur l'importance de mener une enquête sur cet individu suspect, pour découvrir quelles affaires il vient mener en Bretagne et en quel lieu ? Personnellement, le partenariat commercial entre Bretagne et Jordanie, je n'y crois pas trop, voyez-vous. Comme je ne suis pas convaincu de la volonté de créer des crêperies sur le site de Petra ou encore de faire consommer du pâté Hénaff dans les restaurants d'Amman.

— Je ne peux tout de même pas faire avaler à Guilhem que ce Jordanien est lié à notre affaire de home-jacking et qu'il rêve de lancer un élevage de crevettes dans la mer Morte ? s'amusa Consuelo Da Costa, un peu plus détendue. Mais je vais voir ce que je peux faire.

Nous étions de retour à la passerelle du Cap Horn. La procureure me remercia pour cet échange et me réclama une seconde chance de lui prouver que, malgré les apparences, elle était une bonne magistrate. Elle avait certainement un programme pour la fin de matinée. Elle sauta dans le premier bus, preuve qu'elle ne regagnait pas le palais de justice, et me laissa avec mes interrogations. Une femme étonnante que je ne parvenais pas à cerner totalement. La prudence ne faisait pas partie de ses options de base puisque, après avoir vécu une aventure visiblement rocambolesque avec Cyprien Vergnaud en Guyane, elle semblait avoir commencé une idylle aléatoire avec notre jeune et sémillant commissaire. Une magistrate éprise du goût du risque, à l'opposé de Dominique, qui craignait sans cesse les pièges et les possibles porte-à-faux.

*

*   *

De retour au bureau, Sarah voulut connaître la teneur de mon si long dialogue avec la procureure. Elle s'activait sur la paperasse en compagnie de Blaise, aussi attendait-elle mon retour pour tout lâcher et envisager un emploi du temps moins fastidieux. Mehdi était parti avec des bleus intervenir sur une rixe entre bandes rivales, dans un quartier chaud de la ville. Cela arrivait de plus en plus souvent et le maintien de l'ordre se révélait souvent difficile car les flics n'étaient pas les bienvenus en certaines zones. De son côté, selon ma fille, Rosie travaillait pour moi sur la bécane ultramoderne de l'officine de Mario, son compagnon détective.

— Alors, la mante religieuse ? questionna Sarah, impatiente.

— La tigresse a fait patte de velours et nous avons eu une discussion agréable et intéressante. Et aussi un nom. Celui du héros du dossier mystérieux resté dans la voiture. Il se nomme Cyprien Vergnaud et il élève des crevettes en Guyane, notamment. Mais ses bureaux sont basés à Roscoff. On a du biscuit sur lui ?

Je compris immédiatement que la paperasse attendrait. Toute la paperasse car, à l'instar de Sarah, Blaise avait déplacé la pile de feuilles sur le côté de son bureau pour rapprocher le clavier de son ordinateur. Une recherche en stéréo, en quelque sorte, avec commentaires en live pour mes deux oreilles.

— Voilà, je l'ai, Cyrille Vergnaud, 46 ans, pas grand-chose à se reprocher hormis des excès de vitesse et un téléphone au volant, clama Sarah, plus rapide que Blaise.

— J'ai un article du *Télégramme* sur son business, reprit Zébulon, car les deux avaient fait des recherches complémentaires, preuves d'une maturité bienvenue. Il est propriétaire de viviers vers Roscoff, mais aussi de piscicultures et d'élevages, en France comme à l'étranger. Il a un regard hypnotisant, je n'aimerais pas le rencontrer la nuit dans une venelle déserte.

— Fais voir, Zeb, réagit Sarah en se levant pour s'appuyer sur les épaules de son collègue. Tu as raison, il fait peur. Remarque, c'est peut-être juste la photo qui donne cette impression. Non, tu as raison, sur les autres, il affiche ce même regard pas très engageant. Genre faux jeton.

— Il ne faut pas se fier aux apparences, arguai-je pour éviter à ma fille un délit de sale gueule, mais selon les victimes, rumeur confirmée par notre procureure, il a des tendances pédophiles et aurait des soucis avec la justice guyanaise, donc française.

— C'est marrant, je ne vois marqué nulle part qu'il veut se lancer dans la politique, s'étonna Sarah en passant d'une page Web à une autre. Tu crois que le couple Combertin aurait essayé de nous embrouiller ?

— Rien ne colle, dans cette affaire, soupirai-je, on se fait mener en bateau par les victimes ou par la procureure et je n'aime pas ça. Que la magistrate connaisse ce gars à Cayenne et que tous deux se retrouvent par la suite dans le Finistère, c'est un peu fort de café, non ?

— Quoi, elle fréquentait ce malade en Guyane ? s'étouffa Sarah. Alors elle est mouillée jusqu'au cou…

— Oh, là, Sarah, pas de jugement hâtif, par pitié, coupai-je, sentant ma fille prête à monter sur ses grands chevaux.

— C'est bien ce que je pensais, elle a réussi à te marabouter, sanctionna Sarah, fataliste. Je savais bien que j'aurais dû t'accompagner à ce rendez-vous. Dès qu'une superbe nana te fait la conversation, elle t'embrouille.

— C'est toi qui m'embrouilles ! En Guyane, les métropolitains se connaissent tous et fréquentent les mêmes lieux de loisirs. Vergnaud lui a demandé des conseils sur le montage juridique de sa société en Guyane et Consuelo l'a aidé à remplir sa paperasse.

— Tu l'appelles déjà Consuelo, c'est bien ce que je pensais, fulmina Sarah en se levant pour faire le tour du bureau. Décidément, tu es incorrigible !

— Sarah, tu es pénible, à la longue ! Le suspect, c'est ce Vergnaud, c'est sur lui que vous devez enquêter, tous les deux. Je veux tout savoir de sa vie, de ses origines, de son parcours, de son installation en Bretagne, des pays dans lesquels il a implanté des élevages de crevettes. Je veux savoir si le couple Combertin a monté cette histoire pour une raison mystérieuse ou si ce Vergnaud est vraiment un détraqué dangereux. Bon, je vous laisse bosser, je vais rejoindre Rose-Marie. Elle, au moins, elle se concentre sur son travail et ne joue pas les psychologues de revues pour midinettes.

— Dis, Paul, lança Blaise, goguenard, quand un producteur de crevettes a des rancards avec des nanas, tu crois qu'il arrive avec des bouquets ?

Je marchais le long de l'Odet lorsque la sonnerie de mon téléphone retentit. C'était la commandant Vallauri qui m'appelait depuis Brest pour me dire que la première journée venait de s'achever sans encombre. Et pas de trace de mon suspect dans les alentours.

Plutôt une bonne nouvelle. Les séances de travail achevées, le groupe visitait à présent Océanopolis, mais toutes les vérifications avaient été opérées au préalable.

— Tu flippes pour ta femme, c'est cela ? questionna ma collègue et supérieure, sur un ton complice. Il est vrai qu'avec ce qu'ils entreprennent, les membres de ce groupe vont se faire pas mal d'ennemis, parmi les financiers qui fraudent le fisc, les terroristes qui font sauter le monde à tout va ou encore les parrains des mafias aux quatre coins de la planète. Mais tout va bien se passer, tu vas voir !

— Pourtant, ce type, c'est bien Moktar Al-Varamini, j'en mettrais ma main au feu. Mais je ne vais pas t'embrouiller avec cela, tu as assez de problèmes dans le crâne, sans que je t'en rajoute.

— Tu sais, je ne suis pas en première ligne, c'est la DGSI qui assure la coordination. Notre rôle est plutôt complémentaire et n'a rien à voir avec nos missions habituelles.

— Méfie-toi, avec ces lascars, en cas de souci, ils sont prompts à ouvrir le parapluie, précisai-je d'expérience.

— Ne t'inquiète pas pour cela, il n'y a pas plus rapide que les Brestois pour ouvrir un parapluie, ironisa la commissaire.

— Juste une dernière question, puisque je te tiens. De mémoire, Cyprien Vergnaud, ce nom évoque quoi, pour toi ?

— Pourquoi, c'est un terroriste, lui aussi ? C'est l'un des promoteurs du nouveau monde de l'industrie de la pêche. D'ailleurs, je crois qu'il fait partie des invités à la visite d'Océanopolis. Il œuvre pour un élevage raisonné dans les piscicultures et il me semble clean. Pourquoi cette question ?

— Je dois enquêter sur lui pour des rumeurs de pédophilie. La nouvelle procureure a également eu vent de plaintes en Guyane. C'est une affaire scabreuse ; un dossier compromettant à son endroit, perdu dans la nature. De plus, il aurait des ambitions politiques en Bretagne, autre rumeur que rien de concret ne corrobore à cet instant. J'ai la sensation que quelqu'un veut me piéger, mais j'ignore qui, et pour quelle raison.

— Je te promets de garder un œil sur lui, durant la visite, pour tenter de savoir quelles sont ses intentions, notamment sur le plan politique. Ce serait vraiment dommage si la suspicion était confirmée, c'est un homme de ma génération, beau et brillant qui pourrait m'intéresser. Et puis, pour le peu que je sache sur lui, il est plus attiré par les gonzesses que par les mecs, même jeunes. Et quand je dis attiré, c'est un vrai coureur de jupons… Allez, je dois te laisser, la visite commence.

*

* *

Un quart d'heure plus tard, je me trouvais rue des Réguaires dans les locaux tout neufs de l'officine du détective privé Mario Capello, qui ne savait où donner de la tête. La première à me sauter au cou fut sa secrétaire, Julie Varaigne, qui avait longtemps travaillé auprès de Dominique au palais de justice. Même si je la savais en couple avec l'un des membres de mon équipe, Mehdi Langeais, je ne pouvais revoir la grande sauterelle blonde sans me souvenir des nombreux moments très agréables que nous avions passés ensemble. Elle possédait deux talents très complémentaires : Julie était un très fin cordon-bleu, et elle excellait aussi dans les desserts et gâteries de fin de soirée.

Une fois son téléphone raccroché, Mario se leva de son fauteuil pour venir m'embrasser. Lui aussi avait été l'un de mes équipiers, avant qu'une sale rumeur ne coure sur sa séropositivité, à la suite d'une transfusion sanguine. En rémission depuis son traitement, il avait ouvert son agence et cela fonctionnait de mieux en mieux. De plus, il filait le parfait amour avec Rose-Marie Cortot, notre enquêtrice, qui passait son temps entre les ordinateurs de notre bureau de commissariat, ceux de l'agence de Mario, beaucoup plus performants, et son fils Théo – à peine un peu plus âgé que la petite Pauline de sa copine Sarah –, qui réclamait sa mère en permanence.

Je savais que, dans quelque temps, Rose-Marie nous quitterait pour bosser avec son futur mari. Cela procédait de la pure logique. Mario m'avait aussi proposé, à ma retraite de flic, de rejoindre son équipe, où mon expérience représenterait un plus indéniable. Une proposition intéressante, même si je n'étais pas convaincu que, une fois ma carrière achevée, j'aurais envie de replonger dans la marmite. D'année en année, Mario s'occupait de dossiers plus consistants et élargissait sa zone d'action ; aussi sa petite équipe se révélait-elle bien souvent insuffisante. Mais, comme je le disais régulièrement dès qu'il me lançait une perche : un match après l'autre.

À la mine un peu déconfite de Rosie, je compris que les premiers résultats de ses recherches sur mon poseur de bombes ne correspondaient pas à ses espérances. Je voyais sa machine pédaler, des visages défiler en permanence sur l'écran, mais pas un seul ne devait correspondre à Moktar Al-Varamini, preuve que je m'étais planté depuis le début. L'Antillaise m'expliqua la situation.

— Je suis partie sur la base de trois photos de ce gars : celle du passeport, celle de votre vieil article de journal et celle de mon morphing, qui représente un intermédiaire entre les deux autres. Pour l'instant, pas un seul résultat concluant.

— Je me suis fait des idées, c'est cela ? soupirai-je, pensant y voir les premiers signes de la sénescence.

— Pas forcé, Paul. Au contraire, je dirais. Logiquement, la photo d'un homme d'affaires, même s'il n'est pas mondialement connu, génère des dizaines voire des centaines de liens avérés. Même s'il n'est pas une star du showbiz, un businessman doit se vendre pour exister, pour prouver sa crédibilité. Donc, votre gars n'est pas un homme d'affaires, ou s'il l'est, il vend, par exemple, des armes et dans ce cas il n'apprécie pas la publicité ! Il est même étonnant qu'un tel vide sur la Toile n'alerte pas les services secrets.

— Comment cela ?

— Moi, à la place des agents des services secrets, je ferais une recherche sur Ibrahim Ben Talal. Comme moi, ils feraient chou blanc. Car ce supposé businessman jordanien est bidon, et ça, tout le monde peut le constater. Dans ce cas, qui se cache sous son identité ?

— Donc, il pourrait bien s'agir de Moktar !

— Pourquoi pas ? Ensuite, pourquoi je ne trouve rien ? Parce que les données de votre terroriste ont été méthodiquement effacées. Celles de la photo actuelle et les précédentes. Un travail de super-professionnel, style CIA ou FBI, pas un amateur, même de mon niveau.

— Tes conclusions ?

— La logique : ce gars a été retourné par les Américains, qui ont fait croire à sa mort alors qu'il travaille pour la CIA ou une autre agence. Mais cela ne colle pas vraiment avec sa présence en Bretagne. La seconde hypothèse a plusieurs facettes. Les services secrets américains ne sont pas les seuls à posséder le personnel pour un tel effacement d'individu. Les Russes aussi et même les Chinois et sans doute des services secrets d'autres pays. Mais pour qui bosse-t-il à présent, et dans quel but ? Autre possibilité, la plus tordue, qui ne va pas vous plaire.

— Dis toujours !

— Un ami des terroristes a profité des bécanes et des logiciels de l'une de ces agences de renseignement, quelque part dans le monde, pour effacer le parcours d'un terroriste, supposé éliminé lors d'une action d'espionnage, parce qu'un mouvement islamiste veut le réactiver.

— Eh merde, on est dans le pétrin, si cette option est la bonne. Pourquoi suis-je allé dans cet aéroport, bordel !

— Pour sauver la planète, une fois de plus, Paul ! Quel que soit le pays pour lequel il travaille, ce type n'est pas net et il n'est pas en Bretagne pour apprendre la recette de la crêpe saucisse, on est d'accord ? Il est en mission et il va agir. Où, quand, seul ou avec des complices ? Tout cela, on l'ignore. En revanche, nous sommes là pour protéger d'innocents citoyens d'un carnage annoncé. Vous n'avez pas le droit de baisser les bras, Paul ! Moi, je ne crois pas au hasard, mais beaucoup au destin, vous le savez. Si votre intuition vous a conduit à l'aéroport de Brest, ce n'est pas pour rien. Si vous y avez croisé ce gars, ce n'est pas pour rien.

— Et je fais quoi, maintenant, ma grande ?

— J'ai réfléchi toute la journée à la situation. J'ai lancé ce programme, je ne peux l'arrêter comme cela, même si je suis à présent convaincue de faire chou blanc. Mais ensuite, dans quelques heures, quand le logiciel aura fait le tour des images du cloud, je peux tenter quelque chose d'un peu scabreux, mais qui ne tente rien n'a rien. En informatique, rien ne disparaît totalement, vous savez ; les informations restent en mémoire, même si elles ont été effacées. Une image retirée laisse une empreinte que l'intelligence artificielle ne va pas aller rechercher, tant qu'elle n'est pas programmée pour. Mais l'intelligence humaine le peut, sans doute.

— Tu saurais faire cela, Rosie ?

— Je peux toujours essayer, répondit l'Antillaise en haussant les épaules. Le plus difficile, c'est de ne pas se faire repérer en cours de manipulation, mais…

— Parfois, elle me fait peur, intervint Mario, dépité. Je ne peux plus regarder de films américains d'espionnage sans cauchemarder par la suite en me disant que cela risque de nous arriver un jour. Je vois des tas de soldats entourer notre maison avec leurs armes à laser, des dizaines d'hélicos avec leurs phares pointer notre chambre…

— Et tu as oublié les sous-marins qui remontent l'Odet jusqu'au pont Firmin, ajouta Rosie, avant d'éclater de rire et de nous montrer ses superbes dents toutes blanches. Avec mon nouveau logiciel et un peu de temps, je dois pouvoir y parvenir sans me faire choper.

— Et dire que dans quelques années, Théo va devenir le portrait de sa mère, se lamenta Mario, même s'il était fier de sa compagne. Oubliées les filatures à l'ancienne, les heures de planque, les indics plus ou moins fiables, les sandwichs secs et les canettes de bière tiède, tu appuies sur une touche d'ordinateur et tu as la solution à ton problème.

— Une fois de plus, tu n'as rien compris, Mario, s'exaspéra Rose-Marie, je viens de te dire tout le contraire. L'œil de Paul a vu ce que l'intelligence artificielle a raté car on lui a enlevé la vision de cet individu. Ainsi, ce gars peut passer les frontières, les contrôles douaniers, sans crainte de voir son passé lui ressurgir au visage et il le sait. Sauf à croiser par hasard un vieux bourlingueur à la mémoire d'éléphant.

— Bon, c'est bien mignon, tout ça, mais moi aussi, j'ai un bourlingueur qui m'attend à la maison, lança Julie en se levant de son siège. Pas vieux, mais avec une bonne mémoire, et ce soir, je lui ai promis ma recette de langoustines rôties au thé fumé. De plus, si je me souviens bien, mademoiselle Einstein, tu es la maman d'un petit gars affamé qui ne vit pas encore d'amour et d'eau fraîche…

*

* *

Ce soir-là, j'avais plein de choses à raconter à Laure, qui vivait désormais les émotions des enquêtes en différé, par mes récits. Au fil des mois, nous avions construit ensemble une relation originale. Nous savions qu'il ne se passerait jamais rien entre nous, même si on se taquinait souvent sur le sujet. Elle me considérait un peu comme un mentor, une référence, une épaule refuge aussi parfois. De mon côté, je trouvais en Laure une partenaire d'action et de réflexion, à présent que Sarah rentrait chez elle sitôt son taf achevé. Un peu plus depuis que la jeune substitute se retrouvait sur la touche, par la faute de la nouvelle procureure. Laure avait besoin de ce carburant pour fonctionner et j'attendais ses remises en cause pour affiner mes jugements et avancer dans mes enquêtes.

Comme toujours, elle m'écoutait avec avidité et intérêt. Quand j'évoquai un rapprochement avec Consuelo Da Costa, je sentis chez elle une pointe de réticence ou de jalousie qu'elle ne précisa pas, malgré ma demande, assurant que je me fourvoyais si je la pensais piquée au vif. Pas plus qu'elle ne statua sur le cas de Cyprien Vergnaud, dont elle avait entendu parler, plutôt en bien, dans les couloirs du palais de justice, même s'il avait des penchants avérés de dragueur. Notamment de la part d'une avocate qui n'en revenait pas de son aplomb, ayant éprouvé bien des difficultés à s'en débarrasser, avant de regretter presque de ne pas avoir cédé à ses avances, tant celles qui avaient vécu l'expérience semblaient conquises.

En revanche, avant de prendre congé, Laure tint à me passer sur son portable l'intervention de Dominique devant un parterre de sommités, en français et en anglais. Fatalement, mon cœur se mit à battre la chamade en découvrant mon ex-compagne à la tribune, devant le micro. Elle était merveilleuse, tellement à sa place, presque plus à l'aise que dans son fauteuil de vice-procureure ; elle en imposait, dotée d'une prestance nouvelle. Même en anglais, elle parvenait à me convaincre, moi qui ignorais presque tout de cette langue.

Dans la soirée, Sarah m'appela depuis la maison de Bénodet pour me donner son rapport de la recherche effectuée sur le parcours de Vergnaud. Un dossier m'attendait sur mon bureau. Mais, en résumé, ce gars semblait sincère, logique dans ses prises de parole, ambitieux mais ce n'était pas forcément un défaut, persuasif pour avoir obtenu des autorisations de s'implanter en différents pays d'Amérique du Sud, très discret en France, paradoxalement. Et pas à un seul moment, il ne parlait de carrière politique.

— Même ses penchants pédophiles ne semblent qu'une rumeur, insista Sarah, perplexe. Ta procureure est la seule personne qui en aurait été le témoin, à Cayenne. Ensuite, j'aimerais bien savoir quels documents figuraient dans le dossier volé, et donc interroger de nouveau le couple Combertin. Je ne dis pas que Vergnaud est innocent, j'expose juste qu'à ce stade de notre enquête, Blaise et moi n'avons pas trouvé la moindre faille dans son dossier. Mais comme me le souffle Blaise à l'oreille, à l'heure actuelle, avec l'informatique, on peut démolir une réputation en une seconde, comme se refaire une virginité dans la seconde qui suit, puisque le virtuel a pris le pas sur le réel et que ce que raconte Big Brother vaut désormais plus qu'un témoignage humain ou, pire, la réalité des faits.

— Blaise est avec toi à Bénodet ?

— Oui, Quentin est de permanence à la caserne et je n'avais pas assez de moral en réserve pour rester toute seule avec Pauline, après tout ce que j'avais vu et entendu dans la journée. Zeb a accepté de venir passer le début de soirée avec moi. On casse une petite graine ensemble et, ensuite, j'irai me coucher assez tôt.

Je me demandais parfois comment Quentin faisait pour accepter régulièrement la présence de Blaise dans le périmètre de Sarah. Cela n'était pas mon problème, les générations évoluaient et peut-être trouvait-il même la présence du partenaire policier rassurante. Il me fallait passer à autre chose et me mêler de mes affaires. Mon portable se manifesta de nouveau. Sarah avait certainement oublié de me livrer une information supplémentaire.

— Paul Capitaine ? interrogea une voix d'outre-tombe visiblement maquillée, ce qui ne me permettait même pas de savoir s'il s'agissait d'un homme ou d'une femme. Tu arrêtes d'enquêter sur les affaires de Cyprien Vergnaud, sinon il pourrait arriver un drame à ta fille et ta petite-fille, à Bénodet. Ce sera le seul avertissement, j'espère que tu seras intelligent et sauras le prendre au sérieux.

— J'ai horreur de m'entretenir avec un inconnu, répliquai-je, vous pourriez au moins vous présenter.

Je n'obtins pas de réponse. L'inconnu avait raccroché. Appel masqué, évidemment. Les méthodes des lâches. Était-ce Vergnaud lui-même, un complice dans la région, quelqu'un qui voulait me faire prendre des vessies pour des lanternes ? Peu de personnes étaient au fait de mon enquête. Devais-je prendre les menaces au sérieux ? Je n'avais pas le droit de les négliger, il y allait de la vie de mes proches. Tant que Blaise se trouvait auprès de Sarah, elle n'était pas seule. Pour la suite, il me faudrait organiser une surveillance discrète de ma fille et de Pauline, ce qui n'était pas une sinécure car Sarah, avec son intuition féminine, se doutait de tout. Dès le lendemain, je me promis de réclamer aussi à l'indispensable RMC une recherche officielle de ce numéro masqué. Même si le contenu de l'avertissement me laissait davantage penser à un suspect aux abois qu'à un prédateur prêt à passer à l'acte. Toute remontée d'appel serait sans aucun doute vouée à l'échec, de nos jours, la téléphonie penchait davantage du côté des truands que des enquêteurs, mais Rosie possédait tant de capacités… Je savais juste que je me trouvais devant des adversaires déterminés. Des maîtres chanteurs d'un côté, mais aussi un terroriste tapi dans la nuit, quelque part en Finistère.

III

Samedi 7 septembre, commissariat de Quimper

C'était mon tour de permanence de week-end et j'étais accueilli par le dossier de Sarah et Blaise sur le parcours de Cyprien Vergnaud. Issu des milieux écolos, dans ses jeunes années, avant de se pencher sur la filière élevage de poissons, d'enchaîner des postes dans des piscicultures en Écosse, en Norvège et enfin au Brésil. À cette époque, la fibre environnementaliste semblait bien loin, les sociétés qui l'employaient visant la surproduction et le profit à outrance. Puis un trou de trois années et une arrivée discrète en Bretagne en qualité de cadre dans une entreprise agroalimentaire, avant d'ouvrir une première pisciculture entre Roscoff et Saint-Pol-de-Léon. Aujourd'hui, à 46 ans, ce célibataire au regard fascinant s'était spécialisé dans les crevettes et dans l'élevage raisonné, compromis entre la production moderne et une écologie sectaire.

Par un dossier complémentaire, j'appris qu'il était né dans une famille parisienne, d'un père avocat et d'une mère danseuse à l'opéra, donc entre le barreau et la liane. Un frère aîné militaire, mort récemment au Mali, une sœur plus jeune, intermittente du spectacle. Une scolarité normale, sans exploit particulier, puis un cursus universitaire en droit stoppé du jour au lendemain. Sans raison apparente. Jamais d'opinion politique affichée, pas la moindre prise de position par la participation à une manifestation ou à une pétition. Quelques petites amies, mais jamais rien de sérieux, pas de plaintes non plus pour de mauvais comportements. Pas davantage de souci avec la justice, ni pour une affaire de mœurs ni pour des malversations financières. Une existence sans histoire, donc, conclusion étonnante du parcours d'un gars censé avoir des tendances pédophiles et des visées politiques. Comme l'avait conclu ma fille avec pertinence, tout cela ne collait pas, à moins de se trouver en face d'un individu à deux faces distinctes.

Dans une troisième chemise, Sarah avait compilé les articles de presse depuis l'arrivée de Vergnaud en Bretagne. Rien que des louanges sur sa success story. Toujours ce même regard dérangeant sur les photos mais, si l'habit ne faisait pas le moine, le regard ne faisait pas forcément le pervers. Je fus attiré par un cliché en couleur sur lequel il se trouvait auprès de Blandine et Serge Combertin. Je découvris qu'avant de s'installer à Roscoff, Vergnaud avait tenté une expérience de ferme aquacole à Daoulas, plus précisément à la pointe de Rosmélec. Et à l'époque, Serge Combertin était le premier adjoint de la commune, mais aussi le propriétaire d'une conserverie de légumes. Rien d'anormal à tout cela ; pourtant, je ne comprenais pas pourquoi le couple avait omis de me préciser que Vergnaud n'était pas pour eux un inconnu. Un coup de fil s'imposait. Le mari était absent, son épouse répondit, embarrassée :

— Oui, c'est vrai, il a voulu développer une ferme aquacole dans la baie de Lanveur, mais les conditions ne se prêtaient pas à la réussite de son projet, expliqua-t-elle, de manière lapidaire. Je ne saurais vous en dire plus. Il est resté deux ans, pas davantage, puis il est parti s'installer vers Roscoff, ce qui me semblait plus logique. Mais pourquoi me parlez-vous de cet homme ?

— Il est le personnage central du dossier que vous auriez laissé traîner dans votre voiture et vous le savez parfaitement, assénai-je brutalement, décidé à ne plus me laisser manipuler. Si nous cessions de jouer au chat et à la souris, madame Combertin, je ne suis pas d'humeur, vous m'avez fait perdre assez de temps comme cela. Je vais vous poser quatre questions auxquelles vous allez simplement me répondre par oui ou par non.

— Mais…

— Vos voitures ont-elles bien été volées dans la nuit du mercredi au jeudi, comme vous nous l'avez affirmé lors de notre déplacement jusque chez vous ?

— Oui, bien sûr, mais…

— Le dossier mystérieux se trouvait-il bien dans votre voiture lorsque votre Audi a été volée ?

— Oui, dans ma serviette !

— Votre mari a-t-il eu connaissance du contenu du dossier ?

— Oui... Enfin non, pas directement. Je lui en ai parlé dès que ma fille nous a libérés. Mais pourquoi toutes ces questions, au juste ?

— La personne qui vous a remis le fameux dossier vous a-t-elle parlé du contenu et de l'identité de la personne concernée ? Si oui, je vous demanderai son identité pour que je puisse vérifier votre déclaration.

— Cette personne m'a indiqué que les papiers concernaient Cyprien Vergnaud, mais ne m'a rien dit de plus. J'ignore comment s'appelle cette personne...

— Dans ce cas, si vous ignoriez le contenu des documents, comment saviez-vous qu'on y parlait de gestes déplacés et de malversations financières ?

Long moment de silence. J'imaginais un sacré coup de tabac dans l'esprit de mon interlocutrice. Je venais de marquer un point mais ce n'était pas suffisant, je devais enfoncer le clou. Je rappelai à ma correspondante que la conversation était enregistrée et que son témoignage était recevable lors d'un éventuel procès. Elle finit par soulager sa conscience.

— Nos voitures ont bien été volées et le dossier se trouvait bien dans la mienne. Par curiosité, je me suis arrêtée en cours de route pour prendre connaissance du contenu des documents. En fait, je voulais savoir si j'y étais mentionnée. Pour tout vous dire, c'était une enquête que j'avais réclamée à un détective car Vergnaud voulait forcer la main de mon mari pour obtenir une concession de terrain à Molène.

— Et alors ?

— Quand Vergnaud était installé à Daoulas dans sa ferme piscicole, j'étais moi-même experte-comptable dans un cabinet brestois et je suivais les comptes de sa société, précisa Blandine Combertin, de plus en plus mal à l'aise.

— Et ?

— C'est-à-dire… Ce n'est pas facile à expliquer au téléphone… Enfin, nous avons eu une liaison, tous les deux, je ne sais pas ce qui m'a pris, cela ne me ressemble pas, je vous jure. J'ai cédé aux avances de cet homme. Un jour, mon mari s'en est aperçu et Vergnaud a dû quitter la commune, pour éviter le scandale, alors que son élevage fonctionnait correctement.

— On est loin de l'image de pédophile supposé du dossier.

— J'ai menti, cela ne figurait pas dans le dossier, pas plus que ses prétendues malversations, j'ai juste colporté une rumeur pour gagner un peu de temps, je suis vraiment navrée. Enfin, je devais décortiquer sa compta, qu'une personne avait pu se procurer, pour trouver des anomalies.

— Mais pourquoi en vouloir toujours à cet homme ?

— Pour se venger de nous, il finance la campagne électorale de l'adversaire de mon mari, et celui-ci peut envisager un affichage plus ambitieux, affirmer sa position médiatique.

— Il n'a donc jamais été question que Vergnaud se lance dans la politique ?

— Non, pas directement !

— Et pourquoi les tendances pédophiles ?

— Je vous l'ai dit, j'ai simplement relayé une rumeur colportée depuis la Guyane ! Je ne sais pas pourquoi je vous ai dit cela, j'ai eu si peur, l'autre nuit, j'ai paniqué aussi en vous recevant à mon domicile, comme je m'en veux…

— Vous savez que je pourrais vous arrêter, avec votre mari, pour faux témoignages et accusations mensongères ? De victimes, vous passez suspects, tous les deux. Je ne sais plus ce qui est vrai et ce qui est faux, avec vos racontars.

— Je vous demande pardon, j'ai eu si peur, je ne suis pas une criminelle, vous devez me croire. Et pour nos voitures ?

— À mon avis, à cet instant, les nouveaux propriétaires doivent se régaler avec elles sur les routes d'un pays de l'Est. Quant au dossier, quel que soit son contenu, il a été brûlé ou balancé dans une poubelle et les trois lascars qui vous ont fait peur doivent boire le champagne à votre santé. Surtout s'ils ont déjà trouvé preneur pour les bijoux.

— Nous allons vraiment avoir des ennuis, mon mari et moi ?

— Cela ne dépend plus de la police, mais de la justice, elle possède moins de mansuétude qu'un flic, vous savez ! assénai-je sèchement, avant de raccrocher.

Une partie de l'affaire s'éclairait. Un banal vol de bagnoles d'un côté, une affaire qui ne nous concernait donc pas. Un dossier bidon de l'autre, Vergnaud n'avait rien à voir avec le home-jacking, affaire presque classée. Il me restait à comprendre les atermoiements de la procureure à propos de ce même Vergnaud. Car elle était allée dans le sens du déviant sexuel, peut-être même avait-elle colporté la fausse rumeur dans le Finistère, et représentait-elle la source qui avait alimenté le couple Combertin. Décidé à faire toute la lumière sur cette fausse affaire, dans la foulée, je l'appelai. Elle était chez elle et, comme je ne pouvais bouger du commissariat, elle me promit de venir me rejoindre au plus vite. Un quart d'heure plus tard, sa superbe silhouette apparaissait devant moi, moins arrogante qu'en d'autres circonstances. Le visage fermé trahissait un début d'aveu de culpabilité.

Une fois tous deux installés dans mon bureau, je lui fis écouter le contenu de mon dialogue téléphonique avec Blandine Combertin. Presque tout était bidon, à part le vol des bagnoles. Et pourtant la magistrate avait corroboré certaines fausses affirmations.

Pour quelle raison ? Dans quel but ? Elle soupira longuement.

— Les rumeurs existaient mais elles étaient infondées, je m'en suis rendu compte trop tard. Cyprien

Vergnaud donnait juste des cours de rattrapage à certains élèves pour meubler ses heures perdues. Rien de répréhensible, donc. Le venin venait d'un concurrent jaloux de sa réussite, cherchant à le discréditer. La plainte a été classée sans suite.

— Mais pourquoi continuer à suspecter ce garçon, alors, Consuelo ?

— Vergnaud est un homme brillant et séducteur auquel une femme en manque dit rarement non. J'ai cédé à ses avances, comme beaucoup d'autres femmes, certainement. Mais, si vous me pardonnez l'expression, il baise utile. C'est un pragmatique qui, pour mener à bien ses affaires, utilise des moyens, certes pas forcément illégaux aux yeux de la loi, mais indécents au regard de la morale. Il sait qu'il plaît aux femmes, il choisit ses cibles et elles tombent fatalement dans son piège.

— Il vous a fait chanter ? Il vous a séduite et vous a réclamé des services en retour ?

— Je l'ai aidé à monter ses dossiers pour ne pas ruiner ma réputation en passant pour une femme facile. Je n'avais pas besoin de ce déficit d'image supplémentaire en Guyane.

— Où est le problème, lui-même aidait des élèves en retard scolaire…

— Vous ne comprenez donc pas son pouvoir de nuisance, Paul ! Il a passé un coup de fil à son père et, la semaine suivante, il m'apprenait que je serais mutée à Quimper, dans son département, parce que cela l'arrangeait. Je ne voulais pas vivre de nouveau sous son diktat. Voilà pourquoi la rumeur tombait à merveille. Je lui ai fait promettre, s'il me fichait la paix en Bretagne, d'accélérer la procédure de classement sans suite pour lui permettre de poursuivre ses investissements en Guyane. Depuis que je suis en Bretagne, il ne m'a pas contactée, je n'ai plus de nouvelles de lui, mais je sais que, si nécessaire, il se rappellera à mon bon souvenir.

— Dorénavant, pour mes enquêtes, je veux de nouveau bosser avec Laure Barbotan ! assénai-je, me sentant en position de force. Elle est peut-être inexpérimentée mais, de son côté, elle n'a jamais cherché à m'embrouiller. Ce n'est pas du chantage de ma part, juste une question d'efficacité, et ce n'est pas négociable. Je ne vais pas vous balancer à votre hiérarchie, mais je ne veux plus avoir affaire directement à vous.

— Mais, Paul, c'est juste un abominable malentendu !

— J'ai horreur des coups tordus, je vous avais prévenue. On ne me leurre qu'une fois, jamais deux. J'avais pourtant cru que nous avions posé les bases d'une relation professionnelle solide, fondée sur une sincérité réciproque. Je suis au regret de constater que vous avez abusé de ma confiance.

— Paul, je viens de signer le mandat vous désignant pour mener, sous ma direction, une enquête chargée de démontrer la présence, dans le département du Finistère, d'un supposé terroriste nommé Moktar Al-Varamini, avança-t-elle d'une voix timide. Je peux retirer mon nom, mais Laure Barbotan est absente pour la semaine, elle passe un séjour de vacances au soleil des Baléares, en compagnie d'une amie, je suis désolée. Aurait-elle omis de vous le signaler ?

— Il me reste une chance de prouver votre loyauté, ne la gâchez pas, menaçai-je, pour recentrer la conversation sur les dossiers qui nous préoccupaient. Je suis rarement aussi magnanime !

*

* *

Ce devait être un week-end tranquille, comme cela arrive relativement souvent à Quimper, ce fut loin d'être le cas. Un appel d'un collègue de Noisiel, une commune de Seine-et-Marne, me prévint que les carcasses de deux véhicules avaient été trouvées la veille au soir dans un terrain vague, complètement calcinées. Elles correspondaient à celles volées à Daoulas, une BMW et une Audi. Peu d'éléments exploitables avaient été trouvés aux alentours et à l'intérieur des habitacles. Mon interlocuteur me faisait parvenir une copie du PV, dès qu'il aurait le temps de le rédiger. Une interrogation me vint à l'esprit.

— À tout hasard, avez-vous trouvé une serviette en cuir à l'intérieur, ou tout du moins ses restes ? Elle devait être posée sur la banquette arrière.

— Oui, des restes d'un objet en cuir duquel il ne reste plus que les parties métalliques. Si cette serviette contenait des documents importants, impossible de savoir s'ils ont été volés avant l'incendie du véhicule ou s'ils ont été détruits par les flammes. Enfin, je réclamerai une analyse plus complète à la Scientifique, si c'est important pour vous.

— C'est sympa de votre part ! répondis-je machinalement, encore abasourdi par ce scénario inattendu, nouveau rebondissement dans mon affaire. C'est la première fois que je vois des voitures volées en Bretagne pour être cramées en région parisienne, sans servir tout simplement auparavant de béliers pour des attaques de vitrines. Décidément, cette enquête va me faire tourner en bourrique !

— Bienvenue au club, ricana mon interlocuteur. Moi qui pensais demander une mutation dans l'Ouest pour respirer un peu, il vaut peut-être mieux que je choisisse la Lozère.

— Pour la tranquillité, certainement. En revanche, pour les fruits de mer et les galettes saucisses, c'est par ici que ça se passe !

Les Combertin avaient été prévenus par leur assurance de la conclusion de l'affaire. Serge, le mari, dans ses petits souliers, vint me rencontrer au bureau. Son épouse l'avait évidemment tenu au courant de mon appel matinal. Il tint d'abord à justifier les déclarations mensongères de son épouse avant de reconnaître que tous deux avaient paniqué. Mon étonnement à propos de la fin des deux voitures ne l'interpellait pas plus que cela. Il était juste soulagé de savoir la serviette de son épouse brûlée et les documents avec, comme s'ils contenaient des révélations ennuyeuses pour eux. Malgré mes conseils de prudence, il ne concevait pas un instant que les petits truands avaient pu récupérer le dossier avant de cramer les véhicules. Finalement, pour tous deux, la vie allait reprendre comme avant, avec deux nouvelles bagnoles.

Je n'avais pas à cœur de revenir sur les échanges musclés entre lui et Cyprien Vergnaud, pas plus que sur la liaison de son épouse avec cet irrésistible play-boy qui, selon l'expression directe et efficace de notre procureure, « baisait utile ». Un concept à développer, certainement, pour un sexe comme pour l'autre et même ensemble, puisque tous les cas de figure fonctionnaient.

Mais à quoi bon raviver des plaies, le dossier était à présent définitivement classé, avec la découverte des carcasses cramées. Le home-jacking m'avait fait perdre de précieuses heures, si jamais "mon" terroriste se trouvait bien en Bretagne avec pour mission de faire un carnage en un lieu précis, à un moment précis.

— Si vous avez une explication plausible à cette affaire bien bizarre, n'hésitez pas à me la communiquer, lançai-je négligemment, alors que le visiteur s'apprêtait à quitter mon bureau. Le plus petit élément peut nous mener sur une piste un peu plus solide. À cet instant, trois gars ont volé vos caisses à Daoulas après vous avoir fait peur, pour les cramer deux jours plus tard à Noisiel, sans les avoir utilisées pour le moindre casse. Je ne vois pas l'intérêt d'un tel scénario.

— Oui, bien sûr, cela ne répond pas à la plus petite logique, répondit l'élu départemental, embarrassé.

— La seule hypothèse plausible est que le dossier cachait plus de renseignements intéressants que les quelques détails rapportés par votre épouse. Cela signifierait qu'une personne de la région voulait les récupérer, avant de brouiller les pistes en allant cramer les bagnoles en région parisienne. Mais on achoppe toujours sur l'impossibilité, pour les voleurs, de savoir que votre femme oublierait sa serviette dans sa voiture. Donc, cette piste ne tient pas la route, puisque vous seriez tous deux les uniques suspects. Mais dans quel intérêt ?

— Je vous jure que nous n'avons rien à voir dans toute cette histoire, bredouilla le politicien, bien moins flamboyant qu'à l'ordinaire. Nous sommes des victimes, juste des victimes.

— Cela reste à prouver, mais si vous le dites…

*

* *

La fin de journée approchait. Les heures avaient finalement passé très vite. Au moins un sourire illuminait mon bureau. Celui de Rose-Marie, toute guillerette, comme si souvent, qui avait une recherche complémentaire à faire sur sa bécane officielle, pour peaufiner son travail. Les années glissaient sur son visage et même son corps, malgré la maternité. Silhouette de sylphide et visage de madone aux anges. Elle portait un épais dossier et m'expliqua qu'elle avait fait des tirages sur du papier car elle doutait que je puisse me débrouiller tout seul avec une clé USB. Et comme Mario, Théo et elle étaient invités à dîner à Bénodet par Sarah, elle n'avait pas beaucoup de temps devant elle.

Chaque fois que quelqu'un, le plus souvent Blaise ou Rosie, me disait qu'ils allaient chez Sarah, cela me causait un pincement au cœur. La phrase était dite sans méchanceté, j'étais moi-même heureux de voir les enfants s'épanouir en bord de mer, pourtant je ne parvenais pas à tourner la page.

Laure m'avait expliqué un soir que mon aigreur venait du fait que je n'avais pas de chez-moi. À Quimper, j'habitais chez Dominique et, désormais, à Bénodet, c'était chez Sarah. Comme je lui expliquai que je n'avais pas les moyens d'investir dans un appartement correct, Laure avait éclaté de rire en m'expliquant que, dans ce cas, il me fallait absolument épouser une femme avec un bel intérieur qui deviendrait alors un peu le mien. Avant de préciser qu'elle était hors compétition, vu qu'elle habitait toujours dans un appartement d'hôtel.

Je me surpris à sourire en pensant au « baiser utile » de Consuelo Da Costa. Mon rictus n'échappa pas à Rosie.

— Quoi, j'ai une tache de crème chantilly sur la joue ? me lança-t-elle, attendant ma réponse.

— Non, cela n'a rien à voir avec toi, je repensais juste à un propos issu d'une rencontre récente, oublie cela. Alors, fais-moi une synthèse pour me donner envie de feuilleter ces nombreuses pages.

— La version ultracourte ?

— Ce serait parfait !

— Votre terroriste fait la chasse aux repentis !

— Pardon ?

— J'ignore encore pour le compte de qui et je ne sais pas si je parviendrai à le savoir. Avec l'aide de Mario, j'ai découvert que votre Moktar élimine depuis quelques années des personnes qui ont fait partie d'Al-Qaïda, de l'État islamique ou de Daesh, des personnes qui ont refait leur vie par la suite sous une autre identité et dont la mort n'a jamais été liée par la presse à un passé terroriste.

— Tu es certaine ?

— Non, c'était juste pour vous faire rire, répliqua Rosie, agacée. Bien sûr que j'en suis certaine, cela m'a pris tout l'après-midi, si bien que je n'ai pas pu sortir Théo. Je suis parvenue à pénétrer dans la mémoire morte d'Internet et tout m'est apparu nettement. Le parcours de ce tueur international est hallucinant. Il a fait sa dernière victime il y a huit mois. Un ancien djihadiste originaire des Pays-Bas, qui avait commencé une vie nouvelle en Suède. Un homme d'une bonne trentaine d'années, parfaitement intégré, qui a été abattu à Bali, alors qu'il se promenait en toute quiétude sur une plage en compagnie de sa femme. Car votre Moktar a fait un stage de formation à de nouvelles pratiques, durant les dernières années. Il ne fait plus exploser des bombes, désormais il liquide au fusil à lunette, comme un tueur à gages. Eh oui, en reconversion professionnelle, il a choisi sniper ! Même si parfois, en certains lieux, cela lui arrive encore de jouer avec des allumettes.

— On aurait un repenti dans le secteur ? bredouillai-je, interloqué. Ce peut être n'importe qui ?

— Absolument, car le profil de ces combattants de la foi n'est pas forcément le type arabe à longue barbe, ce serait trop simple. Ce n'est d'ailleurs pas toujours un homme ; parmi les victimes, on trouve aussi des femmes, même si elles sont moins nombreuses. J'ai analysé tout cela avec Mario durant plus d'une heure, Paul ! Vous trouverez un résumé de nos réflexions sur une feuille. La question de mon homme est d'ordre pratique. Comment ont-ils eu accès à la liste des traîtres à leur cause, en Europe et dans le monde ? S'ils ont piraté le site Internet d'une agence de renseignements, tous ces gens sont des victimes potentielles, à plus ou moins long terme.

— Tu viens de me ruiner une nouvelle nuit de sommeil, Rosie. Finalement, je préférais mon dossier de home-jacking, même si la fin est peu banale.

— Comment cela ?

— Des bagnoles ont été piquées à Daoulas pour être cramées deux jours plus tard à Noisiel, en banlieue parisienne, sans avoir servi de béliers pour des cambriolages de boutique entre-temps. Juste pour le fun ! Je sais que j'ai de plus en plus de mal à comprendre les jeunes, mais quand même…

— Oui, ce n'est pas banal, en effet, ça ne colle pas du tout ! Ce vol doit cacher quelque chose d'autre. Vous avez une hypothèse à avancer pour expliquer cet acte exceptionnel, Paul ?

— Complètement tordu ! Je me demande si ce vol n'est pas juste un rideau de fumée permettant de voiler la disparition d'un dossier secret laissé malencontreusement dans une voiture, mais cela réclamerait des complicités dans l'entourage des propriétaires des bagnoles, et je préfère ne pas y penser. Pas plus que je ne veux imaginer que l'homme visé par ce dossier, dont je ne parviens pas à connaître totalement la teneur, serait un terroriste repenti. Non, les deux affaires ne sont pas liées, les informations se télescopent juste dans mon vieux cerveau.

— Allez, Paul, je dois vous laisser, ne gambergez pas trop, cela ne sert à rien d'autre qu'à s'embrouiller l'esprit. Téléphonez à Isabelle pour qu'elle vous prépare un petit plat au Colibri, elle n'a jamais rien su vous refuser !

Rose-Marie me claqua deux bises et s'envola avec légèreté. Je décidai de suivre son conseil et appelai le bar en face. Je savais que les repas n'étaient pas servis le soir mais Jean-Luc, le patron, me passa son épouse Isabelle, une copine de jeunesse, qui m'assura qu'il restait de la brandade de midi dont elle ne savait que faire. Comme je lui demandai pour combien de personnes, elle me dit qu'il n'y en avait pas pour un régiment, mais au moins trois bonnes parts. Je lui réclamai de m'en faire réchauffer deux pour 20 heures et appelai Laure dans la foulée, avant de me souvenir qu'elle avait pris quelques jours de repos hors de Bretagne, je l'avais oublié. Le plat proposé me suggéra une autre idée d'invitée.

— Du nouveau, Paul ? questionna aussitôt Consuelo, proche de son téléphone, visiblement heureuse de m'entendre.

— Peut-être, mais tout est encore flou dans mon esprit. Cela vous intéresserait-il de partager avec un vieux flic taciturne une brandade de morue qui fait se déplacer les Portugais depuis Lisbonne et Braga jusqu'à Quimper ?

— Je suis prête à partager beaucoup de choses avec un vieux flic taciturne, vous savez !

— N'enfilez pas la robe de soirée, je vous invite au Colibri, le bar qui se situe en face du commissariat, car je suis de permanence. Et je vous préviens, la brandade, ce sont juste deux parts de midi, réchauffées à la hâte. Vingt heures, ça vous va ?

— Je passerai un peu avant pour vous chercher dans votre bureau, proposa la procureure, visiblement satisfaite de l'invitation. Ainsi, nous y parlerons boulot sur place et nous évoquerons d'autres sujets plus ludiques à table. Je n'aime pas mélanger les genres. Je m'apprête et j'arrive.

Question de s'apprêter, je ne fus pas déçu. Comment les femmes savaient-elles que la plupart des hommes étaient sensibles à un décolleté vertigineux ?

Je ne faisais pas exception à la règle, personne n'est parfait. Du moins, si c'est un défaut. Comment Consuelo savait-elle que je craquais devant un galbe de jambes sous des bas de soie, révélés à la faveur d'une jupe courte et droite ? Je m'étais toujours délecté de galbes de mollets féminins. Eh oui, chacun ses petites faiblesses. Avait-elle des yeux derrière la tête pour remarquer que j'avais admiré son déhanché chaloupé, sur le chemin du halage ? Pour la première fois depuis très longtemps, j'étais en train de tomber de nouveau amoureux et le sourire carnassier de la magistrate me fit comprendre qu'elle avait saisi mon trouble.

— C'est juste la cantine quotidienne des flics, lançai-je pour tenter de complimenter mon interlocutrice devant une si superbe tenue, mais aussi de reprendre la maîtrise de la situation, en pure perte.

— Oui, mais la patronne est votre confesseur et si je veux avoir une chance de rester votre amie à l'avenir, je dois passer l'examen de son regard intransigeant.

— Comment savez-vous cela ?

— Une indiscrétion de Laure Barbotan au palais de justice. Je n'étais pas très loin, j'ai tendu l'oreille et recueilli l'information. La jeune substitute de votre cœur n'est pas parfaite, vous allez devoir vous faire une raison : elle ne sait pas toujours tenir sa langue.

— Oh, la jalouse ! m'offusquai-je, sourire aux lèvres. D'abord, puisque vous prêchez le faux pour savoir le vrai, il ne s'est jamais rien passé entre Laure et moi, elle pourrait être ma fille et tout est clair entre nous. Je sais, de nos jours, la différence d'âge ne signifie plus grand-chose. Notre complicité est juste professionnelle. Professionnelle et strictement amicale.

— J'en prends bonne note, Paul !

— Mais je vous l'accorde, Isabelle est l'une de ces quelques femmes de mon entourage qui s'accordent un droit de regard sur mes relations féminines. Pas assez sérieuse, trop jeune, trop typée, trop rock and roll, trop superficielle, dénuée d'humour, trop bling-bling… Si cela peut vous rassurer, même Dominique n'avait pas totalement trouvé grâce à ses yeux, Isabelle la jugeant trop austère et hautaine pour que nous parvenions à nous accorder. Cette fois, elle avait faux, ce qui ne les a pas empêchées d'être amies par la suite. Une certitude, personne ne peut se fâcher avec Isabelle, si ce n'est pas un flic de l'IGPN qui vient la cuisiner pour obtenir des infos sur moi. Récemment, deux d'entre eux ont été virés du Colibri avec perte et fracas.

— J'en frémis à l'avance, ponctua Consuelo en retirant sa veste de costume, me causant un nouvel étourdissement. Alors, notre enquête ?

La procureure était une femme très vive et très intelligente, plus réactive que Dominique mais quand même moins que Radia. Fatalement, les éléments rassemblés par Rose-Marie la fascinaient et piquaient sa curiosité. Elle dévorait goulûment les pages croustillantes du dossier retraçant le parcours d'une ombre, d'un terroriste prétendument disparu, échappant à tous les radars, mais continuant à semer la mort sur son parcours. Finalement, la première interrogation ne fut pas celle que j'attendais.

— Comment votre enquêtrice est-elle parvenue à découvrir autant d'éléments sur un individu censé être mort depuis une dizaine d'années ?

— Il s'agit d'informations qui ont été volontairement supprimées des pages Web et qui ont été récupérées dans la poubelle d'Internet car, paraît-il, les éléments stockés un jour ne disparaissent jamais. C'est un détective privé qui lui a remis ces informations, après un travail personnel.

— Paul, à votre tour, veuillez jouer franc jeu avec moi, se fâcha la procureure. Rose-Marie Cortot est la compagne de Mario Capello ; je débarque à peine à Quimper, certes, mais j'aime savoir avec qui je travaille. J'ai peut-être des casseroles aux chevilles, mais j'ai passé cinq ans à les nettoyer chaque jour avant de les laisser derrière moi. Ce n'est pas pour accepter d'en traîner de nouvelles, dès mon arrivée ici !

— Rose-Marie est un petit génie de l'informatique qui possède, à son domicile, des logiciels qui peuvent rivaliser avec ceux des services secrets de bien des pays. On rajoute son intelligence naturelle à l'artificielle de ses bécanes et, effectivement, elle est en mesure d'apporter des réponses rapides à des questions cruciales. Cela vous choque ?

— Pas du tout, tant qu'elle n'enfreint pas le cadre de la légalité. Mais j'ai payé très cher pour savoir que la magistrate du parquet est la responsable d'une enquête et que c'est à elle de justifier et d'assumer les manquements, les dérapages ou les procédés illicites utilisés par son équipe. Voire de payer l'addition en cas d'erreur, même si tous les éléments ne se trouvaient pas en sa possession par la négligence d'un OPJ.

— Cette sinistre affaire vous a meurtrie à vie, murmurai-je, en refermant mon dossier, dans une volonté de compassion et de disponibilité, dans le cas où mon interlocutrice souhaiterait s'épancher de ses rancœurs justifiées. Elle vous hantera à jamais.

— Je connais bien un policier qui se souvient d'un regard de terroriste, près de trente années plus tard !

— Un point pour vous ! Donc, un OPJ vous a trahie ?

— J'ai été traînée dans la boue, humiliée comme il n'est pas permis ; ma famille a dû repartir au Portugal ; mon mari m'a quittée du jour au lendemain, et mes amis m'ont tourné le dos. Alors, je suis désolée, mais quand j'entends dire qu'on peut ressortir des dossiers des poubelles, ma réaction est épidermique et forcément violente. J'ai moi-même été un jour balancée aux ordures, sans le plus petit ménagement. Bon, l'affaire est close. Je vais prendre connaissance de ce dossier et je vous donnerai mon avis et ma perception de la situation rapidement. Demain, dans l'après-midi, sans doute.

— Il est bientôt 20 heures, si nous allions dîner en laissant de côté ce qui fâche pour profiter un peu du fait d'être vivants ? J'ai perçu votre blessure, Consuelo, je n'y suis pas insensible, loin de là, et j'en tiendrai compte à l'avenir, croyez-le sur parole.

— Laure est jeune et malléable, vous la formez à votre guise dans votre moule, et ceci n'est pas un reproche. Moi, j'ai 47 ans, un vécu professionnel, un parcours personnel et on ne me fait pas aller où je ne souhaite pas me rendre. On ne me fait plus avaler de couleuvre, non plus. Je suis portugaise, donc ibérique, donc assez orgueilleuse. Chez nous, l'orgueil est de la fierté, pas de la vanité. Je ferai taire mes détracteurs d'autrefois par mes résultats d'aujourd'hui et j'obtiendrai un jour des excuses de leur part. Des hommes ont pris plaisir à couper les ailes de mes ambitions, pour je ne sais quelle raison, mais je vous promets que je discuterai de nouveau avec eux, les yeux dans les yeux, je serai à la même hauteur qu'eux. Pensez de moi ce que vous voulez, Paul, je suis cette femme.

— Je vous trouve encore plus troublante lorsque vous êtes en colère ! balbutiai-je, perdu dans mes fantasmes.

Par certains aspects, Consuelo me faisait penser à Radia et son complexe permanent de fille des cités, qui devait prouver deux fois plus que quiconque ses compétences pour briguer un poste. Une commissaire à qui on rappelait sans cesse d'où elle venait, en justification à un possible échec. Même d'une origine différente, la Portugaise avait connu des obstacles identiques sur son parcours et elle les avait franchis. Mais parfois, derrière l'obstacle se trouvait une peau de banane causant le dérapage voulu par les jaloux, les misogynes, les aigris et les racistes primaires.

Par d'autres côtés, elle me faisait songer à Dominique, elle aussi coupée dans son envol, avant de rebondir pour se trouver à présent au sommet. À la force du poignet. Par son travail, sa ténacité, ses compétences, son talent et son humanisme. Je me sentais dans un état fébrile que je n'avais pas connu depuis longtemps, un peu comme à l'instant où j'avais découvert le passé marseillais de Dominique, ses blessures secrètes, les raisons profondes de ses réactions, des failles dans un monde où l'on se plaisait si souvent à juger sans savoir, à critiquer sans approfondir, à condamner sans entendre les explications de la défense.

Je devais posséder l'âme d'un rédempteur, prompt à enfourcher son destrier pour voler au secours d'une femme injustement maltraitée par une horde de salauds. Les causes perdues ne m'effrayaient pas, bien au contraire. J'avais permis à Dominique de reprendre le chemin de son tremplin, je me trouvais à présent face à Consuelo. La première avait été humiliée par des truands marseillais ; j'ignorais à cette heure l'identité des poseurs de peau de banane sur le parcours de la Lusitanienne, mais je savais qu'un jour, je découvrirais les noms des coupables. J'avais devant moi une nouvelle femme blessée que j'avais envie de soigner, à tort ou à raison. J'étais cet homme.

J'avais éteint les lumières, fermé la porte de mon bureau derrière moi et rattrapai Consuelo vers le bas de l'escalier. J'étais perdu dans mes pensées intimes. Il existait des milliers de raisons pour aimer une femme. Des plus charnelles, des plus intellectuelles, des plus subtiles, d'autres parfois subjectives ou irrationnelles. En fait, je pense que j'étais né pour aimer, protéger et épauler des femmes meurtries dans leur parcours. C'était mon karma.

Dominique n'avait plus besoin de moi, elle avait repris son envol et m'avait vertement ordonné de l'oublier. Françoise représentait une douce parenthèse mais, à mes yeux, elle était plus proche de la cousine que de la maîtresse, tant il me semblait l'avoir toujours connue. Désormais, je devais offrir de nouvelles ailes à Consuelo Da Costa, challenge tout aussi compliqué. Je passai devant le planton qui, un sourire au coin des lèvres, me souhaita une bonne soirée. Il avait à son tour un sujet de fantasme pour meubler ses prochaines heures de garde et une rumeur à colporter à ses collègues, lundi matin. Nous traversâmes la rue, Consuelo, son parfum subtil et moi. Le sourire éternel de Jean-Luc nous accueillit avec une réflexion toute en finesse, comme d'habitude :

— Alors, il paraît que ce soir, c'est la débrandade ?

De fait, le dîner se passa divinement bien. J'appris

que l'Algarve, région natale de Consuelo, et notamment la ville de Faro, son berceau, méritait une visite. La côte y était superbe, les plages très agréables et le riche passé de la ville offrait des curiosités originales. J'ajoutai à la liste la présence de femmes sublimes, ce qui fit sourire mon interlocutrice. Je découvris aussi que, mariée à 38 ans, ma compagne de table avait dû divorcer trois années plus tard, à la suite de la si abominable affaire qui, en plus de la livrer en pâture à la vindicte populaire, avait aussi coûté la vie de son enfant, car elle avait fait une fausse couche. Consuelo se livrait en confiance, preuve qu'entre nous deux, un cap avait été franchi.

À mon tour, je retraçai mon parcours chaotique, depuis mes années humanitaires avec ce passage en Pologne, la rencontre rapide mais inoubliable de Beata, mon entrée dans la police, mes années dans les ambassades puis à la DGSE, la figure de Condor, mon mentor, abattu à son domicile avec sa compagne libanaise car il détenait trop de secrets d'État, l'irruption de Sarah dans ma vie, cette fille dont j'ignorais l'existence, venue depuis la Pologne pour retrouver son père breton. Et puis, après mon retour à Quimper, la rencontre avec Dominique, la trajectoire exceptionnelle de Radia, l'évolution, pas réellement à mon goût, d'un monde qui se déshumanisait, ma prochaine fin de parcours, que j'escomptais le plus honorable possible.

— Au moins, vous avez Sarah, une famille qui vous entoure, des repères autour de vous, se lamenta

Consuelo. Et puis Quimper est votre point d'ancrage, vous y avez votre passé, vos racines, vos amis d'enfance, comme Isabelle... De mon côté, je n'ai plus personne. Mon enfant aurait six ans et il donnerait un sens positif à mon existence. Mais je n'ai pas un tempérament à me lamenter, je dois faire sans lui. Comme je dois composer sans ma famille, qui m'en veut d'avoir dû fuir la France par ma faute et je comprends mes parents de me fermer leur porte, je les ai déshonorés. Mes courriers restent sans réponse et quand je rentre au pays pour quelques jours de congé, je passe devant chez eux sans oser les déranger, par crainte de me faire jeter.

— La vie est parfois une chienne pour certains, soupirai-je, entre deux bouchées de brandade.

— En Guyane, j'étais une pestiférée, une magistrate arrivée à Cayenne avec une pancarte dans le dos. J'y ai passé cinq années sans parvenir à retourner le parti pris du personnel du palais de justice à mon égard. Et pas juste celui de ces gens-là. Lors des cérémonies officielles, les métropolitains se détournaient de moi et je restais seule dans mon coin. Aussi, quand Cyprien Vergnaud m'a abordée, je n'ai pas réfléchi, j'étais tellement heureuse de nouer une relation amicale. Je me doutais que cette approche n'était pas innocente de sa part, mais je n'en pouvais plus de la solitude, alors je l'ai aidé à boucler son projet puis nous avons vécu ensemble une passion amoureuse qui, de mon côté, ressemblait à un exutoire. Il n'était pas vraiment mon type d'homme, mais je désirais tant rompre avec l'isolement que je me suis livrée corps et âme à cette idylle, en toute connaissance de cause.

— Vous la regrettez ?

— Je savais que son approche n'était pas innocente. Lui aussi était mis à l'écart par les métropolitains, car son projet allait à l'encontre des intérêts de notables établis. J'étais incapable de résister au désir qui me tenaillait ; sur ce point, il s'est montré à la hauteur. Il a réussi professionnellement de manière éclatante, j'étais fière de son succès. J'ai partagé une partie de sa vie durant près de deux années. J'imagine qu'il avait une femme qui l'attendait dans chaque pays où il avait ouvert une ferme piscicole, mais je m'en moquais. Un jour, il m'a demandé si le poste de procureur de Quimper m'intéressait car son père avocat pouvait intervenir pour que ce poste me soit octroyé. Comment refuser ? Déjà, cela me permettait de quitter la Guyane et de retrouver la métropole. Ensuite, la Bretagne ou ailleurs, je ne suis nulle part chez moi, alors…

— Mais il avait des idées derrière la tête.

— D'abord, il faut comprendre que Cyprien est un homme à qui on ne dit pas non. Il ne le supporterait pas. Dès le départ, je l'ai senti, mais il était trop tard. Et puis, comment vous dire, c'est comme le tabac, vous savez que c'est mauvais pour la santé, mais vous ne pouvez pas vous interdire de fumer. Chaque fois que nous faisions l'amour, je m'aliénai un peu plus à lui et pourtant j'attendais ces instants de volupté comme mes seuls moments de liberté et de plaisir. Je sais, je suis un peu givrée…

— Je vais vous poser une question stupide, sans doute : pensez-vous que Cyprien Vergnaud puisse être un ancien terroriste repenti ?

— Lui, lié aux islamistes, je ne le pense pas du tout, non ! Dans la panoplie de ses travers, la haine viscérale des Arabes se situe en bonne place. Je pense deviner votre raisonnement. Non, Paul, les deux affaires ne sont pas liées. Votre Moktar n'est pas là pour éliminer Cyprien.

Isabelle vint couper notre conversation pour s'inquiéter de notre verdict à propos de sa brandade. Je laissai parler la spécialiste et Consuelo rappela qu'au Portugal, on comptait plus de trois cent soixante-cinq recettes à base de morue, mais que celle-ci pouvait facilement en faire partie. Satisfaite, la patronne nous proposa des îles flottantes, des entremets ou une glace. Mon invitée leur préféra un café, je me ralliai à son choix. Le moment avait été agréable et, l'expresso avalé, je m'apprêtai à aller régler l'addition quand Jean-Luc nous proposa le cadeau du patron. Au choix : cognac, armagnac, marc de bourgogne, genièvre, mirabelle ou bénédictine. J'en conclus à haute voix que la brandade ne devait pas être fraîche et que l'alcool allait nous aider à la digérer. Éclats de rire communicatifs, auxquels seule Isabelle ne s'associa pas, s'offusquant de mon allégation mensongère. J'optai pour un armagnac. Après hésitation, car elle avait peu l'habitude de boire des digestifs, Consuelo choisit une bénédictine, avant d'apprendre que le degré d'alcool était identique aux autres eaux-de-vie.

Un peu plus tard, Jean-Luc m'expliqua que, pour l'addition, il fallait voir Isabelle, qui rangeait sa cuisine. Mon amie me fit bien sûr un prix en me remerciant d'avoir fini ses restes, puis avant de me rendre la monnaie, puisque je n'avais que de gros billets sur moi, elle me susurra à l'oreille :

— Elle est très bien, cette femme ! Et je ne parle pas juste de son physique absolument parfait. Elle a de la classe, de la prestance et un regard franc.

— C'est notre nouvelle procureure, elle est d'origine portugaise, mais cela, tu l'avais compris, elle a eu pas mal de soucis dans sa vie.

— Je vous regardais à travers la porte de la cuisine, vous allez bien ensemble, susurra ma copine de classe, le visage illuminé.

— Isabelle, je bosse sous ses ordres, c'est une relation de travail, murmurai-je à l'oreille de la cuisinière.

— Oui, un peu comme avec Dominique, quoi ? répliqua-t-elle en me gratifiant d'un clin d'œil complice. Allez, dépêche-toi de la rejoindre, elle va imaginer que nous complotons dans son dos.

— Elle est déjà au courant que tu es l'une des quatre ou cinq marieuses de la ville qui décident du devenir de mes conquêtes. Que veux-tu, on compte autant de rumeurs que de courants d'air dans les couloirs du palais de justice. Elle t'a donné son verdict à propos de la brandade, elle attend le tien sur l'avenir de notre relation.

— Tu vois que ce n'est pas seulement une relation de travail. Je suis heureux de te voir tourner la page, tu me faisais pitié, ces derniers mois. Un homme comme toi n'est pas fait pour rester tout seul…

— Isa, si je ne t'aimais pas autant, je crois que je te détesterais !

La rue Théodore-Le-Hars à traverser dans l'autre sens, un planton comme une guirlande de Noël à nous saluer, sourire complice aux lèvres, un escalier à monter, une porte de bureau à ouvrir. Consuelo avait tenu à m'accompagner. Elle ne disait rien, me demanda juste si les nuits de permanence n'étaient pas trop longues. Que répondre ? Il y avait tant de paperasses en retard que cela m'occuperait l'esprit. Elle se baladait dans les bureaux, celui de Sarah et Blaise, celui de Mehdi avec un poste disponible pour le futur stagiaire, celui de Rose-Marie, annexe de la NASA avec tout son matériel légal. Elle revint vers moi, alors que je prenais les infos de la soirée. Rien à signaler pour l'instant mais la nuit commençait à peine. Consuelo posa les mains autour de mon cou et son front contre le mien. Elle attendait sans doute un mot ou un geste de ma part. Combat intérieur entre le cœur et la raison, ou entre le corps et l'âme.

— Si je comprends bien, vous avez jeté votre dévolu sur moi pour devenir votre trompe-solitude breton, Madame la procureure ?

— Ne cherche pas à te faire macho, Paul Capitaine, cela ne te ressemble pas. J'en ai marre de galérer, je veux poser mes bagages en un lieu amical auprès d'un homme solide et prévenant. Je n'ai pas grand-chose à lui offrir, un tempérament soupe au lait, un orgueil détestable, un passé exécrable et un avenir incertain…

— Mais aussi un corps parfait, de superbes jambes, des yeux troublants…

— Cela fait si longtemps que je ne me suis pas regardée dans une glace…

— Oh, la menteuse ! Mais aussi, pour tenter d'effacer définitivement l'étiquette de macho, une sensibilité à fleur de peau, une douceur insoupçonnée sous une croûte protectrice pas si épaisse que cela, une sensualité irrésistible et des lèvres gourmandes.

— Tu crois qu'entre nous, cela pourrait marcher ?

— Je l'ignore, je suis un vieux flic à la mécanique un peu rouillée.

IV

Dimanche 8 septembre, 10 heures, commissariat de police

La nuit s'était divinement déroulée. Par chance, je n'avais pas été appelé pour une seule intervention. Consuelo en avait autant envie que moi ; la première heure fut torride, la seconde câline, avant que nous convenions, peu après minuit, que si l'on voulait échapper aux commentaires des collègues après les révélations du jeune planton, nous devions tous deux remettre les prolongations de programme à plus tard. Je ne parlerai pas de mise en bouche agréable, commençant à vous connaître un peu, affreux coquins, plutôt de prélude prometteur et enchanteur à une relation durable.

Consuelo était repartie avec le dossier de Rose-Marie sous le bras en me certifiant que nous avions fait tous deux une avancée importante dans notre affaire. Je ne sus de laquelle elle voulait parler : l'officielle ou l'intime. Je m'étais proposé de la raccompagner jusqu'à son appartement de la rue du Parc, elle m'avait répondu qu'elle était une grande fille et que Quimper n'était pas Dallas, avant de promettre de m'appeler dès son arrivée à son domicile, pour me rassurer. Elle m'avait laissé avec mes doux souvenirs et les effluves de son parfum délicat qui flottaient toujours dans mon bureau.

Je me demandai si tout cela était raisonnable ou pas. Il me semblait déjà entendre les reproches de Sarah, dès qu'elle apprendrait mon incartade, car elle la découvrirait très vite et j'ignorais toujours de quelle source. Un collègue du planton, sans doute. Ou ces effluves subtils dans les pièces, elle avait les narines sensibles. J'avais pourtant vérifié mon bureau, pas plus de caméra que de micro. Mais diable, que ce moment torride m'avait fait du bien…

J'étais sur mon petit nuage jusqu'à un coup de fil de la gendarmerie de Saint-Pol-de-Léon. Un corps avait été retrouvé la veille au soir, devant la chapelle Saint-Charles-Borromée, située au lieu-dit Kerigou, au pied du petit colombier octogonal. La victime se nommait Cyprien Vergnaud, un homme d'affaires local. Le malheureux avait été abattu d'une balle dans la tête. Et comme j'avais fait une recherche sur lui récemment, mon interlocuteur souhaitait connaître les raisons de mon intérêt pour cet individu. Tout en réfléchissant à mon dossier qui s'offrait un nouveau rebondissement, j'évoquai la personnalité controversée de la victime, sa réussite professionnelle, les rumeurs qui circulaient sur son compte, pas forcément justifiées, sa facilité à coucher avec des femmes installées, de manière à les faire chanter par la suite.

Fatalement, l'enquêteur me demanda si j'avais des noms de victimes à lui fournir, ce qui m'embarrassait un peu : les noms en ma possession, Consuelo Da Costa ou Blandine Combertin, n'étaient pas de ceux qu'on livre ainsi en pâture. Je lui expliquai avec d'infinies précautions que je ne pouvais évoquer une affaire en cours, soucieux d'en parler au préalable avec la procureure. Elle se trouvait à la tête de mon enquête à propos d'un home-jacking dont avait été victime un couple de Daoulas, qui souhaitait la discrétion sur son infortune.

Tout aussi logiquement, sur un ton agacé, le gendarme m'expliqua que, lui, se trouvait devant un homicide, fait autrement plus important qu'un vol de véhicules.

Il me précisa que l'affaire avait été prise en main par le substitut Guérin du TGI de Brest, mais aussi que la mort datait de quelques jours et que le corps avait été déplacé, ce qui laissait présager une affaire complexe.

— Un ou deux jours, dans ce cas, les deux affaires sont liées, assurai-je par réflexe. Voilà le maillon manquant à mon enquête. J'en réfère à la procureure et elle prendra contact avec vous ou avec le substitut Guérin pour la suite à donner à cet enchaînement de drames.

— Je vous vois venir, Capitaine. Une fois de plus, vous voulez nous piquer l'affaire ? s'emporta le pandore, hors de lui. C'est toujours comme cela avec les policiers, ils se croient supérieurs à nous !

— Je vous refilerais le bébé avec infiniment de soulagement, lâchai-je, volontiers goguenard, nous sommes a priori face à un tueur en série, un terroriste islamique qui élimine des repentis de sa cause.

— Ah oui, quand même ? bredouilla mon interlocuteur, un peu moins convaincu de tenir à l'enquête. Et il se trouve à Saint-Pol-de-Léon ?

— Bon, c'est top secret, à ce stade de l'enquête, il a été repéré à l'aéroport de Brest, à son arrivée, mais il est malin, il n'est pas fiché. Par la suite, on perd sa trace, mais il se peut qu'il soit l'auteur du home-jacking qui m'intéresse en priorité ; ensuite, une fois les coordonnées de Vergnaud récupérées, il se pourrait qu'il ait éliminé cet homme au passé mystérieux.

— Pour ses voisins, d'après notre entame d'enquête, Vergnaud était un type sans histoires qui avait fait beaucoup de bien à la région en créant des emplois, précisa mon interlocuteur, un peu perdu. C'est vrai qu'il était souvent à l'étranger car il avait multiplié les créations de fermes piscicoles dans pas mal de pays. C'est vrai aussi que c'était un chaud lapin, même s'il ne s'agit que de rumeurs sans témoignages directs de femmes de la région et sans plaintes déposées pour des agressions sexuelles. Bon, vous me tenez au courant ?

Dans la foulée, j'appelai Consuelo, qui s'attendait à un couplet plus romantique de ma part. La nouvelle de la mort de Vergnaud sembla la soulager. La perspective de voir les gendarmes s'occuper de l'enquête un peu moins. Elle prit le dossier en main et, un quart d'heure plus tard, tout était réglé. Les deux affaires étaient groupées, le substitut Guérin, pas bien teigneux, ne lui avait posé aucun problème. De leur côté, les gendarmes de Saint-Pol-de-Léon tenaient les premières constatations à la disposition des policiers de Quimper qui reprenaient l'affaire. Puis elle eut une initiative radicale.

— Paul, tu passes me prendre, on va aller interroger Blandine Combertin à son domicile. Son mari est absent pour la journée, pris par ses obligations de politicien ; elle est seule à la maison, on va la cuisiner pour qu'elle nous en dise davantage. Je ne crois pas aux coïncidences, elle ne nous a pas tout dit.

— Depuis quand une procureure va sur le terrain pour mener des interrogatoires ? m'étonnai-je.

— J'y assisterai juste à titre officieux, je n'interviendrai pas, je te le promets ! Et puis, Blandine Combertin n'est pas une suspecte, que je sache, juste un témoin de notre dossier. Alors, tu viens me chercher ?

— Je ne peux pas passer te prendre, je n'ai pas de bagnole et je ne conduis pas, répondis-je, toujours perplexe. Tu ne trouves pas ta démarche prématurée, nous n'avons pas encore pris connaissance du rapport des gendarmes, du rapport du légiste.

— C'est cousu de fil blanc, Paul, assura Consuelo, très excitée. Il fait chanter cette femme, elle lui donne rendez-vous en un lieu discret pour lui remettre une somme d'argent contre des papiers compromettants, elle l'élimine, récupère son dossier, le laisse dans sa voiture pour que son mari ne tombe pas dessus mais voilà, la voiture est volée. Elle invente alors une histoire d'ennemi politique pour nous mettre sur la piste de Cyprien Vergnaud par un chemin détourné. Je passe te prendre et on y va. L'effet de surprise va jouer en notre faveur.

— Dans ce cas, saisis un juge pour instruction, puisque tu considères que cette femme est suspecte !

— Paul, tu m'agaces, je dirige l'enquête, tu me suis, point final ! Je suis vers toi dans dix minutes.

Dans la rapide C4 de la procureure à la conduite nerveuse, je réfléchissais à l'enchaînement rapide des événements. Tout me semblait aller trop vite même si, effectivement, Blandine Combertin avait matériellement le temps de donner rendez-vous à Vergnaud en ce lieu proche de Roscoff, après sa rencontre sur place avec des collègues de son mari, d'éliminer le maître chanteur une fois son dossier récupéré, et de revenir à la maison avec un peu de retard en laissant la serviette dans son Audi. Mais dans ce cas, pourquoi avait-elle fait mention de ce document et aussi de sa victime ?

— Quelque chose ne va pas, Paul ? questionna Consuelo, le pied appuyé presque à fond sur l'accélérateur.

— Tu ne penses pas que tu t'es un peu précipitée, sur ce coup ? Un coureur de jupons comme Vergnaud a certainement fait d'autres victimes dans le département. Et des plus proches de son domicile que Blandine Combertin. Je ne la pense pas aussi stupide pour signer son crime en nous livrant les indices nous menant sur sa piste.

— Justement, Paul, elle a voulu la jouer fine et va prétendre à présent que, si elle était coupable, jamais elle n'aurait mentionné ces faits.

— Non, ça ne colle pas, je suis désolé. Je peux l'interroger pour en apprendre davantage sur les pratiques de Vergnaud, pas la traiter en criminelle avant de l'avoir entendue.

— J'avais oublié que le grand Paul Capitaine avait des dons de voyance, ironisa la magistrate, mains crispées sur le volant. Ou alors cette femme est une nana plus redoutable que je ne l'imaginais.

— Si tu veux être honnête, pour te citer un exemple que tu vas comprendre, tu avais autant de raisons d'en vouloir à Vergnaud que Blandine Combertin. Il t'a un jour séduite comme il l'a fait avec cette femme qui, elle aussi a succombé à son charme, avant…

Crissements de pneus et freinage contrôlé pour stopper la C4 sur la bande d'arrêt d'urgence. Warnings allumés. La procureure n'avait pas apprécié du tout mon accusation et, si elle était réellement la coupable, elle devait avoir un flingue à portée de main pour me descendre sur place.

— Paul, plus jamais tu ne t'avises de m'accuser de quoi que ce soit, c'est compris ? Te servir de ce que je t'ai avoué pour m'accuser, c'est dégueulasse.

— Te servir de ce que cette femme m'a confié pour l'accuser, avant d'avoir entendu ses arguments complémentaires, c'est dégueulasse aussi.

— Tu la couvres, tu as couché avec elle, toi aussi ?

— Tu es pathétique, Consuelo ! soupirai-je en posant une main sur son bras droit. La jalousie te durcit vraiment les traits, mais aussi les paroles. Celle-là non plus n'est pas une bonne conseillère.

— C'est bon, tu as fini ?

— Voilà ce que je te propose, puisque nous sommes chargés de ce dossier. D'accord pour aller réclamer un complément d'information à Blandine Combertin, mais sans l'accuser de meurtre, à moins qu'elle ne passe aux aveux devant nous. Ensuite, on se rend ensemble à la gendarmerie de Saint-Pol-de-Léon, on se fait expliquer les éléments du dossier par le responsable de la brigade, et on prend note des détails intéressants de l'enquête de voisinage et des ragots du quartier. Si nécessaire, on fait un détour par le bureau du substitut Guérin à Brest, puis on rentre analyser tout cela à Quimper et, demain matin, je mets toute mon équipe sur les pistes à suivre et toi, tu désignes un juge pour instruire le dossier. Ça te va ?

— Excuse-moi, j'ai pété un câble, j'ai horreur d'être injustement accusée. On fait comme tu as dit… Mais je te jure que je ne suis pour rien dans la mort de Cyprien, je n'ai pas bougé de Quimper, ces derniers jours.

— Je le sais bien, c'était juste un exemple !

— La prochaine fois, choisis un autre exemple, j'ai l'épiderme sensible.

— J'ai remarqué ça, oui…

*

* *

Blandine Combertin était bien seule à son domicile, appliquée à faire le ménage en survêtement, un fichu sur la tête pour protéger ses beaux cheveux auburn. Dire que notre visite l'enchantait serait un énorme mensonge, mais elle sut faire contre mauvaise fortune bon cœur. Elle me demanda si j'avais du nouveau. Je lui présentai la procureure Da Costa et elle nous proposa de nous installer dans le salon, réclama deux minutes pour changer de tenue et revint avec un jean et un pull marine.

— Le corps de Cyprien Vergnaud a été retrouvé dans la campagne de Saint-Pol-de-Léon, assénai-je d'entrée, histoire de voir la réaction de notre interlocutrice. Il a vraisemblablement été tué dans la soirée de mercredi à jeudi, la semaine dernière.

— Et comme je me trouvais à Roscoff cet après-midi-là, vous pensez que je suis la coupable de ce crime, enchaîna la maîtresse de maison, le visage caché entre les mains. Cette histoire est un vrai cauchemar.

— Nous venons simplement vous interroger, Madame, assurai-je de ma voix la plus rassurante. La procureure Da Costa souhaite m'entendre vous poser quelques questions pour compléter notre enquête avant de statuer sur la suite à donner.

— Madame Combertin, enchaîna la magistrate, incapable de rester muette devant la possible suspecte, je suis désolée par avance de réveiller des souvenirs désagréables, mais j'ai besoin de savoir comment Vergnaud a pris contact avec vous lors de votre liaison, la durée de votre relation commune, les détails qui pourraient nous aider à cerner son profil psychologique. J'aimerais aussi savoir s'il vous a contactée par la suite et s'il a exercé sur vous un chantage ou des pressions particulières, comme sur certaines autres femmes qu'il avait séduites. Et si oui, de quelle manière.

— Comme je l'ai déjà expliqué au capitaine, Cyprien Vergnaud a tenu une ferme piscicole dans la commune. Je m'occupais de sa comptabilité, nous étions donc conduits à nous rencontrer régulièrement. J'ignore quelle folie s'est emparée de moi un jour, j'ai succombé à un désir de lui faire l'amour. Il n'a rien fait pour, je suis tombée dans ses bras comme une midinette s'amourache d'une star. Auprès de lui, je me sentais une princesse, une beauté fatale. Je sais, ce que je vous dis est stupide et pourtant j'ai vécu dans son lit des instants inoubliables. Cela a duré plusieurs mois, presque une année, avant que mon mari ne le découvre. Serge a pris les choses en main et fait le nécessaire pour que Vergnaud quitte la commune dans les plus brefs délais et s'installe près de Roscoff, avec l'ordre de ne plus jamais remettre les pieds à Daoulas et de ne plus jamais tourner autour de moi. À aucun moment, Serge ne m'a parlé des modalités du départ de son rival ; je pense qu'il l'a dédommagé, d'une manière ou d'une autre. Peut-être facilité dans son installation à Roscoff, pour s'en débarrasser.

— Il devra certainement nous fournir des précisions, en temps utile, intervint Consuelo, mais poursuivez votre récit, je vous prie.

— Par la suite, j'ai postulé au service comptabilité du conseil général, devenu depuis conseil départemental, et j'ai été embauchée. Je ne vous cacherai pas que la position de mon mari a sans doute facilité mon dossier. J'entendais parfois parler de la réussite professionnelle de Cyprien Vergnaud et cela me réjouissait, car je n'avais rien à lui reprocher. Pire, son nom ravivait en moi des instants magiques à propos desquels je n'éprouvais pas la moindre culpabilité. Jusqu'au jour où Cyprien m'a demandé de convaincre mon mari d'insister pour que le conseil départemental subventionne la ferme aquacole qu'il voulait créer à Molène. Je lui ai répondu que je ne ferais jamais une telle chose. Il a alors sorti de sa poche quelques courriers enflammés et parfois coquins que je lui avais adressés, des messages par fax pour annuler un rendez-vous, une ou deux pièces vestimentaires intimes que j'avais laissées chez lui. Cette fois, il menaçait de faire un scandale si je n'obéissais pas. Et j'ai lu dans ses yeux qu'il ne plaisantait pas.

— Et vous en avez parlé à votre époux ? questionnai-je.

— Non, cela l'aurait mis en rage, il est capable de réactions violentes. Et pour devancer votre question suivante, même si mon mari l'avait su, il se trouvait en session à Quimper, au conseil départemental, jeudi dernier.

— Puisque vous avez, semble-t-il, affirmé à Paul Capitaine que vous n'étiez pas la seule victime consentante de ce séducteur, connaissez-vous l'identité d'autres femmes sur lesquelles il aurait pu exercer un tel chantage ? enchaîna Consuelo, désireuse d'avancer dans l'enquête, mais aussi de savoir à quoi s'attendre, sur son propre cas.

— C'est amusant que ce soit vous qui me posiez la question, Madame la procureure car, lors de notre dernière rencontre, Cyprien m'a parlé de vous ! répliqua Blandine Combertin, visage presque hilare. Selon ses dires, c'est par son intermédiaire que vous alliez être mutée dans le Finistère, où vous alliez l'aider à résoudre quelques problèmes personnels, parce que vous lui deviez un service. Mais bien sûr, vous ne l'avez jamais rencontré de votre vie.

— Désolée, c'est nous qui posons les questions, répliqua Consuelo, sans se démonter. À part moi, monsieur Vergnaud a-t-il nommé devant vous d'autres femmes de la région avec lesquelles il entretenait une relation charnelle ?

— Non, il ne m'a parlé que de vous mais, rassurez-vous, je n'en ai parlé à personne, même pas à mon mari. J'ai pris ses allégations pour vantardise et ragots, c'est certainement le cas.

— Vous aviez dans votre véhicule un dossier qui le concernait, mais à propos du contenu duquel vous avez fourni plusieurs versions discordantes, poursuivit la procureure, concentrée sur l'enquête. Pourrais-je entendre de votre bouche la teneur de la bonne version ?

Moment de gêne et de silence. La maîtresse de maison nous interrogea pour savoir si nous voulions boire quelque chose. Réponse négative de notre part.

Elle alla se servir un verre d'eau et revint s'installer face à nous, but une première gorgée et finit par répondre à la question.

— Autant vous le dire tout de suite, car vous finirez par l'apprendre, j'avais rendez-vous mercredi, en fin de journée, avec Cyprien Vergnaud. J'avais décidé de lui verser une somme d'argent contre l'ensemble des documents qu'il possédait, pour en finir avec cette pression de sa part, que je vivais de plus en plus mal. Il m'a remis l'épaisse enveloppe qui se trouvait dans ma voiture, à l'abri dans une serviette, contre une somme de quarante mille euros. C'était beaucoup, mais la paix morale n'a pas de prix.

— Ce n'est pas la version que vous nous aviez livrée, lors de notre dernière rencontre, intervins-je. Le détective que vous aviez soi-disant engagé pour enquêter sur les relations de Vergnaud, souvenez-vous. Votre époux savait tout cela ?

— Naturellement que non, mon mari n'était pas au courant. Voilà pourquoi j'avais laissé la serviette dans l'Audi, avant de profiter de l'absence de Serge pour détruire les documents. Voilà aussi pourquoi j'ai aussitôt pensé à lui, quand nos voitures ont été volées. Il avait commandé à trois jeunes de récupérer les deux véhicules et ainsi, puisqu'il pressentait que j'attendrais l'absence de mon mari de la maison pour détruire les pièces à conviction, cela lui laissait le temps de les récupérer pour me faire chanter de nouveau. Cyprien est un merveilleux amant, mais un être machiavélique et supérieurement intelligent, dénué de la moindre sincérité de sentiment et de la plus petite once de compassion. Une fois de plus, je pensais qu'il s'était joué de moi. Voilà pourquoi j'ai inventé une histoire stupide de détective pour évoquer l'enveloppe oubliée à l'arrière de l'Audi.

— Les policiers vérifieront tous vos dires, Madame, ponctua Consuelo en se levant du fauteuil. Vous devrez aussi aller signer votre déposition au commissariat de Quimper, dès lundi matin. Sans doute seriez-vous en meilleure posture si vous nous aviez dit aussitôt la vérité, même en présence de votre mari. Je note que la victime devait avoir en poche une enveloppe de quarante mille euros qui, à ma connaissance, n'a pas été mentionnée dans le procès-verbal. Une personne vous aura surpris tous deux durant la transaction et l'aura suivi ? Ou bien Vergnaud a-t-il eu l'imprudence de se vanter à un membre de son entourage qu'il allait récupérer un petit pactole rapidement gagné. Cela, ce sera à nous de le découvrir, ou encore au juge d'instruction que je vais prochainement saisir de l'affaire. C'est bon pour aujourd'hui, madame Combertin, mais je vous demanderai de ne pas quitter la région, nous sommes appelées à nous revoir.

— Juste une dernière question, madame Combertin, intervins-je, avant que nous ne quittions la demeure. Puisque votre mari n'était pas au courant de cette transaction, d'où viennent les quarante mille euros, je vous prie ?

— Mon père est décédé voilà un peu plus d'un an et ma mère a réparti l'argent de la succession entre ses deux enfants, expliqua la maîtresse de maison, forcée de se justifier. J'avais placé cette somme sur un compte indépendant d'une banque en ligne, j'en ai retiré une partie précipitamment, vous pourrez le vérifier !

*

* *

La gendarmerie de Saint-Pol-de-Léon me semblait flambant neuve. Je sus qu'elle avait fait l'objet de récents travaux. Son patron, le capitaine Marquet, heureux de nous accueillir, même un dimanche, était un solide gaillard d'une petite cinquantaine d'années. Il nous expliqua très vite qu'il commandait la COB, communauté de brigades de la gendarmerie, regroupant un effectif d'une quarantaine d'unités, réparties en quatre antennes, Saint-Pol-de-Léon, Taulé, Plouescat et Plouzévédé. Cette affaire était la seconde enquête criminelle depuis qu'il était en poste dans le nord du Finistère et, même si la complexité du dossier l'effrayait un peu, il regrettait de la voir lui filer sous le nez.

— Attendez, Capitaine, intervins-je, je parle sous le contrôle de madame la procureure Da Costa, avec qui je fonctionne pour la première fois, mais il n'est pas question de vous couper l'herbe sous le pied. Considérons qu'il s'agira d'une enquête conjointe et donc d'une coopération de nos équipes sur le terrain. Nous venons d'interroger madame Combertin, l'épouse du vice-président du département, qui a sans doute été la dernière personne à parler avec la victime, sur le parking de la thalasso de Roscoff, peu de temps avant le rendez-vous funeste de Cyprien Vergnaud avec son assassin, dans votre commune.

— Mes collègues du sud du département me disaient cet après-midi que vous étiez un policier avec lequel il est agréable de travailler, je vois qu'ils ne m'avaient pas menti, salua le pandore, presque ému. J'en suis très heureux, croyez-le.

— Maintenant, la balle est dans le camp de madame la procureure, c'est avant tout son enquête.

— Pas de problème pour moi, du moment que nous parvenions à élucider cette affaire, acquiesça Consuelo Da Costa, perdue dans ses pensées. Juste une précision sur la confidentialité des informations récupérées, surtout quand il s'agit de personnes sensibles. Paul Capitaine vient de vous faire part de notre audition de madame Combertin, il est évident qu'il serait désagréable à cette personne de voir son nom mêlé à une affaire de meurtre à laquelle elle n'a certainement rien à voir. Comme vous verrez peut-être mon nom apparaître, car lors de ma précédente affectation à Cayenne, j'ai eu affaire à monsieur Vergnaud, à la suite d'une plainte calomnieuse à son encontre, que j'ai d'ailleurs classée sans suite. Cela précisé, pouvez-vous nous accompagner sur la scène de crime et nous livrer vos premières constatations ?

Dix minutes plus tard, nous découvrions la chapelle Saint-Charles-Borromée, non loin d'un petit hameau d'une dizaine de maisons nommé Kerigou.

En grimpant autant de marches de granit, nous découvrîmes l'édifice religieux près duquel s'affichait un colombier de forme octogonale. C'est au pied de ce dernier, dans l'herbe verte fraîchement tondue, que le corps avait été découvert, ce qui expliquait pourquoi ce périmètre avait été gelé par les enquêteurs.

— Je pense que la victime devait connaître son assassin, pour se trouver face à lui et se faire agresser sans opposer de résistance, précisa aussitôt le gendarme. À ce stade de l'enquête, il nous est impossible de préciser s'il a été tué par un homme ou une femme. Selon la première conclusion d'un collègue, féru en la matière, l'arme utilisée serait de marque Glock, peut-être même, selon lui, un modèle G36, un pistolet souvent acheté par des femmes possédant un permis de port d'arme, destiné à la protection personnelle. Mais nous devons attendre les conclusions de l'examen officiel des experts de la balistique pour apporter une réponse définitive.

— Non, ce n'est pas possible, le cauchemar se poursuit ! bredouilla Consuelo avant de s'appuyer à un arbre voisin.

— Que se passe-t-il, Madame la procureure ? questionnai-je en m'approchant d'elle. Vous connaissez cette arme ?

— Oui, j'utilisais un modèle de ce type à Cayenne. Cette arme me servait à me protéger, sur le conseil de collègues, car les rues n'étaient pas sûres, surtout en fin de journée. Il m'a été dérobé dans le tiroir de mon bureau, quelques mois avant que je ne quitte la Guyane. J'ai fait une déclaration de vol au commissariat de Cayenne, vous pouvez vérifier.

— Ennuyeux, très ennuyeux, murmura le gendarme, visiblement embarrassé. Mais ce n'est sans doute qu'une troublante coïncidence. Comment une arme volée à Cayenne pourrait-elle se retrouver impliquée dans une scène de crime à Saint-Pol-de-Léon ?

— Une personne habitant la Guyane pourrait-elle avoir suffisamment de griefs à l'encontre de Vergnaud pour décider de l'éliminer et de piéger la procureure pour l'impliquer dans ce traquenard ? questionnai-je, perplexe.

— Un peu tordu, votre raison, Capitaine, si je puis me permettre. Il est plus simple d'envisager une autre arme de même calibre utilisée par une personne de la région, non ?

— Il y a bien Coquerel, bredouilla Consuelo en se redressant pour fouiller dans sa mémoire. Charles

Coquerel, le roi de l'industrie de la pêche en Guyane. C'est lui qui avait porté plainte contre Vergnaud, en l'accusant de pédophilie, une thèse que j'ai vite démontée, car elle reposait sur les témoignages de cinq ou six jeunes garçons dont les propos me semblaient totalement incohérents, et surtout peu crédibles. Par malheur, la vindicte populaire, encore plus rapide à se propager en Guyane qu'en métropole, avait déjà condamné Vergnaud sur ces simples rumeurs. Par la suite, on m'avait accusée de partialité lorsque j'avais classé l'affaire sans suite. Je me souviens de Coquerel me menaçant, dans les couloirs du tribunal, me promettant que j'allais vivre des moments encore pires que ceux que j'avais endurés dans le Cher.

— C'est une piste que nous ne pouvons négliger, mon capitaine, insistai-je en fixant le gendarme, encore un peu plus embarrassé. Souhaitez-vous en assumer la charge ou bien préférez-vous prendre la tête de l'enquête de voisinage pendant que je m'occupe du volet international de l'affaire. Le mobile me semble de nature assez complexe et sérieux pour diligenter une investigation en ce sens, même si le scénario paraît peu vraisemblable.

— Vous avez certainement plus l'habitude que moi de pratiquer de telles affaires au commissariat de Quimper, répondit le gendarme en se grattant la tête. Mon équipe et moi allons étudier toutes les pistes dans la région, les relations professionnelles de Vergnaud, ses associés, ses voisins, ses concurrents, ses détracteurs et ses conquêtes féminines ; cela fait déjà beaucoup de pistes à explorer.

— Très bien, je prends en charge les recherches en Guyane avec mon unité, ponctuai-je, satisfait de la tournure des événements, surtout pour Consuelo, même si elle se trouvait dans de bien sales draps. Ah, une dernière question très importante. Avez-vous trouvé, dans la poche de la victime, une enveloppe contenant quarante mille euros ?

— Non, pas à ma connaissance, mais je vais réclamer la confirmation. Cela me surprendrait que la découverte d'une somme aussi importante ait été passée sous silence par mes hommes. Cela représente un petit pactole, ils m'en auraient parlé. Puis-je savoir d'où venait cet argent ?

— Madame Combertin avait rendez-vous à Roscoff avec Cyprien Vergnaud pour lui remettre la rançon d'un chantage et l'affaire s'est conclue, précisai-je, même si je sentais mon interlocuteur un peu perdu.

— Ah, encore un élément troublant de cette enquête bien particulière, murmura le capitaine Marquet en regagnant le volant de son véhicule. De base, je serais enclin à imaginer que la suspecte, madame Combertin, a éliminé le maître chanteur, récupéré le dossier et conservé les quarante mille euros, mais sans doute est-ce là un raisonnement trop évident.

— On ne peut négliger aucune piste, précisai-je, même si cette personne ne me semble pas dotée d'un mental assez solide pour commettre un meurtre.

Sur le chemin de retour vers la gendarmerie, le silence était de mise jusqu'à ce que le capitaine Marquet tourne la tête sur sa droite pour me questionner.

— Vous ne m'aviez pas parlé d'un terroriste islamiste ?

— Oui, c'est un autre aspect de l'enquête que nous menons et dont le personnage central est madame Combertin, ou plutôt sa voiture, répondis-je en tentant de retomber sur mes pieds. C'est une enquête à tiroirs, mais là, nous n'avons vraiment pas le temps de vous expliquer tous les tenants et les aboutissants.

— Je ne parviens pas à voir le lien entre le terrorisme islamiste et la Guyane, insista le gendarme, proche de se sentir manipulé par une magistrate et un policier. En quoi la mort de Vergnaud se rapporte à votre enquête si elle n'est pas l'œuvre de ce terroriste ?

— À cause d'un dossier volé concernant Vergnaud, qui se trouvait dans le véhicule dérobé à madame Combertin, véhicule retrouvé brûlé en un lieu qui pourrait le lier à un réseau islamiste en région parisienne, alors que d'ordinaire de telles belles voitures partent directement pour l'Europe de l'Est.

— Je n'ai pas tout compris, mais si vous le dites !

Sitôt la gendarmerie quittée, avec un chef de brigade bien perplexe, Consuelo Da Costa jugea qu'il était inutile de se rendre à Brest pour rencontrer le substitut Guérin. Elle en avait sa claque et je la comprenais. Toujours aussi crispée à son volant, elle avait les mâchoires serrées et ne décrochait pas un mot. Par moments, elle soupirait longuement, prise dans une nouvelle tourmente de laquelle je l'avais partiellement extirpée. Car si le dossier avait été placé entre les mains de la gendarmerie, toute la lumière aurait été faite sur ses relations suspectes avec Vergnaud, sur la disparition de son arme d'autoprotection, sur son insistance à s'occuper elle-même du dossier, alors que, là, je conservais la maîtrise des éléments.

— Ne t'inquiète pas, on va découvrir le fin mot de cette affaire, promis-je, sur un ton détaché. Il faut juste que nous donnions rapidement du biscuit aux gendarmes pour ne pas passer pour des charlots. Ce ne sont pas des imbéciles, ils ont bien compris que notre raisonnement ne tenait pas la route.

— Comment peux-tu me promettre que cette histoire de pistolet ne va pas ressortir au grand jour, et avec elle mes relations intimes avec la victime ? s'emporta Consuelo, à bout de nerfs. Si c'est bien le type que je pense qui est derrière tout cela, il a le bras long comme le cours de l'Amazone ! Coquerel, c'est lui, le véritable patron de la Guyane. Pas officiellement, mais dans l'ombre. Son second métier, c'est marionnettiste... Vergnaud s'en amusait, de piétiner ses plates-bandes, il n'en avait pas peur, je me demande pourquoi. Il prétendait que les individus de ce calibre n'avaient que leur tchatche et leurs sbires. Sans ces attributs, ils n'étaient rien. Je me souviendrai toujours du regard de ce Coquerel quand il m'a juré que je n'avais pas encore mangé mon pain le plus noir. Je te promets qu'il ne rigolait pas.

— Enfin, en Bretagne, il n'est pas grand-chose, tu sais…

— Tu ne connais pas ses réseaux. Il est capable de contacter des médias pour faire fuiter l'info de la découverte du pistolet de la procureure Da Costa près du corps de Cyprien Vergnaud, son amant. Et là, tout Paul Capitaine que tu es, tu ne pourras rien lorsque, toi et moi, nous serons dessaisis.

— Je vais déjà me renseigner sur ce Charles Coquerel, savoir qui il est, d'où il vient, pourquoi il en voulait autant à Vergnaud, même si, à ce stade de notre enquête, rien ne dit que c'est lui, le coupable.

— Je vais te faciliter la tâche, Paul ! cracha la magistrate, désabusée. La piste la plus plausible est très simple. Une magistrate de Cayenne est victime d'un maître chanteur qui la poursuit jusqu'en Bretagne. Là, pour un motif encore inconnu, il reprend contact avec elle. Tiens, par exemple, en mal de liquidités, il lui demande une enveloppe de quarante mille euros contre quelques documents compromettants la concernant. Mais au lieu de l'argent réclamé, il reçoit un pruneau entre les deux yeux, tiré par cette arme dont elle a pris soin de déclarer la disparition au commissariat de police, avant son départ de Cayenne.

— Impossible, la magistrate n'a pas quitté son bureau du palais de justice de Quimper de la journée.

— C'est ce qu'elle a fait croire à ce ballot de policier chargé de l'enquête, alors qu'elle a quitté le tribunal par une porte dérobée pour foncer au lieu de rendez-vous avec son bolide, accomplir son forfait, récupérer l'enveloppe contenant les documents, puis une seconde avec quarante mille euros, belle surprise, avant de rentrer à Quimper sans que son absence ait ému la moindre personne.

Je m'apprêtais à expliquer à Consuelo que j'allais devoir attendre notre arrivée à Quimper pour lui passer les menottes, car sinon je me trouvais dans la mouise en rase campagne, quand mon portable se manifesta. C'était la commandant Léanne Vallauri qui me prévenait que la rencontre internationale venait de s'achever, que les congressistes avaient bien tous pris l'avion de Paris pour rejoindre par la suite leur pays d'origine, que sa mission spéciale s'achevait et que je l'avais bien fait flipper avec ma vision d'un terroriste poseur de bombes.

— Moktar Al-Varamini se trouve bien en Bretagne, c'est lui que j'ai vu à l'aéroport. Aux dernières nouvelles, il ne pose plus de bombes, il bute des repentis avec un fusil à lunette.

— Merde alors, tu es certain ?

— Hélas, oui, mais je n'ai aucune idée de sa cible. Et je ne peux pas faire passer un article de presse pour demander à tous les anciens enfants d'Allah qui ont tourné le dos à Daesh de venir signaler leur présence au commissariat.

— T'es con ! Tu vas faire quoi ?

— Prier le dieu des flics pour qu'il m'inspire le lieu et le moment du nettoyage, quelques heures avant qu'il n'ait lieu.

— Tu as des copains à la DGSE et la DGSI, non ?

— Tu plaisantes, ils me vomissent depuis que je suis flic !

— Je peux me renseigner discrètement auprès de quelques contacts pour tenter de récupérer la liste des repentis qui se trouvent sur notre territoire, proposa la commandant, tout de go. On peut toujours rêver.

— Ils souhaiteront connaître la raison précise de ton intérêt pour cette liste qui ne circule jamais et, ensuite, parce que tu es très persuasive, après avoir convenu qu'il existait une possibilité que Moktar soit encore en vie, qu'il se trouve bien sur notre territoire, ils raseront la Bretagne pour être certains de ne pas l'avoir raté, comme les Ricains à Téhéran.

— Décidément, tu es con de chez con, toi. Ah, au fait, ce Cyprien Vergnaud sur lequel tu me demandais des tuyaux, l'autre jour, c'est bien lui qui s'est fait buter à Saint-Pol ?

— Affirmatif, mon commandant ! Mais ce n'était pas un repenti… Lui, il ne faisait pas sauter des bombes, il sautait des nanas et il ne regrettait rien. Tu me diras, parmi elles, il devait bien y avoir quelques bombes !

— Ta proc' de Quimper a tenu à récupérer le dossier, à ce que m'a annoncé le substitut Guérin. Elle est gourmande, dis donc !

— Elle est à côté de moi, on est dans sa bagnole ! Tout est peut-être lié, mais je ne peux rien te dire, si jamais tu es sur écoute ! Je te laisse, j'ai un autre appel en attente. Des fois que ce soit Moktar.

— Ou le dieu des flics !

Ce n'était ni l'un ni l'autre, mais plus proche du second que du premier. Perry Sommers se trouvait en stand-by à Paris et voulait me préciser que tout s'était bien passé pour Jillian, Dominique et leurs collègues, mais il ne m'appelait pas uniquement pour cela. Il avait des informations confidentielles à me communiquer.

— Paul, tu avais raison, un faisceau de faits surprenants laisserait à penser que Moktar Al-Varamini est toujours en vie.

— Des indices comme des exécutions de repentis par un sniper qui pourrait être notre homme ? lançai-je négligemment.

— C'est vrai, je me souviens à présent, tu n'as pas CIA, FBI, NCIS ou DEA dans tes relations, mais tu as RMC. Dis-lui quand même que si, un jour, je parlais d'elle et de son matériel à certaines personnes qui ne rigolent pas avec la cybersécurité, son espérance de vie diminuerait singulièrement.

— Trêve de plaisanterie, Perry, si tu as la possibilité de me livrer une liste de repentis habitant dans le Finistère, ou simplement de l'un d'entre eux qui va séjourner chez nous, tu me permettras de lui sauver la vie. Tu me dois bien cela, alors que tu coules des jours délicieux auprès de ma compagne.

— Tu n'as pas à te plaindre, auprès d'une jeune et très jolie substitute de procureure, répliqua Perry Sommers, m'incitant à me redresser et à regarder à travers les vitres.

— Pourquoi, tu me fais espionner ?

— Tu sais, nos services secrets sont efficaces, eux aussi. Nos satellites sont performants et l'un d'eux te suit seconde après seconde… Non, je blague, j'ai appelé le commissariat et j'ai eu l'un de tes collègues qui, un peu gêné, ce doit être un jeunot, a fini par me lâcher que tu étais parti en voiture avec une magistrate. Et lorsque j'en ai parlé à Dominique, pour piquer sa jalousie, cela ne l'a pas effrayée. Elle connaît très bien Laure Barbotan, certes jeune et très belle jeune femme, mais il paraît que tu n'es pas du tout son genre.

— Alors là, Perry, je m'incline, chapeau bas, les services secrets américains. Savoir qu'en ce moment, je me trouve dans une voiture du côté de Sizun en compagnie de Laure Barbotan, là, je dis : respect ! Tu penses à mon renseignement, c'est important pour moi, mais surtout pour la cible.

Le reste du trajet se fit sans trop de paroles. Consuelo n'avait pas réagi à la fausse info de l'Américain. Elle devait se demander comment échapper à cette nouvelle fatalité. De mon côté, j'essayais de réfléchir à la personne qui pourrait me rancarder à propos de Charles Coquerel, le grand manitou de la Guyane. Il me fallait le neutraliser avant qu'il ne passe à l'étape suivante de son plan. Bombarder les médias et les réseaux sociaux d'informations sensibles et sulfureuses sur le séjour guyanais de la procureure Consuelo Da Costa. Finalement, les personnes changeaient auprès de moi, mais il fallait que je me trouve toujours auprès de gens à problèmes. À peine sorti des affres de l'affaire qui opposait Radia au club Magenta, j'étais de nouveau plongé dans les remous d'une tourmente annoncée. Il ne manquerait plus que ce Coquerel s'avère l'un des proches de la famille Montaigne et le cauchemar allait recommencer.

Consuelo s'arrêta devant un troquet de village et quitta la voiture sans dire un mot. Une urgence, sans doute. J'imaginai aisément le cyclone qui soufflait dans son crâne.

Il se passa une dizaine de minutes, puis elle revint à son siège et ne me laissa pas placer la première parole.

— Je viens d'appeler Laure Barbotan pour lui demander de rentrer en urgence. Je vais lui déléguer les deux affaires, je suis trop impliquée pour continuer de les diriger. Il serait préférable pour toi qu'on ne se voie plus durant quelques jours. Inutile de te faire éclabousser par les vagues qui vont bientôt me submerger. Je te remercie pour tout ce que tu as accompli pour tenter de m'éviter ce déluge, mais il sera inévitable dès demain matin.

— Je comprends, ta décision est noble et j'ai toute confiance en Laure, même si elle est jeune, répondis-je, un peu embarrassé. Mais je ne vais pas te laisser tomber, ce n'est pas mon genre. Tu es innocente et les puissants comme Coquerel ne m'ont jamais fait peur. Pire, comme les toiles d'araignées attirent les mouches, j'attire les crapules à col blanc. Tu vois, en Bretagne, on a un avantage, on connaît les marées. Plus il va tenter de te submerger et plus le retour de vague sera énorme pour lui.

— Bien tenté ! gloussa la magistrate, de nouveau crispée sur son volant. Mais je ne suis pas née de la dernière pluie, je suis dans leur collimateur et, cette fois, ils ne vont pas me rater.

— Le gendarme avait raison quand il expliquait que Blandine Combertin avait très bien pu buter Vergnaud, ne pas lui verser le fric, mais récupérer le dossier, payer trois loulous pour taxer les caisses et aller les cramer en région parisienne, avec le dossier à l'intérieur, pour brouiller un peu plus les pistes et éloigner les suspicions. Et peut-être va-t-on découvrir qu'elle aussi possède un Glock qu'elle a utilisé pour son crime. Tu te fais un mauvais film pour rien, je sais que tu es innocente et je trouverai le ou la coupable pour te prouver que, à force de prendre des coups de partout, tu es devenue parano.

— Sauve plutôt la cible de Moktar ; quelle qu'elle soit, cette personne vaut mieux que moi ! répliqua la procureure, alors que nous arrivions sur les quais du centre de Quimper. Je suis née avec la “lose”, elle me colle à la peau. Mon mari me le disait en permanence, il avait raison. Et le pire, c'est que je porte la scoumoune à tous les gens qui m'approchent.

— Je ne suis pas superstitieux, vois-tu !

— Ce n'est pas une question de signe indien, c'est simplement que, sans le vouloir, par mon enquête dans le Cher, je suis devenue un parfait bouc émissaire pour certaines personnes que je ne connaîtrai jamais. Des gens comme Coquerel, par exemple... Je te dépose devant le café de l'Épée, tu finiras le chemin à pied. Des fois que des paparazzis m'attendent au pied de chez moi, au courant de ma rechute, je ne voudrais pas qu'ils nous voient ensemble. Il me semble tellement revivre le même cauchemar, les mêmes scènes abominables dont je ne parviens pas à me défaire, m'engluer dans les mêmes pièges infâmes. Dire que j'ai cru qu'en Bretagne, tout cela s'effacerait de moi et de mon paysage.

— Je ne crois pas en la fatalité, aux pages écrites d'avance, lâchai-je avec tendresse et conviction. La roue finit toujours par tourner du bon côté si l'on ne baisse pas les bras. Tiens le coup, Chelo ; si tu lâches, Coquerel et les autres, quels qu'ils soient, auront gagné la partie, tu ne vas pas leur offrir ce plaisir ? Et sache que moi, je ne t'abandonnerai pas !

V

Lundi 9 septembre, 9 heures, commissariat de Quimper

L'ambiance du groupe n'était pas au beau fixe parce que mon moral n'était pas au beau fixe. Rose-Marie savait pourquoi je faisais cette grise mine, elle avait déjà beaucoup travaillé sur le dossier, plus que de raison, sans doute, sans avancée probante. Perry avait raison, un jour ou l'autre, ses exploits se remarqueraient et elle devrait rendre des comptes au nom de la liberté de l'individu, qui ne fait pas de différence entre les gens honnêtes par millions et les truands par poignées.

Pourtant, je m'apprêtais à demander à Rosie un nouveau gros effort pour compiler les informations existantes à propos de Charles Coquerel, le commanditaire présumé du meurtre de Cyprien Vergnaud. Un notable intouchable de Guyane que l'insolent Vergnaud avait mouché, en faisant fi de ses injonctions, de ses menaces, que Consuelo Da Costa avait humilié en classant sans suite une plainte qui, avec un autre magistrat, aurait conduit l'insolent derrière les barreaux pour quelques années. Le monde fonctionnait ainsi dans l'univers de Charles

Coquerel. Du moins, d'ordinaire, mais pas cette fois-là, inacceptable camouflet.

Pourtant, le premier renseignement fourni par RMC était d'un autre ordre. Elle me rejoignit dans mon bureau pour me livrer les résultats des appels à propos des menaces que j'avais reçues sur mon portable. S'il était impossible de remonter jusqu'à la personne qui exerçait le chantage, l'Antillaise pouvait m'assurer qu'il s'agissait d'une voix féminine et que l'appel émanait du centre de Saint-Pol-de-Léon. Deux informations qui me firent penser qu'il ne fallait pas trop m'inquiéter, l'entourage de Vergnaud ayant d'autres chats à fouetter, à présent qu'il avait été éliminé, même si j'avais demandé à Blaise de se montrer un peu plus vigilant qu'à l'ordinaire auprès de Sarah.

D'un autre côté, le dossier Moktar Al-Varamini, nettoyeur international, homme invisible car officiellement mort en Iran, de passage dans le Finistère pour un contrat, n'avançait pas d'un millimètre. Sa cible, un repenti installé dans la région ou simplement de passage. Pour le repérer, Rosie avait récupéré tout ce qu'elle avait pu trouver de caméras de surveillance dans le département et avait rassemblé l'ensemble sur un ordinateur doté d'un logiciel qui, en temps réel, lui annoncerait où il nichait. Comme elle se trouvait avec nous au commissariat, Rosie avait confié cette mission à Julie, qui la préviendrait aussitôt.

Lorsque Laure Barbotan arriva, visage bronzé et

air grave, revenue à la hâte de vacances méritées, je la pris à part pour lui expliquer les éléments des deux dossiers, ceux que le reste du groupe connaissait, plus un ou deux autres détails à propos de sa patronne, notamment. Laure avait ceci de bien que rien ne la choquait. Elle enregistrait les infos, posait des questions si nécessaire, me réclamait mon regard sur l'affaire et, si ce point de vue lui convenait, nous partions ensemble en croisade. Cette fois, elle tiqua quand même un peu :

— Paul, êtes-vous certain de vouloir risquer votre carrière en tentant de sauver la peau de la procureure ? Et si oui, le faites-vous pour les bonnes raisons ? Elle connaissait la victime, il la faisait chanter, elle avait le mobile, le contrôle de soi nécessaire, et en plus l'arme du crime.

— Vous la pensez vraiment capable de buter un mec de sang-froid, Laure ?

— Honnêtement, Paul, je pense qu'elle en est capable, mais je suis certaine qu'elle ne l'a pas fait. Je veux bien que nous suivions la piste Coquerel, elle est plausible, mais pas plus solide qu'une autre. Que ferait un caïd de Guyane en Bretagne ? Et puis, même si je respecte la procureure, si je suis prête à l'aider à se dépêtrer de ce bourbier, l'affaire du tueur professionnel et de sa cible potentielle me semble prioritaire.

— Si vous aviez deux enfants, Laure, un garçon et une fille, et si vous deviez choisir lequel des deux sauver de la mort, que feriez-vous ?

— Je ferais tout pour les sauver tous les deux, évidemment, me répondit la substitute, par réflexe. J'ai compris, vous voulez que nous suivions les deux affaires en même temps. À cinq ou six enquêteurs autour de vous, pas davantage, c'est une folie !

— On est bien plus, si l'on considère que les gendarmes de Saint-Pol-de-Léon se rallieront à vos directives, si on a besoin d'effectifs. Et pas seulement eux, d'ailleurs. Tiens, en ce moment, la commandant Léanne Vallauri, de Brest, tente d'obtenir des infos de la part de la DGSI, à propos de la liste des repentis qui résident dans la région, mais aussi de les convaincre que Moktar Al-Varamini est bien vivant. Bien sûr que ce dossier est le plus important, mais nous serions lâches d'abandonner Consuelo au moment où elle a le plus besoin de nous, alors que nous avons fait bloc autour de Radia Belloumi, voilà peu, pour prouver son innocence dans des circonstances similaires.

— Ça marche pour moi, Paul ! Dire qu'hier, j'étais avec une copine à me faire bronzer les seins sur une plage d'Ibiza en me réjouissant qu'il nous reste encore trois jours devant nous.

— Je sais, Laure, je sais ! Mais vous auriez regretté de ne pas être de cette mission de la plus haute importance. Et, à la tête de mon groupe, je suis heureux de fonctionner derrière vous.

— Une dernière question, Paul, et je vous laisse en paix. Entre la proc' et vous, c'est du sérieux ? Vous avez couché ensemble, je sais aussi sentir ces détails-là, je veux juste savoir si c'était uniquement pour apaiser un manque ou si les sentiments sont solides. Je ne suis pas jalouse, rassurez-vous, c'est seulement pour savoir à quoi m'en tenir.

— Oui, nous avons couché ensemble, Consuelo et moi. Oui, elle est entrée dans ma vie comme un ouragan et elle me bouffe le cœur. Surtout, n'en parlez pas à Sarah. Oui, je tiens à elle et c'est du solide. Maintenant, jusqu'à quand ? Je l'ignore. L'amour sur un coup de foudre n'est pas vendu avec le certificat de garantie et de durabilité. En revanche, ce que je sais, c'est qu'elle est innocente du meurtre de Vergnaud, même si j'ignore si elle est victime d'un piège complexe ou d'une succession de points néfastes exacerbés par sa parano permanente.

— Alors, c'est parti pour une semaine de folie ! Dire que certaines filles partent à Ibiza pour s'éclater sur des pistes de danse jusqu'à point d'heure alors que l'aventure est déjà ici, au bout du chemin…

J'étais en train d'organiser les équipes quand le commissaire Guilhem de Wancourt arriva avec un couple qui désirait s'entretenir avec moi. Blandine Combertin venait signer sa déposition. Serge, son mari, avait un détail à me rapporter. Sarah s'occupa de madame, monsieur pénétra dans mon bureau, où il s'installa sur la chaise qui faisait face à mon fauteuil. Le temps de déplacer une pile de dossiers en attente et je fus à lui. Le visage toujours grave, le costume toujours strict, une image sans doute, mais on l'imaginait difficilement se rouler de rire après une blague de potache. Ce devait être son air naturel, mais les récents événements, notamment les cachotteries de son épouse, l'incitaient encore moins à la gaudriole. Il ne tourna pas autour du pot.

— Ce matin, en partant effectuer, comme chaque lundi, l'inspection des sites d'exception gérés par le conseil départemental, je me suis aperçu que je n'avais pas mon passe. Il se trouvait dans la boîte à gants de ma voiture.

— Oui, et alors ? questionnai-je, ne voyant pas l'intérêt de l'information.

— Je suis la seule personne du département habilitée à posséder un tel passe, en plus du directeur de chaque site. Grâce à ce sésame, je peux accéder directement à tous les endroits névralgiques, sans avoir à passer par les employés du lieu. Comme mon épouse m'a parlé d'un possible terroriste international qui pourrait faire exploser une bombe et faire des dizaines de morts, le détail m'est apparu important.

— Effectivement, c'est un indice supplémentaire, même si rien ne vient le corroborer. Veuillez pardonner mon ignorance, cela concerne combien de sites exactement ? On ne parle pas des silos de l'île Longue, quand même !

— Non, le badge et le passe sont liés à cinq endroits touristiques dans le département. L'abbaye de Daoulas, le château de Kerjean, le manoir de Kernault, l'abbaye du Relecq et enfin le domaine de Trévarez.

— Et lequel pourrait intéresser un terroriste, à votre avis ?

— Cela, je l'ignore totalement ! A priori, aucun. Mais puisque les véhicules n'étaient pas le pôle d'intérêt des auteurs du home-jacking, que nos cartes de crédit n'ont pas été utilisées, j'ai pensé à mon passe et à mon badge. Comme vous nous aviez dit que tout détail pouvait avoir son importance, j'ai décidé d'accompagner ma femme au commissariat pour vous faire part de cette disparition. De toute manière, il n'aurait pas été dans ma voiture, ce passe se serait trouvé soit dans la poche de ma veste, soit dans mon portefeuille, donc s'il était la cible des voleurs, il aurait été récupéré, de toute manière.

— Lequel de ces sites accueille cette semaine une exposition particulière, une manifestation spéciale ?

— Je suis désolé, je l'ignore, lâcha l'élu départemental, un peu penaud, mais je peux me renseigner rapidement.

— Oui, ça m'aiderait ! Cela nous fait une piste de plus à explorer, même bien aléatoire, je dois vous l'avouer. Néanmoins, si ce criminel se trouve en Finistère et si l'un des lieux auxquels le passe donne accès reçoit ces prochains jours un parterre de personnages importants, le renseignement peut s'avérer intéressant. Je vous remercie, vous avez peut-être sauvé la vie d'un homme, si nous parvenons à l'identifier avant qu'il ne soit abattu sur l'un de ces sites. Ah, une dernière question, monsieur Combertin, votre épouse possède-t-elle une arme à feu ?

— Non, pas du tout, elle déteste la violence, pourquoi cette question ?

— C'est juste pour l'éliminer de la liste de nos suspects, pour le meurtre de Cyprien Vergnaud. Mais j'en étais pour ainsi dire convaincu.

Mari et femme se rejoignirent pour quitter nos bureaux. Sarah me questionna immédiatement pour savoir si j'avais du nouveau. Je lui parlai de la disparition, avec les deux véhicules et avec le dossier, d'un badge et du fameux passe donnant accès à des sites touristiques du département, sans y voir pour l'heure un lien avec nos affaires. Sarah ne fut pas de mon avis.

— Tu vas me trouver tordue mais, puisque cette idée me traverse l'esprit, je la balance telle quelle. D'un côté on a un terroriste dans la nature. D'un autre un vol de bagnoles apparemment inutile et gratuit. Et si l'équipe du home-jacking bossait pour le compte du fantôme de ton passé libanais, comme d'autres ont œuvré récemment pour servir le club Magenta ? Les voleurs de voitures avaient mission de récupérer discrètement le passe dont le tueur a besoin pour effectuer sa sale besogne. Nous devons en savoir davantage sur ce si précieux sésame.

— Il ouvre les portes de pièces privées des quelques sites remarquables du département dont voici la liste. Il faut dans un premier temps savoir si l'un de ces cinq lieux accueille un événement particulier cette semaine parce que Moktar est certainement là pour un contrat précis.

— On s'y met tout de suite avec Zeb et Mehdi. Tiens, au fait, en parlant de Blaise, on n'en a pas reparlé, mais j'ai pu lui tirer les vers du nez à propos de son insistance à me filer le train, ou alors de me faire surveiller par un bleu. Comme cela, le terroriste menace de s'en prendre à moi ?

— C'était juste des paroles en l'air que je n'ai pas voulu prendre à la légère, répondis-je de manière très neutre. Mais depuis, la donne a changé puisque Vergnaud a été éliminé. A priori, la menace venait d'une femme de son entourage, tu n'es donc plus une cible parce qu'à ma connaissance, tu ne fais pas partie de la liste des victimes de feu ce prédateur sexuel.

Sarah aurait sans doute trouvé à redire si mon téléphone ne s'était manifesté, la coupant dans son élan. Je reconnus la voix ferme du capitaine Marquet, ce qui me laissa imaginer que la gendarmerie de Saint-Pol-de-Léon avait avancé dans son enquête. L'avantage, avec un gendarme, c'était de bénéficier d'un compte rendu net et précis :

— Nous avons progressé à propos du Glock G36, l'arme du crime, comme l'avait imaginé mon collègue. Un seul exemplaire est fiché dans notre secteur. Il appartient à mademoiselle Chantal Donval, chargée de clientèle à la BMM, la Banque mutuelle maritime. Détail important pour notre enquête : Chantal Donval était, dans cet établissement, l'interlocutrice privilégiée de la victime, Cyprien Vergnaud, chargée du suivi de ses comptes. Nous avons interpellé la suspecte, qui a reconnu posséder cette arme mais ne l'a pas retrouvée dans ses affaires et jure ne pas avoir tué Vergnaud. En revanche, détail très intéressant, elle lui a remis une enveloppe de vingt mille euros, ce qui lui restait d'un héritage personnel, à la suite d'un chantage de la victime à propos de manœuvres illicites de la part de l'employée à l'intérieur de son agence bancaire.

— Surprenant, tout cela ! constatai-je, amusé. Quarante mille euros récoltés auprès de Blandine Combertin, vingt mille de la part de Chantal Donval… Vergnaud savait décidément baiser utile, selon ses propres mots.

— Il lui manquait cent mille euros pour développer un projet professionnel à Molène, ajouta le gendarme. Plus un accord départemental. Nous l'avons appris de la bouche de mademoiselle Donval. Il lui manquait donc encore quarante mille euros ; aussi cherchons-nous d'autres personnes de son entourage qu'il aurait pu faire chanter.

— Je crois que je vais venir moi-même interroger cette jeune femme pour tenter de découvrir si elle n'avait pas des relations avec un groupe suspect que nous poursuivons depuis plusieurs mois, le club Magenta. Une aiguille dans une botte de foin, certes, mais tout deviendrait bien plus logique.

— Le club Magenta, jamais entendu parler, répliqua le capitaine Marquet.

— C'est logique, ces personnes aiment se faire discrètes. Cyprien Vergnaud s'était fait un ennemi en Guyane, Charles Coquerel, qui avait juré sa perte. Nous venons de découvrir que ce notable de Cayenne était un membre éminent du club Magenta. Cela n'a peut-être aucun lien, mais je me dois de croiser les informations. Je vois cela avec les magistrats du parquet et je vous tiens au courant, capitaine Parquet… euh, Marquet, excusez-moi…

Très vite, Sarah manifesta sa surprise. À aucun moment, il n'avait été mentionné dans le dossier que Coquerel faisait partie du club Magenta. Encore l'une de mes cachotteries. Ma fille trouvait qu'il devenait difficile de bosser en duo, puisque je lui cachais des informations capitales.

— J'ignore totalement s'il fait partie ou non du club Magenta, mais le pandore aussi, avouai-je, pas fier de moi. C'est le moyen le plus efficace que j'ai trouvé pour justifier notre venue. Je sais, c'est un peu limite mais, après tout, rien ne dit non plus qu'il n'en fait pas partie.

— De toute manière, comme on ne le connaît même pas ! Ce qui serait marrant, c'est qu'il en fasse partie. Tiens, il faudra que je pose la question à Gaëlle, puisqu'elle possède la liste de tous les membres.

— Ne la mêle pas à notre enquête, par pitié, elle va sauter dans les embêtements à pieds joints. Tu la connais, c'est toi en pire !

— Merci pour la comparaison !

— J'ai dit en pire, ça veut dire que tu as la tête un peu plus sur les épaules, précisai-je, un sourire aux lèvres. Non, depuis que tu es maman, tu as beaucoup changé, tu es plus mature, plus posée, plus réfléchie.

— Toi, tu retombes toujours aussi bien sur tes pieds, gros matou !

Un appel à Laure Barbotan pour lui proposer un périple sur la côte nord du département, elle était partante pour me piloter. Un autre à Consuelo Da Costa pour la rassurer, ce n'était pas son arme qui avait servi au crime, mais un autre Glock, appartenant à une employée de banque, qui devenait la nouvelle suspecte.

— Paul, j'ai lu le rapport à propos de ton terroriste islamiste. Ton collègue Mehdi Langeais vient de me préciser qu'un seul des cinq sites pourrait intéresser ce fou : le château de Trévarez, qui organise en milieu de semaine un rassemblement de la Société internationale du camélia, auquel vont participer des experts de quatorze pays.

— Je ne vois pas Moktar Al-Varamini se déplacer en Bretagne pour s'en prendre à un fondu de botanique, murmurai-je, très surpris.

— Écoute, Paul, je n'en peux plus de rester dans mon bureau alors qu'un criminel international se balade dans mon périmètre, s'emporta Consuelo, proche de perdre patience. Ton collègue, le lieutenant Mehdi Langeais va passer me prendre dans peu de temps et nous allons ensemble faire le tour des cinq sites, en commençant par Trévarez, pour tenter de savoir, photo à l'appui, si notre homme s'est présenté à l'entrée, nanti du fameux passe dérobé dans la voiture de Serge Combertin, dans le but de pénétrer discrètement dans le domaine, de prendre des repères et, éventuellement, d'y planquer une partie de son matériel. Rien ne nous certifie qu'un possible repenti ne soit pas amoureux des camélias.

— Bon, allez-y tous les deux, mais soyez discrets avec la photo. Un, pour ne pas créer un climat de psychose, deux pour ne pas vous faire repérer par votre cible. Je vais briefer Mehdi en ce sens.

— Tu es vexant, Paul, je ne suis pas une débutante et, pour ta gouverne, c'est moi qui dirige l'enquête, gloussa Consuelo, à l'épiderme ibérique très sensible. Et toi, tu pars vers le Léon avec Sarah ?

— Non, pas avec Sarah, on risque de rentrer tard du nord du département et elle a charge d'âme. Comme tu as délégué ce pan de l'enquête à Laure Barbotan pour te concentrer sur le terroriste, je vais l'accompagner pour l'interrogatoire de la suspecte.

— Avec Laure, évidemment, comment n'y avais-je pas pensé tout de suite ?

— Ne fais pas ta jalouse, tu sais très bien que c'est mieux ainsi. On se tient au courant et, dès que vous avez du nouveau, vous me prévenez. Idem de notre côté. Les trois prochains jours vont être déterminants pour nos enquêtes.

*

À peine un peu plus d'une heure plus tard – Laure avait tendance à snober les limitations de vitesse –, nous étions devant la gendarmerie de

Saint-Pol-de-Léon et, peu après, devant la suspecte, une femme d'une quarantaine d'années sur la tête blonde de laquelle venait de tomber le ciel entier. Je l'imaginai intraitable dans sa vie professionnelle mais malléable dans sa vie sentimentale. Vergnaud l'avait repérée dès son retour en Bretagne, car il était homme à choisir ses partenaires de travail pour lier ce dernier au plaisir. Et même défraîchie par une nuit de garde à vue, Chantal Donval demeurait une grande et belle quadra qui devait se mordre les doigts d'avoir un jour craqué pour ce sémillant homme d'affaires, qui l'avait parfaitement manipulée. Comme tant d'autres femmes avant elle.

Tandis que Laure se plaçait de l'autre côté de la vitre sans tain en compagnie du capitaine Marquet, je procédai à un nouvel interrogatoire de la suspecte. Très vite, Chantal Donval me raconta ce qu'elle avait déjà relaté aux gendarmes. Un client providentiel rencontré dans une soirée officielle de la région. Il cherchait une banque de confiance et une amie commune lui avait conseillé de se rapprocher d'une chargée de clientèle de la BMM, qui avait très bonne réputation. Il était brillant, ambitieux, déjà très riche ; elle l'avait bien conseillé dans ses placements. Ils se voyaient régulièrement pour faire le point financier, puis un jour elle avait accepté son invitation pour un dîner.

Elle savait comment la soirée s'achèverait, mais elle se sentait décidée à entamer une belle histoire d'amour, même si, avec un client, cela n'était pas recommandé. Mais elle était prête à mettre en péril sa carrière pour ne pas passer auprès de l'histoire d'amour de sa vie.

— Vous ne pouvez pas comprendre comme une femme peut se sentir belle et irrésistible auprès d'un homme comme Cyprien, Capitaine, expliqua d'emblée Chantal Donval, comme Blandine Combertin avant elle. Éprouver cette sensation si agréable de vous sentir meilleure et plus séduisante qu'à l'ordinaire. Je n'avais jamais éprouvé un tel bonheur de mon existence, j'étais bien auprès de lui.

— Mais vous ignoriez que, selon sa propre expression, Vergnaud baisait utile, coupai-je pour en arriver à notre affaire. Il vous a vite fait chanter ?

— Déjà, pour lui, j'ai fermé les yeux sur certaines opérations financières non autorisées, sans pour autant être illégales. J'ai aussi révélé des informations confidentielles sur la situation financière de certains de ses concurrents. Mais je l'aimais et il me le rendait bien. Son affection méritait à mes yeux de prendre quelques risques pour le conserver auprès de moi. C'est quand il m'a demandé de l'aider pour un dossier financier important que j'ai compris qu'il voulait me forcer à franchir le point de non-retour. J'ai émis une condition avant d'accepter d'appuyer sa demande auprès de ma hiérarchie. Il devait effectuer un apport personnel important, de l'ordre de deux cent mille euros. Il n'avait pas l'intégralité de cette somme, mais il m'a assuré qu'il allait s'arranger très vite.

— Et il est parvenu à rassembler rapidement cette somme ? questionnai-je en relevant la tête.

— Cyprien a d'abord sorti de ses placements cent mille euros, soit la moitié de la somme. Ce soir-là, il est arrivé à mon domicile avec une enveloppe de quarante mille euros en me certifiant qu'un ami allait lui avancer une somme identique un peu plus tard. Et comme je lui ai demandé comment il comptait s'y prendre pour le reliquat, il m'a expliqué que ce serait ma modeste quote-part personnelle, pour le plaisir qu'il me procurait. J'avais eu le tort de lui expliquer qu'à la mort de ma mère, j'avais hérité d'un petit pécule que j'avais placé, dans l'attente de l'achat d'une maison. Bien sûr, j'ai refusé de lui avancer cette somme. Il m'a alors menacée de révéler mes méthodes de travail à mes supérieurs, mes largesses avec la déontologie du métier, avant de renfiler son manteau, de récupérer l'enveloppe de quarante mille euros et de me laisser une heure, jusqu'à son retour, pour réfléchir à mon avenir. Mais il n'est jamais revenu.

— Et vous n'avez aucune idée de la personne qui aurait pu lui remettre les autres quarante mille euros, vous qui connaissiez bien son entourage ? interrogeai-je, convaincu que cet individu pouvait être l'assassin.

— Euh, non, Cyprien était très discret sur ses affaires et ses relations de travail, il cloisonnait sa vie, je m'étais fait une raison, bredouilla la grande blonde.

— Et cette fameuse arme à feu ? Que pouvez-vous nous en dire ?

— Oh, c'est stupide, cette histoire ! Son achat date de ma période dans une succursale de banque de banlieue parisienne. J'avais été agressée et une collègue m'avait conseillé de me munir d'une petite arme à feu et suggéré ce modèle, parfait pour une femme. Mais quand je suis arrivée en Bretagne, ce pistolet ne me servait plus. Ici, les gens ne sont jamais agressés dans les rues. Je l'avais rangé dans un tiroir de mon appartement, me semble-t-il, et je n'y pensais plus. J'ignore qui me l'a subtilisé, je ne pense pas en avoir un jour parlé à Cyprien, je n'en ai pas le souvenir.

— Quelle est cette personne dont vous nous avez parlé tout à l'heure, l'amie commune qui avait joué les entremetteuses à l'arrivée de Vergnaud dans la région ? relançai-je, avec une petite idée dans la tête.

— Elle s'appelle Hélène Tournay, elle est courtière en assurances et nous fréquentons le même club de remise en forme, depuis mon arrivée par ici. Elle aussi conseille Cyprien et négocie ses contrats aussi bien en France qu'à l'étranger. Elle l'accompagne souvent lors de ses déplacements, notamment en Amérique du Sud.

— Vous n'êtes pas jalouse ? ironisai-je, surpris par la bonne relation de deux rivales potentielles.

— Avec Cyprien, tout était clair dès le départ. Nous prenions du bon temps ensemble, mais ni l'un ni l'autre ne signait de contrat d'exclusivité. Je savais très bien qu'il rencontrait d'autres femmes, au moins en profitai-je, moi aussi. Je sais, cela peut choquer, mais je crois qu'il m'avait envoûtée.

— Hélène Tournay connaissait-elle l'existence de votre petit pistolet ? poursuivis-je, avançant dans ma logique.

— Euh… Oui, c'est possible ! Le soir, après le sport, elle passait parfois à l'appartement prendre un verre, avant de rentrer chez elle. Oui, je me souviens, un jour où nous parlions de la vie parisienne, je lui ai montré mon arme de défense. Pourquoi, vous ne pensez tout de même pas que…

— Qu'elle vous a un jour piqué votre arme pour s'en servir et éliminer ainsi d'un coup une rivale qui prenait du bon temps avec son partenaire sexuel et ce dernier qui venait de la piéger et de lui réclamer quarante mille euros, à la suite d'un chantage ignoble ? répliquai-je, sourire narquois aux lèvres. Si, justement, à mon goût, c'est une hypothèse très crédible. Pour peu que cette dénommée Hélène Tournay ne soit pas dotée d'un tempérament aussi magnanime que le vôtre. Vous lui parliez de vos instants magiques auprès de Cyprien Vergnaud ?

— Bien sûr que non, c'était privé ! riposta mon interlocutrice, du tac au tac. Enfin, je ne dis pas que parfois, après un ou deux verres, un peu émoustillées, nous ne partagions pas quelques détails de nos moments les plus chauds, mais c'est courant entre copines.

— Je ne pense pas que cette femme vous considérait comme une copine, mais davantage comme une adversaire à qui, par naïveté, vous avez, au propre comme au figuré, donné les armes pour vous faire plonger. Ce n'est qu'une supposition, mais je ne pense pas être loin de la vérité. Je crois que nous allons demander à parler très vite à cette femme qui me semble, elle aussi, une redoutable manipulatrice.

Le temps de faire le point avec Laure Barbotan et le capitaine Marquet, de convenir que Chantal Donval n'était vraisemblablement pas la coupable du meurtre de Cyprien Vergnaud, nous avions changé de suspecte. Nous connaissions désormais tous les trois une femme qui rassemblait tous les critères pour fomenter un tel piège lui permettant de se débarrasser d'un coup de son amant gourmand et d'une rivale trop belle. Hélène Tournay habitait justement Saint-Pol-de-Léon et fut interpellée par les gendarmes dans la demi-heure, surprise, et même scandalisée, de se trouver traitée de la sorte. Même s'il ne s'agissait que d'une audition en qualité de témoin dans une affaire criminelle.

Hélène Tournay avait 45 ans, un peu plus que sa rivale, donc. Comme cette dernière, c'était une grande blonde mais bien moins belle. En revanche, dotée d'un tempérament plus solide et d'une volonté permanente d'en découdre et de s'affirmer dans le défi. Comme le capitaine Marquet menait l'interrogatoire, j'assistai donc à la passe d'armes en simple spectateur auprès de Laure Barbotan, pour sa part déjà convaincue de la culpabilité de la suspecte. Intuition féminine, sans doute. Dès le début de l'interrogatoire, en découvrant de quelle manière habile Hélène Tournay répondait aux questions de Marquet, je compris que Chantal Donval ne pesait pas lourd face à elle. Elle semblait jouer avec le capitaine de gendarmerie, prendre du plaisir à le placer devant les contradictions de son raisonnement, l'attitude d'une femme sûre de son fait et maîtresse de ses pulsions et de ses émotions. Donc, un bon profil de criminelle.

À la demande de son interlocuteur, elle esquissa les grandes lignes de son parcours professionnel, avoua connaître Cyprien depuis un bout d'études communes en région parisienne, avoir conservé avec lui une relation amicale avant que le hasard ne le mène dans ce point de Bretagne où elle avait aussi posé ses bagages. Comme beaucoup, elle avait appris sa mort dans les journaux, cela avait représenté un choc, même si une telle issue ne la surprenait pas, au vu des risques permanents pris par l'homme d'affaires. Elle maîtrisait son discours, l'agrémentant de détails subtils orientant les enquêteurs vers la piste de Chantal Donval. Comme le fait de ne pas avoir vu cette dernière, le soir du meurtre, dans la salle de fitness qu'elles fréquentent toutes les deux chaque semaine. Si elle avait pu penser que sa copine de sport allait se débarrasser de manière aussi radicale d'un amant qui la faisait chanter, jeune femme fragile à qui l'on aurait donné le bon Dieu sans confession.

Le capitaine Marquet piétinait, faute sans doute de maîtriser tous les éléments de l'affaire. Hélène Tournay avait tout prévu, elle avait réponse à tout et jouait avec l'enquêteur, avec une volupté non dissimulée. Elle possédait la certitude d'avoir commis le crime parfait et d'avoir laissé derrière elle assez d'indices pour que nous entérinions très vite la candidature de sa jolie rivale. Oui, elle avait aidé Cyprien dans ses démarches administratives ; oui, il lui arrivait de l'accompagner en Amérique du Sud ; oui, ils étaient amants et cela était toujours très agréable, même si elle savait qu'elle n'était pas la seule. Tout juste l'avait-elle mise en garde devant les agissements suspects de sa banquière, Chantal Donval, que l'amour aveuglait au point de commettre des actes prohibés, mais aussi de ne pas se montrer assez discrète sur les montages financiers qu'elle proposait à son amant. D'une manière presque candide, elle livrait la coupable idéale, clé en main, attendant presque les remerciements du capitaine Marquet. Mais ce dernier avait de la ressource.

— Je sais que vous avez tué Cyprien Vergnaud avec l'arme de Chantal Donval, asséna-t-il tout de go. Vous faisiez ainsi d'une pierre deux coups.

— Allons, Capitaine, vous n'avez pas le moindre début de preuve pour étayer votre accusation, répliqua la suspecte, sourire ironique aux lèvres. À l'heure du crime, j'étais à la salle de sport, vous trouverez aisément des témoins pour vous le confirmer. Je déteste les armes à feu, Chantal vous le dira, je ne m'en suis jamais caché, même face à elle. Et puis, quel serait le mobile du crime, puisque j'étais partenaire financière dans le nouveau projet de Cyprien ? Je lui ai fourni la moitié des premiers cent mille euros qu'il a apportés à sa banquière car je croyais à son talent d'homme d'affaires et à la réussite de son élevage de crevettes à Molène.

— Très bien, je prends note de votre alibi, je vais demander à mes collègues de le vérifier rapidement, ponctua Jean-François Marquet en se levant de sa chaise, une fois son bloc-notes refermé. Bien sûr, je vous demanderai de ne pas quitter la région et de rester à notre disposition. Je sais que vous êtes la coupable de ce meurtre et je le prouverai.

— Voilà donc le nouveau fonctionnement de la police et de la gendarmerie de ce pays ? s'offusqua Hélène Tournay, en se levant à son tour. On décide qui est coupable et on instruit à charge. À moins que ce ne soit la méthode enseignée par la procureure Da Costa, chargée de l'affaire, si mes renseignements sont exacts, une femme nuisible que Cyprien ne tenait pas en haute estime.

— Vous me semblez très au courant du dossier, s'amusa le gendarme.

— Oui, Capitaine, mon amant ne me cachait aucun détail à propos de ses anciennes conquêtes, j'étais un peu sa confidente, voyez-vous. Interrogez Consuelo Da Costa, vous découvrirez que Cyprien lui avait réclamé quarante mille euros, somme qu'elle avait convenu de lui verser, pour éviter de voir son image de nouveau salie par la révélation de ses magouilles en Guyane... Comme Blandine Combertin, l'épouse d'un élu du département, s'apprêtait, elle aussi, à lui remettre une même somme, contre un dossier très embarrassant sur ses exploits sexuels. Je sais, la méthode est contestable, mais elle a le mérite d'être efficace. Vous semblez surpris, mon capitaine, sachez simplement que, pour durer dans mon métier, il est important de tout savoir sur ses partenaires, de ne pas commettre la moindre erreur à leur sujet. C'est bon, je peux me retirer ? J'ai d'autres rendez-vous dans la journée.

Hélène Tournay avait remporté le combat. Médusé par l'aplomb de son interlocutrice, Jean-François Marquet s'en voulait sans doute de ne pas avoir été à la hauteur de la situation. Sitôt la grande blonde sortie de la salle des interrogatoires, il me reprocha à demi-mot de ne pas être intervenu pour le soutenir, comme si j'avais pris un plaisir de flic à le contempler en train de se vautrer, au nom d'une vieille rivalité qui n'avait plus cours. Du moins pour moi. Je soupirai longuement avant de lui répondre :

— C'est à la fin du bal qu'on paie les musiciens, a-t-on souvent coutume de dire, Capitaine. C'était juste un round, le combat n'est pas terminé, même si je ne suis pas aussi convaincu que vous que cette femme est vraiment la coupable, surtout si elle se trouvait à la même heure à la salle de sport, comme elle l'affirme avec sérénité. Mais je vous suis dans votre intuition, donc vos collègues vont vérifier ses allégations et son alibi. Ce qui est certain, en revanche, elle vient de nous le prouver à votre insu, c'est qu'elle possède les nerfs pour accomplir un tel forfait et maîtriser tous les paramètres à la minute près.

— Elle seule, en plus de Vergnaud, connaissait le déroulement de la soirée, insista Marquet, perdu dans son raisonnement et son intime conviction. Il lui a été facile de l'éliminer, de récupérer l'enveloppe de Blandine Combertin pour ses faux frais, avant de faire plonger Chantal Donval pour son crime.

— En plus, elle a certainement récupéré les dossiers de son amant pour continuer à s'amuser avec ses victimes. Pourquoi s'arrêter au milieu de la fête ? intervint Laure, pensive jusqu'alors. Et la procureure Da Costa sera certainement la prochaine à cracher au bassinet pour pouvoir continuer à exercer. C'est incroyable tout ce que cette femme a pu rassembler comme renseignements sur ses rivales ou ses adversaires. J'espère qu'elle n'en sait pas autant sur moi, elle me fait flipper avec ses dossiers personnels sur tant de gens.

— Allons, Laure, vous n'avez rien à vous reprocher ! intervins-je pour sortir la substitute de sa spirale négative. Dans un ou deux jours, quand les enquêteurs de la gendarmerie auront démonté l'alibi de cette femme tellement sûre d'elle, elle perdra de sa superbe. Pour l'instant, le capitaine Marquet et moi-même vous demandons de signer le prolongement de la garde à vue de la banquière, Chantal Donval, davantage pour la protéger de sa rivale. Bien on y…

Je ne pus terminer ma phrase, une fois de plus interrompu par mon téléphone. Je reconnus l'accent américain de mon interlocuteur, il s'agissait de Perry Sommers.

— Tu vas m'adorer et tu vas me maudire, Paul !

— Et pourquoi donc ?

— Les agences américaines ont bien noté la présence, parmi les membres d'une délégation de notre pays à une manifestation horticole, d'un ressortissant qui a bénéficié du programme fédéral pour la protection des témoins. Cet individu n'est pas un repenti, m'a-t-il été précisé, mais un agent infiltré auprès de Ben Laden durant près d'un an, et exfiltré de nuit, peu de temps avant qu'il ne soit démasqué.

— Superbe nouvelle, Perry. Nous avons déjà identifié le lieu de cette rencontre, un château au centre du département, le domaine de Trévarez ; nous allons donc pouvoir intervenir discrètement. Peux-tu m'adresser l'identité et une photo de ce type, nous allons le placer sous protection policière le plus rapidement possible.

— Voilà le moment où tu vas me détester, bredouilla Perry, penaud. La divulgation de l'identité d'un témoin protégé est passible de lourdes sanctions. Je ne sais même pas s'il s'agit d'un homme ou d'une femme, et la procédure à engager pour lever l'anonymat est très longue. Trop longue pour notre affaire. Il va te falloir utiliser ton flair légendaire pour le repérer.

— Évidemment, j'imagine que si je me pointe devant la délégation américaine à ce rassemblement pour demander à l'individu qui bénéficie du programme de protection des témoins de venir me rejoindre, personne ne bougera. Et inutile aussi d'envisager de les convoquer un par un…

— Tu as tout compris. Ce groupe arrive en avion dans la soirée, il loge à Châteaulin et se rendra demain matin à l'endroit du colloque. Je suis à Paris pour l'instant, je suis resté en France pour suivre ce dossier, mais je vais aussi prendre l'avion pour Brest avec une collègue de l'ambassade. Je te tiens au courant.

— L'idéal serait de repérer Moktar sur place avant l'arrivée des congressistes, mais c'est un pro, me lamentai-je. S'il bosse en poseur de bombe, il a peut-être déjà placé sa machine infernale en un lieu discret, de manière à l'actionner à distance. S'il opère en sniper, il aura préparé son matériel en un lieu éloigné, mais à partir duquel il aura une fenêtre de tir sur sa cible. Le château est en rase campagne, il est entouré d'arbres, mais si Moktar a choisi cet endroit, ce n'est pas par hasard. Dès que tu arrives à Brest, tu reprends contact ? Je pense, au vu des circonstances, que je vais passer la nuit sur le site.

Je m'apprêtais à annoncer la bonne nouvelle à Laure, mais je m'aperçus qu'elle aussi était au téléphone et, très vite, je sus que c'était avec Consuelo Da Costa.

Et aux grands gestes de ma partenaire d'enquête,

je compris que l'affaire était d'importance. J'en appris un peu plus quelques minutes plus tard.

— Votre intuition était bonne, Paul, un gars au visage proche de celui du terroriste est bien venu à Trévarez, muni du badge et du passe de Serge Combertin.

— Ce n'est pas mon intuition, mais celle de Sarah, tins-je à préciser.

— Il y a accédé avec son véhicule, y a passé trois heures et il est reparti.

— Un membre du personnel l'a escorté ?

— Négatif ! Il s'est baladé comme il a voulu, il était censé faire partie des employés du conseil départemental, je vous le rappelle. La proc' aimerait nous avoir auprès d'elle dès que possible. Avec Mehdi, ils inspectent les lieux en nous attendant. Je n'ai pas osé lui parler des révélations d'Hélène Tournay à son propos. Une chance, le capitaine Marquet n'a pas voulu en apprendre davantage sur le lien entre la procureure et l'affaire qui nous concerne. Et vous, vous aviez qui au téléphone ?

— Perry Sommers, pour m'annoncer qu'un ex-agent américain infiltré auprès de Ben Laden est bien au nombre des membres de la délégation américaine. Seul hic, nous ne connaissons ni son visage ni son nom.

— Dans ce cas, ça sert à quoi de le savoir ?

— Déjà, qu'on ne s'est pas trompé de piste, affirmai-je, avec un regard tendre pour Laure qui semblait un peu dépassée par les événements. Ensuite,

Perry va venir en renfort avec une collègue de l'ambassade américaine, cela fera un bon parapluie au-dessus de votre tête et de celle de Consuelo, détail non négligeable. Bon, prenons congé du capitaine Marquet, en lui souhaitant bonne chance dans son duel avec Hélène Tournay et direction le domaine de Trévarez. Vous allez découvrir ce que c'est que la vie de château !

En cours de route, j'avais appelé Sarah pour lui apprendre que son intuition était la bonne. Elle ne fut pas surprise : ses intuitions se vérifiaient souvent, pour ne pas dire toujours, par modestie. Elle avait eu la proc' au téléphone, qui avait confirmé la présence du terroriste avec son badge officiel et son passe. Depuis, avec Blaise, ils avalaient les dossiers tirés par Rosie sur les différentes personnes présentes. Une soixantaine de cibles potentielles au départ, bien moins si on limitait les recherches aux ressortissants américains. La délégation de ce pays ne comptait que douze membres, cela réduisait le champ d'investigation. Comme je demandai à Sarah le service de se trouver à mes côtés le lendemain, elle me promit que Blaise et elle s'étaient organisés pour les deux prochaines journées, car le rassemblement de la Société internationale du camélia allait s'étaler du mardi 10 heures au mercredi 18 heures.

Comme je sentais Laure perdue dans des pensées assassines, je me devais de lui remonter le moral. Je ne savais pas si elle paniquait toujours devant l'aplomb de la courtière en assurances ou si elle avait pris une nouvelle couche de reproches de la part de Consuelo, quand elle lui avait livré un condensé de son face-à-face avec Hélène Tournay. Elle d'ordinaire si guillerette et primesautière me faisait peine à voir, comme rarement.

— C'est le métier qui entre, Laure ! Paris ne s'est pas bâti en un jour.

— Qu'a-t-on raté pour que cette nana prétentieuse quitte la gendarmerie en me narguant par un sourire narquois qui semblait cacher une phrase du genre : « Et toi, ma poupée, tu files droit, sinon tu seras la prochaine sur la liste ! » J'aurais dû vous demander de procéder à l'interrogatoire, le capitaine Marquet n'a pas été assez incisif, face à elle.

— Je ne suis pas certain que Marquet se soit planté, bien loin de là, répondis-je avec calme et un maximum de persuasion. Son interlocutrice semble s'être jouée de lui parce qu'elle a pris l'initiative du dialogue et l'a mené sur son terrain. Mais je suis certain que, dans la griserie de sa domination sans partage, elle a commis une erreur, avancé un élément anodin en apparence, qui nous permettra de la coincer un peu plus tard. Alors que, sur la défensive, elle nous aurait livré le service minimum, même pas une miette à nous mettre sous la dent, et nous serions restés le bec dans l'eau. C'est sur ce terrain que je vous attends, Laure, vous allez relire le PV de son audition et découvrir, dans l'une des paroles sorties de sa bouche, la preuve de sa culpabilité.

— Vous dites cela pour me remonter le moral, mais c'est raté, je ne suis pas en état de découvrir la moindre preuve dans tous ces feuillets. Vous voyez, Paul, quand vous me parlez du regard de ce terroriste, qu'il vous est impossible d'oublier, eh bien, pour moi, c'est pareil pour la mimique de cette courtière en passant devant moi. Elle me hante l'esprit, je ne peux pas l'effacer, l'oublier. Cyprien hypnotisait ses victimes, Hélène Tournay en fait de même et je sais que je suis à présent l'une de ses cibles.

— Je compte aussi sur les gendarmes, par leur précision d'enquêteurs et leur connaissance de la région et de ses habitants, pour dénicher le couac de sa si belle partition. Car je n'en démords pas, il y a fatalement un couac. Hélène Tournay est coupable, je la pense même la complice de Vergnaud, ou encore pire, sa marionnettiste, tandis que ce gars d'apparence si hautaine n'était en définitive qu'un pantin. Oui, elle s'est sans doute amusée avec lui comme elle a joué auparavant avec Chantal Donval. C'est l'un de ses péchés mignons, le point commun avec Vergnaud, ils adorent manipuler leur entourage. Lui ne le fera plus, elle, de son côté, va continuer, elle ne peut s'en empêcher, c'est plus fort qu'elle, presque maladif. Mais cet artifice ne dure qu'un temps.

— Je ne peux m'interdire de penser que je suis la prochaine adversaire sur sa liste, puisque je suis chargée de l'enquête, et cette nana me fait flipper.

— Mais je ne la laisserai pas vous faire du mal, Laure ! Et puis je ne lui donne pas plus loin que la fin de semaine avant de tomber, elle aussi. Soit par l'une de vos déductions de génie, à la lecture du PV, soit par un élément nouveau découvert par les gendarmes. Je n'ai pas tout son dossier en main, mais il ne me surprendrait pas qu'elle se soit arrangée pour devenir la détentrice de la majorité des parts des sociétés de Cyprien Vergnaud, dans la logique du fameux concept du « baiser utile », si cher à la victime, mais aussi à cette femme, visiblement. Je change de sujet : cela vous va bien, la peau bronzée. Et vos cheveux un peu plus longs également, même si j'appréciais votre coiffure courte et votre mèche rebelle de jeune rockeuse qui apportait un peu de jeunesse au palais de justice.

— J'aurais mieux fait de rester me dorer la pilule sur la plage, tiens, je ne me serais pas retrouvée face à cette courtière qui m'a défiée du regard de manière ironique, comme si elle me prenait pour une gamine de bac à sable de maternelle. Mais bon, puisque vous me dites que c'est à la fin du bal qu'on paie les musiciens, je vais attendre le dernier slow pour constater que le dicton se vérifie bien !

— Notez qu'il est tout à fait logique qu'une courtière ne manque pas d'assurance !

VI

Nous n'avions pris qu'un sandwich et partagé une canette de coca, pour ne pas perdre de temps. Laure n'avait jamais visité le château de Trévarez ; aussi lui en dis-je quelques mots, avant d'arriver devant les grilles. C'était un lieu particulier par son histoire mouvementée, son parc aux mille couleurs et ses bâtiments remarquables. Dommage de le visiter dans l'urgence de l'obligation de repérer la tanière d'un terroriste décidé à éliminer un homme qui ne s'attendait pas à voir sa vie menacée en un cadre aussi enchanteur.

À l'entrée, nous fûmes pris en charge par une employée très timide qui nous mena jusqu'au château, où un quadra athlétique s'approcha de nous pour nous serrer la main en nous souhaitant la bienvenue. Vincent Charvet était le directeur du domaine de Trévarez et avait la responsabilité du parc, des employés, des visiteurs et aussi des congressistes qui s'y réunissaient, comme bientôt les membres de la Société internationale du camélia. Aussi l'annonce de la présence d'un terroriste international sur son périmètre ne l'enchantait-elle guère. Il nous mena vers une pièce où, en plus de Consuelo et Mehdi, présents depuis le matin, je découvris le lieutenant Ghislain Vautier, gendarme chef de la COB de Châteauneuf-du-Faou, accompagné de son adjoint. Tous deux avaient jusqu'à cet instant la responsabilité de la sécurité du lieu pendant les deux jours. Nul ne pensait alors qu'une rencontre d'amoureux des camélias pouvait finir en bain de sang.

La proc' me demanda de relater les dernières précisions sur le dossier. Je fis part des maigres renseignements distillés par Perry Sommers, nous permettant juste de restreindre la liste des cibles potentielles aux seuls douze membres de la délégation de l'oncle Sam, pour conclure par l'arrivée en fin de journée de l'agent américain, accompagné d'un membre de l'ambassade des États-Unis en France. Je précisai aussi que des membres de mon équipe passaient au peigne fin le pedigree de ces douze membres pour tenter de détecter l'individu qui, parmi eux, aurait le profil le plus proche d'un ex-agent infiltré auprès de Ben Laden. L'affaire n'était pas aisée, le but d'une nouvelle identité, sans doute aussi d'un nouveau visage, étant justement de ne plus se faire repérer, mais j'avais entière confiance dans le flair de mon équipe. Cela ne sembla pas rassurer totalement les autres personnes du groupe.

Ghislain Vautier devait avoir environ 45 ans, c'était un enquêteur très fin dont j'avais déjà entendu parler en bien, notamment par Prisca Fichaux, la cheffe d'escadron de Châteaulin, dont je fus un peu surpris de l'absence.

Vautier nous présenta un plan du domaine pour évoquer les deux possibilités envisagées. Première hypothèse : une bombe faisant sauter un bâtiment à l'heure prévue de l'une des manifestations de groupe, durant les deux jours. Seconde hypothèse : Les zones à risque dans le cas de la présence d'un sniper sur le site. Nombreuses, forcément, sur les quatre-vingt-cinq hectares du parc et des jardins.

La sécurisation de l'intégralité des zones à risque nécessiterait des centaines d'hommes, sans certitude d'éviter pour autant le pire. Une équipe de démineurs allait arriver de Châteaulin pour inspecter tous les bâtiments, le château, bien sûr, mais aussi les écuries, le bassin, la chapelle Saint-Hubert, l'ancien pavillon de chasse et la fabrique. Ils n'auraient pas trop de l'après-midi pour vérifier méticuleusement l'intégralité des constructions.

Ghislain Vautier rappela aussi l'existence d'un souterrain, long de près de cent cinquante mètres, qu'il était nécessaire d'inspecter, par nécessité de ne négliger aucune piste. Pour ce qui était de l'autre volet, l'œuvre d'un sniper, la prévention s'avérait bien plus complexe sur une telle superficie, d'autant que l'un des buts des participants était d'aller découvrir quelques-uns des cent soixante camélias centenaires recensés sur le domaine et donc de sillonner une bonne partie de la surface du parc, à découvert, représentant des cibles parfaites pour un individu exercé et particulièrement motivé, muni d'un matériel adapté.

Histoire d'étancher ma surprise quant à l'absence de Prisca Fichaux, cheffe d'escadron de la gendarmerie, je questionnai le chef de la COB de Châteauneuf-du-Faou à ce sujet. Ghislain Vautier se montra une fois de plus direct :

— Notre grande patronne avait pris une semaine de congé et était allée au soleil des Baléares, mais se tenant informée régulièrement des événements de la région, elle a jugé indispensable d'écourter ses petites vacances, pourtant bien méritées, pour rentrer en Bretagne par le premier avion. Elle sera présente dès demain matin pour diriger ses équipes.

Je ne manquai pas d'adresser une œillade en direction de Laure, installée à mes côtés, pour lui signifier que je savais désormais qui était sa partenaire de chambre à Ibiza, ce qui, à la fois, m'amusa et me rassura. Elle feignit de ne pas comprendre le sens de mon clin d'œil. De toute manière, ce n'était ni le lieu ni le moment pour fouiller un tel sujet.

Vautier prit alors congé, puisque l'équipe de déminage, qu'il allait diriger vers les nombreux lieux sensibles, était annoncée à l'entrée. Vincent Charvet, le directeur, se proposa de renouveler le tour de la propriété, pour Laure et moi, mais la procureure intervint, sur un ton affirmatif qui ne laissait pas de place à la controverse :

— Non, ce ne sera pas nécessaire ! La substitute Barbotan va rentrer à Quimper avec le lieutenant Langeais. Ils y seront tous deux plus utiles pour la fin de journée et, si nécessaire, nous les ferons revenir demain matin en renfort. De plus, ma subalterne est chargée d'un autre dossier, lui aussi prioritaire, qu'elle doit boucler de toute urgence.

Laure me regarda avec tristesse, elle attendait certainement une réaction de ma part, qui ne vint pas. Certaines journées tournaient mal et, pour la jeune magistrate, celle-ci avait été particulièrement pourrie. Néanmoins, avant qu'elle ne quitte le domaine, avec Mehdi dans ses pas, je prétextai des affaires oubliées dans sa voiture pour l'accompagner jusqu'au parking. En trajet, je lui rappelai qu'elle avait à assurer le suivi des avancées des gendarmes de Saint-Pol-de-Léon, et à décortiquer le PV d'audition d'Hélène Tournay, notre suspecte principale à propos du meurtre de Cyprien Vergnaud, tant que ce dossier n'était pas définitivement bouclé. Peine perdue, Laure aurait aimé rester à mes côtés et se voyait, une fois de plus, éjectée par sa supérieure, qui se plaisait décidément en ma compagnie.

— Désormais, je sais qui partageait votre chambre à Ibiza, susurrai-je à l'oreille de la jeune magistrate, pour changer de sujet de conversation. Prisca et vous, je n'aurais jamais cru…

— Attendez, Paul, j'ai peur de trop bien comprendre le film que vous êtes en train d'imaginer ! lança Laure, qui avait repris du poil de la bête, la mine offusquée. Oui, Prisca et moi sommes amies ; oui, nous avions programmé de passer une semaine de repos l'une comme l'autre et avons diminué le prix du séjour en partageant une chambre, mais cela s'arrête là. Nous avions des lits jumeaux, des parties de programme en commun, d'autres en solo. Prisca fait deux heures de jogging le matin, le sport n'est pas mon truc, figurez-vous. Quand je suis en détente, je préfère largement le farniente, la lecture d'un bon polar…

— Mais, Laure, vous n'avez pas à vous justifier, votre vie privée ne me regarde pas et Prisca est une jeune femme bien sous tous rapports…

— Vous êtes un mec comme tous les autres, me cracha-t-elle à la figure. La colocation, ça vous parle ? Ce n'est pas parce que deux étudiants logent dans un même appartement qu'il va forcément se passer quelque chose de sexuel entre eux. Avec vos clichés de vieux gars, vous voyez le mal partout, vous salissez tout, si tant est qu'une telle relation soit un mal. Un raisonnement d'arriéré qui fait de vous non seulement un macho mais, pire, un macho homophobe.

— Attendez, Laure, je n'ai pas voulu dire cela, j'avais juste pensé que…

— À l'avenir, un conseil, évitez de penser à la place d'une femme, vous serez toujours à côté de la plaque, asséna la jeune magistrate, très remontée, en s'installant à son volant. Et n'allez pas colporter je ne sais quelle rumeur stupide autour de vous, car je saurai que vous en êtes la source et alors, vous découvrirez à votre détriment que pour défendre ma vie privée, je peux devenir une tigresse et sortir les griffes. À bon entendeur, salut. Il fait quoi, votre collègue ? Lieutenant Langeais, je vous attends, je n'ai pas que cela à faire, j'ai un PV d'audition à décortiquer de toute urgence.

Mehdi referma son téléphone. Je le sentis soucieux et lui demandai si tout allait bien. Taiseux comme à son habitude, il évoqua juste un problème personnel, rien qui ne concerne le service. Pour lui éviter de prendre une nouvelle soufflante, je le laissai s'installer à la place du passager, avant d'attacher sa ceinture. Laure démarra aussitôt en trombe, laissant un beau nuage de poussière derrière elle. Je ne sus si sa colère venait du fait d'être débarquée de l'enquête par sa supérieure ou de mes questions intrusives sur son séjour à Ibiza et, plus largement, son jardin secret. Un peu les deux, sans doute. Mais il était certain que, sur ce coup-là, je n'avais pas été très fin.

De fait, une fois de retour auprès de Consuelo, satisfaite de m'avoir pour elle toute seule, il nous sembla plus logique de laisser les gendarmes œuvrer sans nous trouver dans leurs pattes ou dans leur champ d'action. Le premier réflexe de la procureure, alors que nous marchions depuis le château en direction du bassin, fut de me demander un rapport précis de notre déplacement à Saint-Pol-de-Léon. Elle fut soulagée d'avoir la confirmation officielle que son arme n'était pas en cause et elle non plus, par voie de conséquence. Elle fut intéressée par la démarche astucieuse d'Hélène Tournay – un nom qui ne lui disait rien – pour s'approprier la fortune de Cyprien Vergnaud, à peine inquiète quand je précisai qu'elle avait aussi certainement fait main basse sur ses moyens de chantage, comme les preuves du piège que l'intrigant avait rassemblées pour compromettre Consuelo et la faire cracher au bassinet. Au moment où j'émettais mes craintes de voir cette intrigante à l'étonnant aplomb poursuivre sur sa lancée, Consuelo me coupa la parole.

— Elle n'aura pas le front de s'opposer à une magistrate et puis, quel serait son intérêt ? Par ailleurs, une fois ces pièces à conviction récupérées par les hommes du capitaine Marquet, elles feront partie du dossier de l'affaire et, dès lors, elles seront inoffensives et cette femme aussi, par la même occasion. Tu as apporté des affaires de toilette et des habits de rechange ?

— Non, pourquoi cette question ?

— Parce que j'ai retenu deux chambres à l'hôtel des Bruyères, à Spézet, ce qui nous permettra de gagner du temps, demain matin.

— Et toi, tu as pensé à préparer une petite valise, m'étonnai-je, c'était donc prémédité ?

— Question d'expérience, ne jamais être prise au dépourvu, répliqua Consuelo, un sourire aux lèvres. J'ai toujours un petit kit de survie près de moi. Et puis, une nuit torride nous permettra de faire retomber la tension et le stress…

— OK, soupirai-je, interloqué, je perçois le traquenard. D'où l'importance de ne pas avoir Laure et Mehdi dans nos pattes et de les renvoyer à

Quimper dans les plus brefs délais. Tu sais, ta subalterne est peut-être jeune, mais elle n'est pas dupe.

— Je m'en fous totalement, je ne veux surtout pas foirer cette affaire et je mets tous les facteurs de mon côté.

— Les facteurs, mais aussi les policiers !

— Ne fais pas ton nounours, Paul, il ne m'a pas encore semblé que tu boudais nos chaudes nuits, je te trouvais plutôt satisfait de nos jeux coquins. Satisfait et encore assez performant pour ton âge avancé !

Mon téléphone me sauva d'une conversation scabreuse. La cavalerie arrivait pour une fois à temps. En l'occurrence, mon cow-boy de la CIA, Perry Sommers qui m'annonça qu'il prenait l'avion depuis Roissy-Charles-de-Gaulle, en compagnie d'Alexia Millicent, et que tous deux atterrissaient à Brest à 17 h 55. Comme je lui promis que la procureure Consuelo Da Costa et moi-même serions présents pour les accueillir et les mener vers le domaine de Trévarez, il me sembla lire une grimace sur le visage de la magistrate.

— Je suppose que nous vous retenons des chambres séparées dans l'hôtel le plus proche ? questionnai-je, soucieux de l'intendance, pour ne pas avoir à partager nos lits avec des Yankees. Nous y logeons, nous aussi. Nous aurons le dîner pour faire un premier point sur notre affaire.

— Écoute, poursuivit-il à voix basse, nous arrivons sur place et, ensuite, c'est Alexia qui prendra les commandes des opérations. Elle est formée pour intervenir en cas d'actes terroristes, c'est une pro, et elle a tenu absolument à faire le déplacement, ce qui est rare. Je suis là sous ses ordres et elle est aussi autoritaire que sexy. Un animal au sang froid, une diplomate auprès de laquelle Dominique passerait pour une danseuse de Vegas, c'est pour te dire.

— Il me semble que je vois à peu près le spécimen. Comme je bosse moi-même sous les ordres d'un silex, je crains les étincelles. Au moins, nous n'aurons pas de décisions à prendre et donc pas le risque de nous faire taper sur les doigts, en cas de couac. À très bientôt dans l'Ouest, cow-boy !

Naturellement, Consuelo voulut connaître la teneur de notre dialogue et l'identité des silex. Comme je lui retraçai le portrait d'Alexia Millicent, Consuelo me promit qu'elle n'allait pas laisser une Ricaine marcher sur ses plates-bandes. On se trouvait sur le territoire français, donc sur son territoire et même si "l'autre" débarquait en Bretagne avec une lettre de recommandation de la Maison Blanche, cela ne changerait rien à l'affaire. Et en plus, ma partenaire devait rappeler l'hôtel pour retenir deux chambres de plus. Adieu le tête-à-tête dans une taverne de la commune, adieu la nuit de folie dans l'anonymat d'une chambre décorée d'un papier peint aux papillons bleus (pour les footeux !).

Devant faire contre mauvaise fortune bon cœur, Consuelo me mena à l'aéroport de Guipavas, là où cette incroyable aventure avait commencé, quelques jours plus tôt, par un face-à-face avec Moktar Al-Varamini. En cours de trajet, j'évoquai ma rencontre avec Perry Sommers, débarqué depuis Paris pour enquêter sur la disparition de la fille d'une célèbre avocate américaine à Bénodet*. Après quelques étincelles, tout s'était bien terminé entre nous. Mais aussi entre Dominique Vasseur et cette avocate, Jillian Marlowe, qui se trouvait désormais à la tête de la commission internationale à laquelle participait ma compagne, enfin mon ex. Depuis, entre Perry et moi, c'était à la vie, à la mort, une amitié née d'une estime réciproque, assez étonnante, impossible à expliquer.

Retrouvailles dans le hall de l'aéroport et franche accolade. Présentations de nos partenaires de mission. Et supérieures. Plus froides. Déjà une forme de rivalité, de lutte d'influence, de puéril jeu de comparaisons. Effectivement, Alexia Millicent parlait un excellent français. Une femme de classe, la quarantaine, un peu plus grande que Consuelo, tout aussi brune mais avec des yeux verts se mâtinant de bleu. Irrésistibles. Elle refusa que je m'occupe de sa petite valise à roulettes, comme si elle y cachait une partie de la réserve de Fort Knox. Je pris Perry par l'épaule pour le mener vers la sortie et le parking, laissant à dessein les deux femmes ensemble, pour se frotter un peu. Autant j'avais toujours eu le souci de protéger Dominique, si encline à se placer en

---

*Voir *Psychose sur Bénodet*, même auteur, même édition.

retrait pour éviter un conflit, autant je ne m'affolais pas pour Consuelo, apte à défendre ses intérêts bec et ongles, si nécessaire.

Les Américains tinrent à découvrir le domaine de Trévarez avant la tombée de la nuit. Les bâtiments, le parc, les environs. Juste un rapide coup d'œil. Alexia Millicent était venue en Bretagne avec un dossier complet sur le terroriste, dont elle n'avait pas fait profiter Perry, qu'elle jugeait comme bien encombrant à ses côtés. Je compris très vite que, si elle était présente en qualité de membre de l'ambassade des États-Unis en France, mon pote était juste un superviseur mandaté par Jillian Marlowe, pour le compte de sa commission internationale. Il me sembla aussi percevoir – intuition de vieux flic – qu'Alexia Millicent en savait un peu plus que ce qu'elle consentait à nous livrer au compte-gouttes sur notre ennemi commun.

Premier contact intéressant avec le lieutenant Ghislain Vautier, qui nous apprit, avec joie et fierté, que les démineurs avaient neutralisé une bombe située dans un atelier situé non loin de la maison des jardiniers, un lieu réservé au personnel mais qui faisait partie du parcours de visite des congressistes lors de leur séjour. Une cachette discrète mais, en ne négligeant aucune piste possible par leur professionnalisme, ils avaient fini par détecter l'engin explosif avant de le désamorcer. Selon un spécialiste, il s'apparentait à d'autres utilisés par des groupes terroristes islamistes. Alexia Millicent voulut se faire présenter la bombe pour se convaincre que les gendarmes français ne s'étaient pas trompés. Elle suivit le lieutenant en compagnie de Consuelo, me laissant seul avec Perry et nos interrogations perplexes.

— Cette bombe n'est qu'un leurre, rien de plus, lâchai-je aussitôt. C'est sa manière de fonctionner, il crée des fausses pistes pour amuser les forces de l'ordre et ainsi opérer en toute sécurité.

— Je le pense aussi, je ne crois pas en une telle possibilité d'action, même s'il ignore que nous connaissons sa cible. Il ne cherche pas à faire un massacre mais à exécuter un contrat. Il va œuvrer en sniper, comme lors de ses derniers exploits, c'est bien plus discret. Quatre repentis éliminés en moins d'un an. Ces salauds ont pu se procurer la liste des personnes liées à notre lutte contre les fanatiques religieux islamistes et notre type a été mandaté pour les éliminer, les uns après les autres. Certains sont des repentis, d'autres d'anciens agents infiltrés ; pas un seul d'entre eux n'est au courant que sa vie est menacée. C'est le black-out total sur ces crimes de la part de nos dirigeants, personne ne sait que les victimes ont été liées au terrorisme, et le secret doit être gardé, coûte que coûte. En revanche, j'ignore quelle est la mission exacte d'Alexia Millicent.

— Que veux-tu dire ?

— Qu'elle est certainement moins motivée par la protection de la cible que par le silence total sur le piratage de telles informations au sein même des agences américaines. En un mot, vous recevrez l'ordre d'éliminer ce terroriste et de ne jamais divulguer la présence d'un ancien agent américain parmi les participants à ce congrès. C'est ce qu'elle est en train d'expliquer, de manière moins claire bien sûr, à ta procureure. Et cette dernière va recevoir, dans la foulée, des recommandations identiques du cabinet de son ministre.

— Mince alors, mais comment sais-tu cela ?

— Le travail de Jillian et de sa commission irrite l'administration américaine, car de tels faits remontent à la surface. Chez nous, toutes les vérités ne sont pas bonnes à dire et cela n'émeut pas la population. Aux States, on fait confiance à l'administration. Selon Dominique, en France, le travail du gouvernement est sans cesse ralenti par la volonté du peuple de tout découvrir des secrets des ministères. Imagine le scandale aux États-Unis, si les médias apprenaient que de tels renseignements ont été piratés par des hackers sur les ordinateurs de nos agences de renseignement ? Le scandale et la panique pour plusieurs centaines de personnes.

— Donc, Alexia Millicent n'est pas là en justicière mais en coupe-feu, compris-je soudain. Elle veut avant tout s'assurer de notre discrétion. De notre travail efficace et de notre silence.

— Oui, selon toute vraisemblance, et pour cela, pas de souci, elle saura vous remercier tous d'avoir débarrassé la planète d'un terroriste recherché depuis des années, elle se félicitera des bonnes relations entre nos deux pays, quelques-uns d'entre vous recevront de belles médailles enrobées de beaux discours, les observateurs noteront le réchauffement des relations entre la France et les États-Unis, on oubliera même peut-être la taxe sur le camembert, et mes concitoyens dormiront encore un peu mieux sur leurs deux oreilles, convaincus d'être protégés par les gars les plus efficaces de la planète.

— Alors que si j'en glisse deux mots à l'oreille de Gaëlle, une jeune journaliste blogueuse friande de nouvelles à sensation…

— La durée de vie de ta seconde fille ne dépassera pas une ou deux heures, son blog sera fermé dans les secondes qui suivent son message et ses proches placés sous surveillance permanente. Tant qu'elle s'occupe du club Magenta, cela ne dérange pas l'oncle Sam, mais si elle dénonce les manques de notre administration, elle devient une terroriste à son tour !

— D'abord, ce n'est pas ma fille, j'ai juste pris cette môme sous mon aile protectrice, je me demande encore pourquoi, réagis-je par réflexe avant de riposter sur le fond. Ensuite, je suis surpris que tu en saches autant sur son compte. Enfin, voilà une nouvelle édifiante leçon de votre notion si particulière de la liberté, dans votre grande démocratie ! Un concept si figé chez vous qu'on vous a offert une statue pour vous rappeler qu'elle ne peut pas bouger.

— Paul, la démocratie ne peut fonctionner avec la liberté, tant que certaines personnes ne jouent pas le jeu. La liberté est de nos jours l'ennemie de la démocratie puisque les terroristes se servent d'elle pour nous attaquer. Je sais, en Bretagne, tu n'es pas en première ligne sur un tel sujet. Mais à Paris, on attaque la démocratie au nom de la liberté.

— En fait, pour résumer ce que tu tentes de m'expliquer, si je n'avais pas reconnu Moktar à l'aéroport, si je l'avais laissé buter cet ancien agent des services américains sous sa nouvelle identité, l'administration de ton pays respirerait mieux, aujourd'hui. Et on aurait trouvé un travers bidon à la victime justifiant le contrat sur sa tête.

— Oui, en raccourci, c'est un peu cela ! Ordre a été donné de laisser des inconnus, qui ont bénéficié du programme de protection des témoins, se faire éliminer pour ne pas divulguer une information plus grave : un hacker s'est introduit dans le cœur de notre système pour piller des infos. Chez nous, on préfère protéger le pays que ses enfants, on ne verse pas de rançon pour les récupérer, on ne fait pas verser le sang des soldats pour exfiltrer des innocents enlevés et personne n'y trouve rien à redire. Question de mentalité.

— Et Alexia Millicent est ici, aujourd'hui, la garante de la pérennité de ce système.

— Voilà un peu le résumé de la situation, tu as raison. Et pour revenir à Gaëlle, dis-toi que tu n'es pas espionné, Paul, pas plus que ton entourage. En revanche, Dominique se préoccupe souvent de ta santé et de la vie de tes proches. Et comme elle a besoin d'en parler, je suis un peu son confident. Tu comptes toujours beaucoup pour elle, quoi que tu puisses penser. Elle bosse seize à dix-huit heures par jour, elle dort très peu ; le reste du temps, je crois qu'elle pense à toi.

— Et c'est le message qu'elle a voulu me faire passer, voilà une semaine, en m'ordonnant de la laisser respirer.

— Paul, je peux juste te demander de mettre en parallèle cette information avec notre discussion précédente. Rien de plus, tu es de ma génération, tu vas comprendre tout seul le message. Tiens, voilà nos maîtresses qui reviennent avec leurs laisses. Même notre liberté personnelle semble être l'ennemie de nos démocraties, vois-tu.

Discussions à quatre ou plutôt dialogue entre Alexia et Consuelo devant Perry et moi, non invités à participer aux débats. Comme moi, ma partenaire pensait qu'il s'agissait d'un leurre et que l'opération n'était pas achevée. Alexia jugeait au contraire que, une fois le piège déjoué, le terroriste en serait pour ses frais, même si elle attendrait la fin du congrès avant de rentrer à Paris. En un mot, elle nous demandait de ne conserver qu'un dispositif de sécurité normal et de renvoyer le reste des éléments à leurs casernes. Je me fis violence pour ne pas ruer dans les brancards et lui signifier ce que je pensais de son comportement bien léger. Consuelo ne possédait pas les paramètres auxquels m'avait initié Perry. J'ignorais même si j'avais le droit de les révéler à

Consuelo, pour tout dire. Et quand deux femmes de caractère ne parvenaient pas à se départager, rien de mieux que l'irruption d'une troisième pour corser le combat.

En l'occurrence, il s'agissait de Prisca Fichaux qui, sous ses traits de quadra blonde à la peau mordorée par le soleil d'Ibiza, cachait la cheffe d'escadron de la gendarmerie du secteur et un tempérament affûté par quelques journées de repos. Elle venait de discuter quelques minutes avec son subalterne, le lieutenant Vautier, qui lui avait fait part de la décision d'alléger le dispositif de surveillance. Un ordre émanant de la responsable du duo américain qui ne passait pas auprès de sa supérieure, officiellement chargée du bon déroulement des journées et garante de la sécurité des congressistes. Aussi, après les présentations d'usage, Prisca attaqua-t-elle bille en tête en se plantant devant Alexia Millicent.

— Madame, je suis la responsable de la sécurité et du maintien de l'ordre sur ce territoire et j'entends assumer pleinement mes fonctions.

— Désolée, Madame, mais je dois vous…

— Commandante, je préfère, je suis cheffe d'escadron et…

— Peu m'importe ce détail, je suis certaine que si vous prenez l'attache de votre hiérarchie, il vous sera réclamé de vous placer, séance tenante, sous mes ordres. Si vous contactiez le cabinet de votre ministre, par exemple. Il serait stupide d'ajouter un incident diplomatique à la présence d'un terroriste islamiste sur votre territoire, pendant que vous vous prélassiez au soleil. La population déteste voir ses fonctionnaires prendre du bon temps sur les deniers publics au lieu d'effectuer sérieusement leur travail. Bon, ce volet classé, je vais me retirer quelques minutes avec madame la procureure, qui dirige cette affaire, pour que nous élaborions ensemble une stratégie discrète mais efficace.

Les deux brunes pénétrèrent dans un bureau du château, alors que Perry reçut un appel téléphonique sur son smartphone et s'éloigna du périmètre, pour plus de discrétion. Je restai seul avec Prisca Fichaux, qui bouillonnait intérieurement et trépignait sur place, mâchoires crispées. Une vraie cocotte-minute. Je n'osais prononcer les premiers mots, avec le risque de voir le couvercle sauter. C'est elle qui m'apostropha, mains à présent enfoncées dans les poches de son blouson, poings serrés, l'imaginai-je.

— Vous aussi, elle vous a muselé, la tigresse de l'ambassade ? Jamais personne ne m'a parlé de la sorte !

— Nous avons notre logique française, elle a été formée à l'école américaine et les objectifs sont différents, expliquai-je à mon interlocutrice, pour tenter de l'apaiser. Plutôt que de perdre de l'énergie à nous confronter à elle, nous devrions élaborer notre propre stratégie pour parvenir à neutraliser le terroriste avant qu'il ne passe à l'acte. La bombe n'était qu'un leurre, il pratique souvent de la sorte. Je ne le pense pas planqué à l'intérieur de l'enceinte du parc, trop risqué pour lui. Selon mon intuition, il a prévu une position sûre dans le secteur, déjà étudié le programme des deux journées, et le timing de son opération.

— Il aurait une complicité sur place ?

— Dans l'équipe du domaine de Trévarez, je ne pense pas. Dans la région, c'est certain. Ne serait-ce que les individus cagoulés qui ont pratiqué le home-jacking dans la propriété du couple Combertin, à Daoulas, pour lui permettre de récupérer un sésame avec lequel il se balade ici comme s'il s'agissait de sa propre propriété. La preuve, il a pu installer cette bombe en toute quiétude. Mais quoi d'autre ? C'est ce que nous devons absolument découvrir. Ces gars avaient un accent qui pourrait corroborer ce lien. Mais qui sont-ils ? Où les trouver ? Des aiguilles dans une botte…

Une fois de plus, mon portable se manifesta. Cette fois, c'était Rose-Marie qui voulait me parler. Elle ne se trouvait pas au bureau du commissariat mais auprès de Mario, là où elle œuvrait sur les logiciels les plus performants. Ses premiers mots me laissèrent imaginer une étonnante transmission de pensée car elle enquêtait sur les auteurs du home-jacking. Elle me fit part de son raisonnement et de ses premiers résultats.

— Je suis partie du fait que ces gars n'étaient pas des habitués de ce genre d'opérations, aussi, une fois leur forfait commis, avaient-ils dû appeler leur commanditaire pour lui faire part du succès de la première partie du plan.

— Et ils l'ont fait ?

— Effectivement, peu après l'heure estimée de leur départ de la propriété des Combertin, un téléphone a borné au centre du village de Daoulas. Aucun moyen pour moi de remonter à ses propriétaires, bien sûr.

— Et c'est pour cela que tu me déranges ?

— Ce que vous pouvez être impatient, parfois, répliqua l'Antillaise, agacée. Ce même téléphone a borné une dizaine d'heures plus tard à cent mètres du lieu où les deux véhicules ont été brûlés. Confirmation qu'il s'agit bien de nos bagnoles suspectes de Daoulas.

— Cela, je le savais déjà, tu ne m'apprends rien !

— Ma parole, vous avez mangé un compte-minutes à midi ? Si on parvient à pénétrer dans un téléphone pour le borner, on connaît les appels qu'il émet, mais aussi les numéros qu'il contacte. Et si le premier portable n'est pas identifiable, celui qui est joint l'est parfois, en revanche. Et il peut représenter le téléphone du commanditaire. Bien sûr, ce n'est pas celui de votre terroriste, il ne faut pas rêver, mais sans doute celui de l'un des proches complices.

— Super, Rosie, qui est donc ce gars ?

— Attendez, Paul, ce n'est pas un idiot, non plus, il ne met pas son nom sur son portable, mais je peux vous dire que son téléphone borne souvent dans la zone industrielle située entre le centre-ville de Châteauneuf-du-Faou et la N164. Soit le gars bosse dans le secteur, soit c'est son point de contact avec le terroriste.

— On est carrément de l'autre côté de la ville. Surprenant. Mais c'est du bon travail, Rosie.

Une fois mon téléphone rangé, je livrai les quelques infos glanées par Rose-Marie à Prisca Fichaux, qui nota le secteur délimité par la recherche de l'Antillaise et procéda elle-même à une géolocalisation sur sa tablette. Pour conclure qu'il n'y avait pas d'hôtel ou de chambre d'hôte dans le périmètre. Mais elle s'arrêta sur une zone de covoiturage qui représentait un bon point de rencontre, même s'il n'était pas très discret. Elle se promit d'en parler plus précisément avec son collègue Ghislain Vautier, qui connaissait parfaitement les recoins de la commune.

Nous échangions nos hypothèses sur le mode opératoire possible du criminel quand Consuelo et Alexia sortirent du bureau, l'une plus pimpante que l'autre, je vous laisse deviner laquelle. Une fois de plus, je pris pitié de ma procureure et j'imaginai qu'au mieux, elle avait reçu des consignes précises d'un rond-de-cuir du ministère et qu'au pire, la diplomate américaine lui avait laissé entrevoir une fin de carrière dans une impasse, si elle ne lui obéissait pas. Ce qui me surprenait, c'était l'absence prolongée de Perry, d'ordinaire pas aussi cachottier. Alexia Millicent, elle-même, réclama de ses nouvelles mais, par chance, il réapparut avant que je ne commette un faux témoignage.

Comme le crépuscule tombait sur le domaine que

les employés avaient déserté depuis une poignée de minutes, que le directeur, Vincent Charvet, s'apprêtait à en faire de même après avoir passé des consignes strictes aux vigiles, et que Prisca Fichaux prit congé de nous pour regagner Châteaulin, nous étions quatre à monter dans la superbe C4 de Consuelo Da Costa, pas forcément bien détendue, pour rallier Spézet, ce qui n'allait nous prendre que dix minutes à peine, en passant par Saint-Goazec. Trajet des plus silencieux, chacun se trouvant plongé dans ses pensées.

Si nos Américains étaient habitués aux chaînes d'hôtels sans charme et sans originalité, Les Bruyères représentaient une adresse qui allait les changer du tout au tout. Une étape sympathique et typique au cœur de la Bretagne, qui surprit même ma procureure. Elle regarda la façade avec un étonnement non dissimulé, avant de se garer sur une placette devant l'entrée de l'établissement. Ce qui nous permit de découvrir qu'il possédait un restaurant. Tandis que nos hôtes d'outre-Atlantique récupéraient leurs bagages dans le coffre, et que Consuelo allait prévenir de notre arrivée, je signalai que je m'absentais pour aller acheter quelques affaires dans une pharmacie que nous avions dépassée juste avant. Au moins un petit nécessaire de toilette pour ne pas sentir le fauve et ne pas exhaler une haleine de putois.

Un peu plus tard, je pris possession de ma chambre et appelai aussitôt Sarah pour lui faire part des avancées d'une journée qui en valait deux ou trois. Fatalement, elle m'ordonna de ne pas me laisser mener comme un toutou par cette Américaine qui se croyait au Far West. Avant de me demander son nom exact, que je lui donnai avant de comprendre l'idée qui trottait dans la tête de ma fille.

— Sarah, je t'arrête tout de suite, ce n'est pas une bonne idée !

— Quoi, je n'ai encore rien dit, s'offusqua l'intéressée.

— Tu t'apprêtes à mener une petite enquête discrète sur Alexia Millicent ou, pire encore, à demander à Rose-Marie de le faire pour toi, soupirai-je, connaissant si bien ma fille. Si cela se sait, on est en plein incident diplomatique, à l'aube d'une troisième guerre mondiale. Tente plutôt de trouver, parmi les membres de la délégation américaine, celui ou celle qui possède le meilleur profil d'ancien agent secret infiltré.

— Tu es marrant, toi ! On s'y est collés durant toute la journée, ils sont tous plus clean les uns que les autres. À croire que le camélia purifie les esprits et sanctifie les CV. Douze premiers communiants attardés, huit hommes et quatre femmes, qui n'ont absolument rien à se reprocher. Après, si on élimine les nanas – je ne vois pas une copie de Scarlett Johansson auprès de Ben Laden –, deux gars qui ont à peine la trentaine, un autre myope de chez myope, un dernier qui est père de dix gosses, style membre des mormons, il nous en reste quatre en lice, qu'on ne peut départager.

— Et rien ne prouve que ce ne soit pas une nana genre Sarah Shahi, tu sais, l'actrice d'origine iranienne de *Person of Interest*, objectai-je, pour pousser ma fille dans ses retranchements.

— Impossible car, déjà une Sarah ne peut être une terroriste, ensuite on n'a pas de Sarah parmi les quatre. Je veux dire, elles sont toutes plus Américaines les unes que les autres, de 50 à 65 ans. Mais ne t'inquiète pas, Rosie est toujours sur le coup. Ah, un dernier truc, si tu as deux minutes, appelle Laure Barbotan, elle est revenue déposer Mehdi au bureau, elle faisait peine à contempler, elle a le moral dans les chaussettes. Elle ne parvenait même plus à ouvrir la bouche, c'est pour dire…

À peine raccroché, je composai un autre numéro de la liste de mes contacts favoris. Effectivement, la voix de Laure n'avait rien d'engageant. Je la comprenais, mais je ne pouvais aller dans son sens alors qu'il lui restait à boucler l'enquête sur la mort de Cyprien Vergnaud et la probable implication d'Hélène Tournay, avec le concours des gendarmes de Saint-Pol. Elle avait été blessée, meurtrie sans doute que je n'essaie rien pour exiger sa présence, placée aussi devant sa condition de substitute qu'elle avait oubliée, par la volonté du procureur Vanhamme de prendre peu à peu du recul sur sa fonction, avant la retraite, et l'absence régulière de Dominique à son poste. Consuelo Da Costa aux affaires, elle reprenait sa place de l'ombre et cela l'incommodait. Et si, en plus, elle devait se trouver cantonnée à décortiquer des PV de gendarmerie, elle n'avait plus qu'à remettre sa démission et ouvrir un atelier de couture. Car en plus, quand elle déprimait, la magistrate ne faisait pas dans la demi-mesure.

Comme avec Sarah, je lui fis un compte rendu de l'après-midi, de la découverte miraculeuse d'une bombe posée à dessein par le terroriste comme leurre. Et cela semblait avoir marché avec Alexia Millicent, attachée à la défense de l'ambassade des États-Unis, qui nous suggérait d'alléger le dispositif à présent que la zone avait été nettoyée. Et comme elle se considérait la patronne de l'enquête, ses désirs sont vite devenus des ordres.

— Et la proc' s'est laissé faire ? s'étouffa Laure, qui avait repris un tantinet de tonus. S'il se passe un drame, c'est pourtant elle qui se trouvera en première ligne pour le peloton d'exécution.

— Aussi curieux que cela puisse paraître, elles semblent avoir un arrangement, toutes les deux. Et notre procureure fait patte de velours, même si elle n'en pense sûrement pas moins. Idem pour Prisca Fichaux, qui s'est pourtant regimbée de manière tout à fait logique, avant de se voir remise à sa place par l'Américaine. Mais nous allons suivre le fil que nous pensons le meilleur avec Prisca et ses équipes. Nous sommes convaincus que l'homme va intervenir en sniper d'une position située hors des grilles du domaine. Les gendarmes s'occupent de trouver le lieu idéal sur le territoire de la commune. Mon seul problème, c'est la raison pour laquelle ce terroriste a voulu récupérer le passe et le badge pour évoluer librement à Trévarez.

— Peut-être encore un leurre de sa part, suggéra Laure. Et Sarah est parvenue à découvrir l'identité de la cible ?

— Pas encore. Si je me fie à son instinct, ils ne sont plus que quatre en lice. Encore trois de trop pour assurer efficacement la protection de l'ancien agent. En fait, mais cela reste entre nous, il me semble que les autorités américaines préféreraient laisser ce gars se faire buter, en simple fan des camélias victime d'un fou qui a agi sans mobile, plutôt que de voir les manquements coupables de la CIA déballés par des médias trop zélés. Mais je peux me tromper.

— Alexia Millicent, me dites-vous ? Tout en vous écoutant, j'ai tapé son nom pour lire sa page Wikipédia. Beau parcours de diplomate, commencé à 26 ans. Précoce, la fille. Tiens, je note un passage à Beyrouth, à l'ambassade américaine, durant six mois. Puis encore un autre à Damas, en Syrie. Miss Millicent aime bien le Proche-Orient. Une spécialiste du terrorisme islamiste, en plus, ce n'est pas un hasard. Que nous cache-t-elle, au juste ?

— Sans doute rien, Laure, et surtout, ce ne sont pas nos oignons. Vous ne menez surtout pas une enquête sur elle, cela pourrait vous retomber dessus !

— Attendez, Paul, je peux encore utiliser mon ordinateur, me balader sur Internet, sans me trouver dans l'œil de la CIA ? Ôtez-moi d'un doute, nous habitons bien toujours en France, en République française, dans le berceau des droits de l'homme ?

— Je me demande si je ne vous préférais pas abattue, proche d'avaler une boîte de somnifères, finalement, ironisai-je, heureux de voir Laure reprendre du mordant.

— Mauvaise réponse, je m'apprêtais à vider une bouteille de scotch en solo, sans le concours solidaire de mon meilleur ami, partenaire des moments d'angoisse ou de déprime qui, en ce jour, m'a laissée tomber comme une vieille chaussette, qui plus est en se faisant un mauvais film sur le contenu de mes congés.

— C'est bon, Laure, j'ai été maladroit, je vous présente mes plus plates excuses et…

— Mais, à bien y réfléchir, je crois que je viens de découvrir quelques sites intéressants. Et comme je dois passer la soirée avec Gaëlle, que vous avez lâchement abandonnée devant la porte close de votre appartement, et que je vais héberger généreusement pour la nuit, elle m'aidera à découvrir pourquoi miss Millicent préfère un ex-agent mort à une possible fuite sur un scandale d'État. Il se pourrait même que cette nana qui veut mettre la France à sa botte fasse la une de la prochaine chronique sur le blog d'une célèbre influenceuse, un billet que je me ferai un grand plaisir à l'aider à rédiger. Tiens, j'ai une photo de cette nana américaine qui pourrait accompagner le pamphlet.

— Laure, si jamais vous lâchez un seul mot sur cette affaire devant Gaëlle, je vous étrangle de mes mains, m'irritai-je, même si je savais que la magistrate ne ferait jamais cela. Il y a des sujets avec lesquels on n'a pas le droit de plaisanter, surtout au téléphone. Bon, je vous laisse, Consuelo m'attend pour un tête-à-tête aux chandelles !

— Pourquoi, les Américains ne sont pas avec vous ?

— Dans notre palace Hilton de Spézet, bien sûr que non. Et en plus, nous sommes les seuls clients de l'hôtel, on ne craint même pas de faire trop de bruit, une fois de retour dans notre chambre avec un grand lit à l'épais duvet. Rien que d'en parler, je crois même que, finalement, on va sauter le dîner, tiens.

— Comme vous voulez ! De mon côté, je vais vraiment écluser cette bouteille de scotch en solo…

Bien sûr, nous dînions à quatre, même que nos deux princesses avaient enfilé leur plus belle tenue, rivalisant d'audace dans le glamour, ce qui n'émut pas plus Perry que moi. Sobres dans nos fringues de terrain, moins dans le contenu de nos verres d'apéro – je fis découvrir à mon hôte les arômes de l'Eddu, le whisky breton –, nous attendions nos partenaires au bar, pour les accompagner jusqu'à la salle de restaurant. Une déco un peu vintage qui avait le mérite de l'authentique et du dépaysement total pour Alexia et Perry, version armoricaine du Bagdad Café.

Le cow-boy se laissa forcément tenter par une pièce de viande, une côte de bœuf qu'il m'invita à partager avec lui. La portion affola miss Millicent, qui pinailla sur sa salade terre et mer, malgré les coquilles Saint-Jacques, les crevettes et le saumon fumé. Pour sa part, Consuelo avait opté pour la poêlée de gambas bien appétissante. À table, il fallut toute la verve de Perry pour dérider nos deux compagnes de table. L'Américaine n'avait qu'une hâte, aller se coucher. La procureure ruminait certainement de son côté l'accord tacite qu'elle avait été contrainte d'entériner pour laisser les rênes de la journée du lendemain à sa rivale du moment. À l'unanimité, les desserts furent zappés pour achever le festin par quatre cafés qui risquaient de nous empêcher de dormir.

Une fois dans la chambre, j'appréciai mes récents achats, qui me permettraient au moins de me laver les dents et d'envisager de me raser le lendemain matin. Le minimum syndical. Je me trouvais en slip dans ma chambre au charme suranné mais à la confortable literie quand j'entendis frapper à la porte. J'imaginai qu'il s'agissait de Perry et ouvris, tout en restant caché derrière le battant. C'était Consuelo, qui força l'accès avant de claquer la porte derrière elle d'un coup de talon puis de se pendre à mon cou.

— Fais gaffe, quand même, les Yankees vont nous entendre, murmurai-je, une fois mes lèvres libérées.

— Je m'en fous, j'en ai envie, j'en ai besoin, et puis on est chez nous ! Surtout, ne me parle plus des Yankees, cette peste va finir par se prendre une gifle, à force de me commander. Avec ses grands airs et son français des grandes écoles, son ton condescendant et sa politesse arrogante.

Consuelo se débarrassa d'un geste fébrile de son négligé pour se trouver entièrement nue face à moi. Je compris alors l'intérêt du café, un stimulant pour des heures durant lesquelles il y avait beaucoup plus d'intensité dans l'action que dans la réflexion. Même si je ne pouvais m'interdire de penser à Perry, dans la chambre en face, de l'imaginer doté d'une ouïe assez fine pour percevoir les cris haletants de ma partenaire, de se représenter la scène et ses acteurs, pour plus tard aller rassurer Dominique : je n'avais pas mis longtemps à me servir de la liberté qu'elle m'avait offerte.

Puis enfin Consuelo s'apaisa, rassasiée ou pas, ce n'était pas le sujet du moment. Mais ce fut pour s'allonger à mes côtés, collée contre mon corps, pour s'endormir aussitôt ainsi, sa douce peau frôlant ma couenne tannée. J'avais perdu l'habitude de partager un lit, aussi mis-je du temps avant de trouver le sommeil. De son côté, épuisée par ses efforts précédents, Consuelo ronflait déjà. J'avais tout loisir de comprendre que ma partenaire me laissait peu de marge de manœuvre pour justifier le lendemain matin sa présence dans ma chambre. Surtout si, par le plus malheureux des hasards, Perry Sommers ou pire encore, miss Millicent, sortait de sa chambre en même temps que Consuelo de la mienne. Mais demain serait un autre jour et ce souci personnel ne représenterait pas forcément le plus important de la journée qui s'annonçait.

VII

Le mardi matin, les soixante passionnés de camélias étaient attendus à Trévarez à 10 heures. Ils avaient passé le week-end à Nantes et la nuit du côté de Gourin. Nous étions à pied d'œuvre depuis 8 heures pour organiser la sécurité des deux journées. Alexia Millicent tenait à avoir en permanence Consuelo et Perry auprès d'elle, ce qui me laissait un peu de latitude pour dialoguer avec Prisca Fichaux et Ghislain Vautier. Ce dernier, patron des vingt-huit brigades autour de Châteauneuf-du-Faou, avait la charge du dispositif officiel mis en place, organisation que Prisca, en qualité de cheffe d'escadron, supervisait. Mais là n'était pas la raison première de sa présence. Dès qu'elle fut libérée de ses obligations d'organisation, elle m'accapara pour me faire part des retours d'inspection de ses hommes.

— Nous avons repéré, hors du domaine, quatre postes de tir à partir desquels un sniper possède un angle convenable sur le château. Près de l'un d'entre eux, ils ont remarqué un sac dans lequel était cachée une arme à longue portée, démontée. Et pas la moindre munition. Encore un leurre, selon vous ?

— Nous sommes face à un adversaire supérieurement intelligent et extrêmement déterminé, qui a, depuis deux décennies, échappé à la vigilance de tous les agents secrets et experts militaires de la planète lancés à ses trousses, soupirai-je, dans un haussement d'épaules. Et toutes ces personnes blousées, par souci de discrétion, n'ont pas laissé le moindre rapport pour expliquer son mode opératoire, depuis qu'il est devenu un sniper hors pair.

— Le site idéal, selon l'expert de l'école de gendarmerie, ce serait le sommet du château d'eau placé ici, dans le secteur de Kroas Lesneven. Seul hic, il est situé à cinq kilomètres de la cible, soit un de plus que le record de tir de précision à ce jour. Autant vous dire que l'hypothèse a vite été oubliée. De plus, avec la force de Coriolis qui intervient lors d'un tir, dès qu'il est distant de plus de neuf cents mètres, il faut à notre homme un équipement spécial pour analyser la déviation naturelle qui l'empêcherait d'atteindre sa cible. Jusqu'à deux kilomètres, c'est possible, au-dessus, c'est pour ainsi dire de la magie ou du surnaturel, quand on n'est pas en condition d'entraînement mais dans le cadre d'un contrat avec la pression supplémentaire de la nécessité de faire mouche.

— Avec ce bougre, il faut s'attendre à tout !

— Enfin, quand même, ce n'est pas un magicien ! répliqua Prisca, à fond dans sa réflexion. Sinon, on a une zone idéale au bord du canal, non loin de l'écluse, une position tranquille du clocher de

Notre-Dame des Portes et enfin, de l'autre côté, un bel angle depuis la toiture d'une porcherie.

— Pour un musulman, je ne pense pas que ce soit le lieu souhaité, une porcherie, répliquai-je, par instinct ou par nervosité.

— Vous croyez que c'est vraiment le moment de faire de l'humour, Capitaine ?

— Désolé, un mauvais réflexe. Pour moi, une autre question fondamentale se pose en amont, coupai-je, convaincu que l'on se fourvoyait. Moktar doit avoir un complice sur le site, soit parmi les personnels du domaine, mais je n'y crois pas trop, soit parmi les autres congressistes, pour le renseigner en direct sur les déplacements du groupe et notamment de sa cible. Si nous identifions et neutralisons cet individu, nous aurons accompli une partie du boulot.

— Paul, ce peut être n'importe qui et nous n'avons plus qu'une heure avant l'arrivée des cibles potentielles, rappela Prisca Fichaux, une main perdue dans sa courte chevelure blonde. Vous avez un plan ?

— Nous fier à notre instinct sans nous laisser distraire par des faits parasites. Faire confiance aux analyses effectuées par mon équipe qui a réduit à quatre membres du groupe le possible ancien agent visé. Mais une donnée me manque pour rendre l'équation logique. Pourquoi ici et pas à Nantes ? Pourquoi récupérer le passe car je ne crois pas qu'il s'en soit servi uniquement pour cacher une bombe en leurre ? Vos effectifs n'ont rien trouvé d'anormal par ailleurs. Comment des membres d'un réseau terroriste ont-ils pu s'organiser de la sorte en centre Bretagne sans se faire remarquer par les autorités ? Comment Moktar Al-Varamini se trouvait-il en contact avec eux pour planifier cette opération ?

— Il nous est impossible de tout maîtriser, Paul, et les forces que nous mettons à contrôler des manifestations publiques, justifiées ou non, sont autant d'énergies en moins à disposition pour combattre le terrorisme. Si nous menons à bien notre mission de protection de ce groupe, cela tiendra du miracle.

— Ou à nos intuitions personnelles ! Je vais aller faire un tour du parc. La logique, c'est buter la cible lors de la photo de groupe sur le balcon du château, mais d'une part, Moktar ne suit pas notre logique, d'autre part, ce moment est trop aléatoire pour qu'il ait fondé son raisonnement sur ce fait. Il est venu sur le site pour préparer sa mission. Mais de quelle manière ? Son plan est sans doute bien plus sophistiqué que nous l'imaginons et achopper si près du but m'agace profondément.

Nous aurions encore continué à dialoguer durant de longues minutes si une tête blonde surmontée d'un béret rouge ne s'était approchée de nous d'un pas énergique, suivie d'un grand escogriffe à la démarche nettement moins convaincue. Tout en retirant sa coiffure, Sarah nous salua en nous demandant comment se présentait la situation, Blaise l'imita, sans un mot, pas encore totalement réveillé, sans doute. Avant même la fin de notre réponse, Sarah sortit un dossier de son sac à dos avant d'argumenter le long travail de Rose-Marie :

— Je vous présente John Carpenter, 46 ans, marié, trois enfants, responsable d'une plantation de camélias, entre autres belles plantes, à Charleston en Caroline du Sud ! Rien à dire, trajectoire parfaite, look bien américain, malgré un petit air particulier lié à ses origines proche-orientales.

— Pour Rosie, c'est notre homme ? questionnai-je, en fixant le visage de cet individu svelte et élancé à la jolie moustache et aux tempes grisonnantes.

— Voici la fiche de Bilal Farris, retrouvé par Rosie sur le Darknet. Un agent américain qui aurait participé à la chute de Ben Laden en infiltrant Al-Qaïda dès 1995. Il a été extrait in extremis du guêpier avant de disparaître des écrans radars. Depuis, selon Rosie, il aurait changé de nom, pris épouse, donné naissance à trois beaux enfants et se serait découvert une passion soudaine pour les plantes exotiques, plus particulièrement les camélias.

— C'est donc lui, soupirai-je en tendant la fiche à Prisca Fichaux. Voilà l'homme que nous devons protéger d'un tir de sniper en rase campagne bretonne.

— D'où proviennent ces documents ? questionna immédiatement Prisca, sourcils froncés, pas dupe des sources contestables de notre informaticienne antillaise. S'ils se trouvent aussi facilement sur

Internet, comment se fait-il que cet homme soit encore en vie ?

— Disons que Rose-Marie possède ses propres réseaux et aussi ses logiciels pour nous aider à avancer dans les enquêtes, argumentai-je, comprenant que les méthodes de flics n'étaient pas celles des gendarmes, militaires tenus à une certaine déontologie. Disons qu'elle a fait les poubelles du Web, puisque rien ne s'efface jamais totalement. Mais vous n'êtes pas obligée de connaître leur origine, pas plus que la procureure.

— Bon, intervint Blaise, qui venait de se réveiller, vous croyez que c'est le moment de chipoter sur des méthodes de travail alors que la vie de ce pauvre gars est en jeu ? Ce serait votre époux la cible de ce fêlé, vous seriez moins pointilleuse sur l'origine du renseignement qui va vous permettre de le sauver.

— Bien, Lieutenant, à vos ordres, Lieutenant ! répliqua Prisca, aussi étonnée qu'amusée, avant de tourner son regard vers moi. Zébulon, c'est cela ? Eh bien, une fois réveillé, il ne manque pas d'audace, votre subalterne.

— L'insolence de la jeunesse, plaidai-je, alors que mon interlocutrice était déjà partie plus loin, voyant son collègue Ghislain Vautier s'approcher d'elle.

Nous marchions tous trois, Sarah, Blaise et moi, devant la partie en déclivité du parc du château, côté canal de Nantes à Brest. Je m'arrêtai devant la fontaine portant déjà des traces de balles pour admirer la chapelle et le panorama presque sans limites en cette journée. Juste de hauts nuages, çà et là, pas un brin de vent, des conditions idéales pour un sniper. Et tant d'emplacements qui se prêtaient à l'exercice. Un relent de pessimisme me gagna lentement, auquel Sarah mit fin rapidement, sans même s'en apercevoir, en me demandant à voix basse, comme si quelqu'un pouvait nous entendre, de la suivre jusqu'à un banc, un peu plus loin. Ils m'invitèrent à m'installer avant de m'entourer, en veillant à ce que personne ne nous voie.

Je sentais le traquenard, je commençais à les connaître, mes lascars, à force de les pratiquer. Sarah sortit un nouveau dossier de son sac et l'ouvrit pour me présenter le contenu. Il concernait Alexia Millicent. Je rappelai à ma fille que je lui avais commandé de ne pas enquêter sur la représentante de l'ambassade des États-Unis, cela pouvant nous créer de gros ennuis. Elle me jura que ce n'était pas elle mais Laure Barbotan, la coupable. Ils avaient juste fait un crochet par son appart'hôtel pour récupérer la chemise, ce qui les avait mis un peu en retard. Mais le contenu en valait la peine. Car, évidemment, tant que Blaise se trouvait au volant, Sarah avait vérifié chaque feuillet du dossier.

— Bon, j'ai juste voulu te faire gagner du temps et puis, ce qui t'est destiné me concerne aussi, on fait équipe, non ? se justifia-t-elle en préambule. Que penses-tu d'une nana dont les parents sont morts lors de l'attaque terroriste de l'ambassade des États-Unis à Nairobi, en 1998. Elle a alors 17 ans. Du jour au lendemain, elle oriente la fin de ses études dans une spécialisation de lutte contre les mouvements islamistes intégristes.

— J'imagine qu'elle n'est pas la seule dans ce cas, bredouillai-je, rompu aux démonstrations foireuses de ma fille. La seule dont les parents sont morts dans un attentat. La seule qui a suivi de telles études.

— Puis, une dizaine d'années plus tard, quand l'attaque d'un camp du Hezbollah en Iran, à la frontière syrienne, fait des dizaines de victimes, parmi lesquelles Moktar Al-Varamini, Alexia Millicent fait partie de l'équipe de l'ambassade de Damas, spécialisée dans les mouvements terroristes, à ton avis, qui a coordonné l'opération ? enchaîna Sarah, sans se laisser déconcentrer. Miss Millicent, of course... Un poste qu'elle quitte, comme tous ses collègues, en février 2012.

— Oui, c'est une spécialiste de la question, et alors ?

— Cette nana perd la face, si ton homme, passé du Hezbollah à Daesh, est toujours en vie, répliqua Sarah en martelant ses mots. Qui te certifie qu'elle n'a pas fait venir des marines et des commandos, pour donner l'assaut ?

— Parce que Alexia Millicent est une femme intelligente, pour le parcours de laquelle mieux vaut certes un ancien agent éliminé – ce que personne ne saura, sur ce point, je lui fais confiance – que la révélation d'une "boulette" des agences gouvernementales, ou pire qu'un piratage de leurs données, qui a conduit à la divulgation de l'une des listes les plus confidentielles du pays. Pratiquement un symbole pour l'administration américaine. Alexia n'est pas là pour nous aider à coincer Moktar, elle est là pour éviter qu'un scandale n'éclate aux États-Unis, pour éclabousser les agences fédérales. Voilà l'unique raison pour laquelle elle a tenu à accompagner Perry en Bretagne : étouffer l'affaire dans l'œuf.

— Si tu le dis, soupira Sarah. Pour moi, elle n'est pas nette, l'affaire est bien plus complexe.

— De toute manière, pour nous, cela ne change rien, intervint Blaise, soucieux de tempérer le dialogue familial et d'apaiser Sarah, qu'il connaissait par cœur. Nous sommes ici pour empêcher un criminel international de passer à l'acte, mais quand je vois le panorama qui s'ouvre devant nous, je suis proche de céder au découragement. Il suffit de constater combien, à présent, nous constituons des cibles faciles pour un sniper posté à moins de trois kilomètres ; cela me fait froid dans le dos.

— Depuis le départ, je te l'accorde, un détail me chiffonne dans cette opération, mais je ne peux percevoir lequel, insistai-je, très sérieux, en prenant Sarah par l'épaule. Moktar doit avoir un complice sur le site et j'ai épluché la liste des employés, ils sont tous clean. Si un gars s'était planqué dans une tanière depuis hier, les chiens des gendarmes l'auraient débusqué. Donc, en plus de la cible, les bus vont mener ici un intégriste musulman, caché sous le costume d'un mordu des camélias.

— Tu me fais froid dans le dos, bredouilla Sarah en serrant les bras contre son corps. Mais pourquoi cette idée te vient-elle à l'esprit ?

— Attends que je t'explique, je vais te glacer un peu plus le corps, ma fille, mais si je ne te confie pas mes intuitions, à toi ainsi qu'à Blaise, je ne vois pas auprès de qui d'autre je pourrais m'épancher.

— Tu sais très bien que tu peux nous faire confiance, ponctua Zeb, sérieux comme jamais.

— Là où je te rejoins, c'est qu'Alexia Millicent a pris l'affaire en charge, secondée par Consuelo Da Costa, qui ne connaît rien à la région et n'a pas encore beaucoup fréquenté les unités présentes, surtout chez les gendarmes, repris-je, concentré. Surtout sur le terrain. Je reviens à ma première hypothèse : les Yankees veulent laisser un individu non identifié éliminer un ressortissant américain sur le sol français et faire porter la responsabilité à l'incurie des forces de l'ordre locales. Sinon, pourquoi Prisca Fichaux, la plus à même de diriger une telle opération, est écartée du dispositif ? Comme moi, mais là, c'est moins important.

— Oh, la salope, hurla Sarah, hors d'elle. Attends que je l'aie en face de moi, miss Millicent, elle va entendre parler du pays !

— Non, ne dis pas cela. Alexia Millicent agit sur instructions de sa hiérarchie et ne dispose d'aucune marge de manœuvre. Même Perry est sous ses ordres et il est ficelé. Elle nous a fait un caca nerveux sur ce sujet, hier soir, après avoir muselé Consuelo en deux temps, trois mouvements. Elles ont un deal, toutes les deux, j'en suis certain, un accord tacite mais aussi un pacte de silence. J'ignore lequel, je ne sais pas si nous le découvrirons un jour. Point supplémentaire et je m'arrête : Alexia Millicent est convaincue que l'opération aura lieu demain, après le déjeuner, en début d'après-midi, alors que le temps va changer et que la météo prévoit justement du vent et des averses.

— Je confirme, intervint Blaise, en sortant son portable, rafales à quarante ou cinquante kilomètres par heure et pluies intermittentes en après-midi.

— Selon moi, repris-je, le coup aura lieu cet après-midi, de 15 à 16 heures, lorsque le groupe partira à la découverte des spécimens les plus typiques de camélias sur le domaine. Quatre-vingt-cinq hectares à surveiller, je vous rappelle, et surtout des emplacements qui ne sont pas visibles depuis l'autre côté du canal, car ils sont masqués par des bosquets, mais où les participants seront à découvert pour un sniper posté sur les côtés du domaine, hors du parc. Voilà, voilà, voilà…

— Donc, tu en as parlé en matinée à Alexis Millicent, mais, en sautant du lit, elle a oublié de retirer ses boules Quies des oreilles ? ironisa Sarah, intransigeante avec la représentante de l'ambassade.

— Non, j'en ai parlé à Consuelo, qui marche sur des œufs face à la diplomate, comme une chatte échaudée qui craint l'eau froide. Nous pouvons uniquement compter sur Prisca, une fois de plus, pour nous suivre dans nos intuitions. Son unité quadrille discrètement le secteur pour tenter de dénicher le sniper. Pour le reste, il y a nous trois, les enfants. Mon flair de vieux flic, l'intuition féminine légendaire de ma fille et ton feeling te permettant de dévoiler les mystifications, Blaise.

— Attendez, ce n'est pas parce que ça a marché une fois, par hasard, murmura Zébulon en se grattant le crâne.

Nous fîmes le tour de la grande prairie qui s'étalait devant le château, histoire de meubler l'heure qui nous séparait du débarquement des congressistes et de noter par miracle un détail qui nous mènerait vers la tanière du criminel quelque part entre la chapelle – qui avait été passée au peigne fin par les gendarmes – et l'étang. Si l'essentiel des pieds de camélias se trouvait dans la clairière du même nom, on trouvait aussi quelques touffes par ici, que les visiteurs devaient découvrir en entame de marche digestive, avant de se diriger vers le lieu principal. Et là, je sentis un frissonnement intérieur m'attraper, un signal intérieur que je connaissais bien, sans jamais être parvenu à l'analyser. Je demandai à Sarah et Blaise, depuis cet endroit, de prendre des photos des alentours.

La ferme expérimentale avait été vérifiée ; de toute

manière, elle se trouvait trop près du château. Un peu plus loin, à proximité du canal, je notai des cabanes dans les arbres, encore un lieu contrôlé par les gendarmes. Rien à signaler. Mais aussi tant d'autres endroits, plus ou moins proches et lointains, qui représentaient autant de repaires discrets, normalement passés au peigne fin. Le tour achevé, nous revînmes vers la cour située devant l'entrée du château. Tout était calme pour l'instant ; dans moins de deux heures, ce serait une ruche bourdonnante.

Arrivant du côté des écuries, où les gendarmes avaient établi leur quartier général, un talkie-walkie à la main, toujours impressionnante dans sa tenue bleue officielle, Prisca Fichaux s'activait à superviser le dispositif de son subalterne, le lieutenant Ghislain Vautier.

Elle s'arrêta à notre hauteur pour me demander s'il y avait du nouveau. Je lui réitérai ma conviction d'une action dans l'après-midi, et non le lendemain, point sur lequel nous étions en accord, en opposition à la représentante de l'ambassade et notre procureure.

— Je viens de mettre en place le dispositif pour détecter les drones, m'expliqua-t-elle, comme si elle avait besoin, ou de me convaincre, ou d'être confortée dans la mise en place de tels moyens. On ne sait jamais, avec ces fous. Je dispose aussi d'un hélico qui est prêt à intervenir, notamment pour intercepter le terroriste, s'il est passé à l'acte. On les a préparées en simulations, ces opérations spéciales, mais quand on se trouve dans la réalité, on balise un peu, quand même ! Surtout face à un tel fou.

— La réussite du plan dépendra de notre capacité à protéger la cible sans nous faire remarquer du complice de Moktar, expliquai-je, le plus persuasif possible. Sarah, Blaise et moi, comme on est en civil, nous allons en permanence l'entourer pour gêner au maximum le travail du sniper. Mais je vous avoue que je serai plus détendu ce soir, réussite ou échec à la clé, car là, je ne maîtrise pas grand-chose de la situation et j'ai horreur d'improviser.

— Je me demande à quoi joue cette Américaine, avec ses airs supérieurs et son ton pédant, lâcha Prisca, très agacée. Ou elle est inconsciente, ou elle dispose d'éléments qu'elle ne nous a pas transmis.

— Elle sait ce qu'elle fait, elle est parfaitement lucide et elle ne nous a pas tout dit, répondis-je. Elle protège le siège de son président et la réputation de ses agences d'espionnage, elle agit sur ordres venant du sommet de sa pyramide, complété-je, ayant déjà été placé dans de telles situations. Pour ses supérieurs, la vie de cet ancien agent compte moins que l'image du pays, aussi je me demande si nous ne sommes pas les jouets d'un stratagème machiavélique planifié par la CIA pour se débarrasser de cet individu peut-être encombrant sur un territoire étranger.

— Vous voulez dire que l'Américaine est au courant du plan et se joue de nous ? s'étouffa Prisca Fichaux, abasourdie. Et qu'elle se lavera les mains par la suite, rejetant la faute sur les responsables du dispositif de protection ? Donc le lieutenant Vautier et moi-même ?

— C'est une possibilité à envisager, mais je peux me tromper ! Ce qui est certain, c'est que seul un tel scénario, ou un plan similaire, peut tout expliquer logiquement avec les éléments en notre possession. Il nous manque un maillon à la chaîne, qui n'est peut-être pas Alexia Millicent, après tout.

— Et Perry Sommers ? questionna mon interlocutrice.

— Je me porte garant de lui comme de moi-même ! Mais lui aussi est ficelé par la présence de cette diplomate dans le dispositif. À la base, il devait venir seul en Bretagne et se joindre à notre organisation de terrain. Tiens, je me demande si les invités n'arrivent pas sur le parking, au vu du remue-ménage. Voilà, c'est parti !

— Ne flippez pas, Commandante, intervint Sarah, avec la confiance aveugle des béotiens, mon père est rompu à de telles situations, il sait les gérer et il ne vous laissera pas tomber. Ce soir, vous serez une héroïne, vous aurez sauvé la vie d'un innocent.

— Puissiez-vous dire vrai, Sarah, puissiez-vous dire vrai, soupira la cheffe des gendarmes, sourire crispé aux lèvres, en rejoignant ses hommes. J'aimerais vraiment être plus vieille d'une journée.

Une demi-heure plus tard, les membres du groupe se trouvaient réunis dans un salon apprêté pour la circonstance. Après un rapide rafraîchissement de bienvenue vint le moment des discours toujours trop longs, d'autant que des traductions en anglais ou en français étaient nécessaires ; celui de Vincent Charvet, le directeur du domaine de Trévarez, heureux d'accueillir autant de passionnés des camélias, puis le président de la Société internationale du camélia – un Chinois – qui rappela qu'un congrès international de l'ICS (International Camellia Society) était organisé tous les deux ans, alternativement en Asie, en Europe, en Océanie et aux États-Unis. Étaient réunis des passionnés de ce genre de plantes aux deux cent soixante espèces à travers le monde, à l'origine de plus de vingt mille variétés ornementales aux couleurs allant du blanc au rouge en passant par le jaune.

Les discours se poursuivaient, je m'étais lentement rapproché de John Carpenter – alias Bilal Farris –, qui semblait détendu auprès de ses collègues américains, et pour cause, il n'imaginait pas se trouver dans le collimateur d'un terroriste. Sans doute avait-il tourné la page de son passé, enterré depuis longtemps sa vie d'avant qu'il devait oublier à jamais. Du côté opposé de la salle, Alexia Millicent se faisait discrète, entourée de Perry Sommers, le regard attentif à nombre de détails, et Consuelo Da Costa, bien plus effacée qu'en d'autres circonstances. Atmosphère bon enfant, entre coups de brosse à reluire de bon aloi et traits d'humour plus ou moins fins, comme il se devait en pareille commémoration.

Enfin arriva l'instant du vin d'honneur pour lequel le groupe se divisa en grappes réunissant certainement les représentants de chacun des quatorze pays représentés. Les responsables du domaine avaient mis les petits plats dans les grands, pour un alignement de canapés que le contenu de bouteilles de champagne millésimé aiderait à faire passer. Peu à peu, l'ambiance se détendit et le ton monta dans la pièce, les rires éclatèrent, les éclats de voix joviaux fusèrent, la vie naturelle reprit ses droits. La cible, elle-même, mangeait de bon appétit et buvait avec plaisir, sans imaginer un instant qu'elle vivait peut-être ses dernières heures. Mon regard fut attiré par Alexia Millicent, qui s'éclipsa discrètement de la pièce par une porte dérobée. Quitte à me prendre une soufflante ou une sanction administrative, je décidai de la suivre jusqu'au petit salon voisin. Évidemment, Sarah emboîta mon pas ; je lui ordonnai de rester surveiller la cible. Elle pesta un peu, comme souvent en de tels moments, mais elle obéit.

Postée près de la fenêtre, un téléphone entre les doigts, conversant en anglais avec un interlocuteur, la diplomate multipliait les grands gestes de sa main disponible. Comme je ne fis rien pour la laisser imaginer que je l'espionnais, elle abrégea la conversation et s'approcha de moi pour me demander ce que je lui voulais. Elle était de la race de ces jeunes femmes d'aujourd'hui qui possédait en apparence un aplomb inoxydable mais révélait à l'usage des fissures intérieures bien cachées. Belle mais fragile, troublante mais aussi troublée, partagée entre l'attitude de la cheffe autoritaire et celle de l'adolescente prise en faute, ses sublimes yeux bleu vert trahissant son inquiétude intérieure.

— À quoi jouez-vous exactement, Alexia ? questionnai-je, en fixant son regard envoûtant.

— Vous croyez que c'est réellement la meilleure circonstance pour s'amuser, Capitaine ?

— Un homme va mourir et non seulement vous ne faites rien pour le sauver, mais en plus, j'ai la sensation que vous organisez son exécution. Je ne suis pas là pour contrecarrer vos plans et si vous me parlez de raison d'État, je saurai comprendre. Dans ma carrière, j'ai moi-même souvent obéi à des ordres qui m'indisposaient, par respect pour ma hiérarchie. Mais la commandante Prisca Fichaux comme moi-même, nous aimerions savoir dans quelle galère nous venons d'embarquer.

— Comment cela ? Je ne comprends pas ce que vous voulez dire !

— La cible sera tuée, la responsabilité nous incombera et, de votre côté, vous repartirez à Paris avec la satisfaction du devoir accompli. Vous ne croyez pas que je mérite une explication, avant que ma tête ne soit posée sur un billot ?

— Votre tête sur un billot, comme vous y allez, s'insurgea la diplomate, en tournant autour d'une petite table ronde, comme si elle cherchait la meilleure réponse à me fournir. Le risque zéro n'existe pas et si cette affaire devait se terminer ainsi, je ne jetterais la pierre à personne. J'en assumerai les conséquences, croyez-le ou non.

— Vous suivez donc un plan commandé par la CIA ou l'administration américaine, assénai-je, histoire d'enfoncer le clou. Et nous y risquons au mieux notre réputation, au pire notre peau, ce n'est pas loyal. Vous lâchez votre ancien espion pour ne pas voir révélé le manquement de l'une de vos agences de renseignement, c'est cela ?

— Je ne suis pas habilitée à vous répondre, ponctua Alexia Millicent en me poussant pour nous diriger vers la porte de sortie, me signifiant ainsi que l'aparté était clos, ce qui me mit hors de moi.

— Un peu court à mon goût, jeune fille, répliquai-je en lui serrant le poignet droit pour la retenir. Il m'en faudra davantage pour que j'incite ma fille Sarah, elle-même mère d'une môme d'un an, à mettre sa vie en danger pour une cause perdue d'avance.

— Je vous rappelle que vous parlez à une représentante de l'ambassade des États-Unis, une diplomate qui a rang de ministre, aussi je vous ordonne de me lâcher le poignet.

— Pardonnez-moi, mais en ce moment, en face de moi, je ne vois pas une éminente diplomate mais une jeune femme très brillante et très intelligente qui ne sait plus exactement comment agir. Vous pensez à vos parents morts en 1998 dans l'attaque terroriste de l'ambassade de Nairobi, c'est cela ? Vous pensez à Moktar Al-Varamini, l'un des membres du commando, que vous pensiez avoir fait éliminer une dizaine d'années plus tard, alors que vous étiez en poste en Syrie ?

— Cet homme est mort et vous le savez bien !

— Cet homme est vivant, je l'ai vu de mes yeux et, si vous en doutiez, vous n'auriez pas fait le déplacement depuis Paris, répliquai-je en serrant toujours le poignet de la diplomate.

— Pourquoi me harcelez-vous de la sorte, ce n'est pas honnête, bredouilla Alexia, au bord des larmes, avant de se décider à parler. Je n'ai reçu aucune information à ce sujet.

— Dans ce cas, la CIA ne vous dit pas tout, quelqu'un cherche à vous piéger, coupai-je, sentant le vent tourner au vu de l'émotion qui gagnait mon interlocutrice. Alexia, parlez, il est encore temps, et je vous donne ma parole d'officier de la police française que ce que vous me direz ne quittera pas cette salle et ne sera jamais divulgué à personne. Je ne suis pas votre ennemi, je suis votre allié, mais je ne peux vous contraindre à me faire confiance.

— Les agences de renseignement américaines ont appris de source fiable que John Carpenter, la cible, a des états d'âme et pourrait balancer à la presse qui il est réellement et révéler certains détails d'opérations secrètes auxquelles il a participé par le passé. J'ignore comment les agents ont appris ces risques, mais certains secrets ne doivent pas être dévoilés.

— Comme la préparation de la mort de Ben Laden ?

— Paul, s'il vous plaît, ne m'interrompez pas. Mes supérieurs m'ont dit que tout était organisé et planifié et qu'il me suffisait de contrôler la situation pour éviter toute fuite. Officiellement, un ressortissant américain de passage en France se fait tuer par un terroriste musulman qui visait en fait une diplomate américaine qui se trouvait non loin de lui. Voilà pourquoi je sais que cela aura lieu demain. Vous êtes content, Capitaine, vous savez ce que vous vouliez ?

— Désolé de vous contredire mais, en homme de terrain, en Breton pure souche, donc en provincial têtu, je vous répondrai que cela ne tient pas la route. Demain, à l'heure de la photo de groupe sur le balcon du château, il est prévu un crachin, mais surtout des rafales de vent d'autant plus importantes que nous sommes ici en hauteur, environ à deux cent cinquante mètres. Toute action terroriste sera fatalement vouée à l'échec. Il est plus simple pour le sniper, quel qu'il soit, d'intervenir aujourd'hui.

— Je m'en tiendrai au plan de ma hiérarchie et aux consignes que j'ai reçues, je suis désolée, conclut Alexia Millicent, visage hâve et regard hagard. Je suis membre du personnel diplomatique, je ne possède pas la moindre marge de manœuvre. Bien, je dois y aller, les officiels vont s'étonner de mon absence, si vous voulez me rendre ma liberté. Paul, si jamais un mot de notre conversation fuitait, vous êtes un homme mort et ce n'est pas une menace en l'air. Ah, et puis, un dernier point, puisque nous sommes en tête à tête, la nuit prochaine, durant vos longs et fougueux ébats, dites à votre partenaire de se montrer plus discrète, par respect pour la jeune femme de la chambre voisine car, s'il est déjà très pénible de ne pas trouver le sommeil, il l'est encore plus de subir les cris intempestifs et hystériques d'une magistrate française en chaleur.

Alexia avait quitté la pièce après une volte rapide, et refermé la porte derrière elle, me laissant seul avec mes réflexions qui partaient dans tous les sens. À propos de la situation présente et du plan étonnant des Américains qui me laissait perplexe, à propos de l'attitude de mon interlocutrice qui me semblait prise entre deux feux, à propos de ma dernière nuit et de l'attitude de Consuelo, qui devait savoir, bien qu'elle m'ait affirmé l'inverse, que la diplomate qui la prenait pour son toutou logeait dans la chambre d'à côté, ce qui justifiait ses réactions démonstratives. Ce qu'un homme pouvait être ballot, trop souvent…

J'étais perdu dans mes pensées quand la porte s'ouvrit de nouveau. Je découvris cette fois une tête blonde, celle de Sarah, qui me balança son légendaire : « Alors ? », ce qui correspondait, dans le langage administratif, au non moins fameux : « J'attends au plus vite un rapport circonstancié précis et détaillé. » Il m'était difficile de mentir à ma fille, il m'était impossible de trahir Alexia. Je répondis donc que la diplomate m'avait expliqué qu'elle n'était pas habilitée à me confier quelque élément de leur plan, mais qu'il m'avait semblé percevoir que j'avais vu juste. À savoir que l'administration américaine s'apprêtait à sacrifier un ancien agent sans doute tenaillé par des états d'âme pour préserver secrètes des informations très confidentielles.

— Et rien sur le vol de la liste des bénéficiaires du programme fédéral de protection des témoins, avec notamment des repentis ou d'anciens agents exfiltrés ? s'étonna Sarah, à qui on ne la faisait pas. Tu t'es fait blouser !

— C'est une diplomate soumise au devoir de confidentialité et…

— Tu t'es fait blouser parce qu'elle a de beaux yeux et…

— Sarah, ce n'est pas le moment pour ces discussions stériles ! En l'état, selon la version officielle, un type doit se faire buter demain devant nos yeux. Un type dont nous sommes chargés de la protection rapprochée. Selon moi, l'opération aura lieu dans quelques heures. Après tout, à l'impossible, nul n'est tenu, surtout face à un sniper professionnel. Ce n'est pas cela qui me pose problème.

— Quoi, alors ?

— Si ce type manque sa cible et que tu te trouves dans sa ligne de mire, je ne veux pas que Pauline grandisse sans maman, comme toi.

— C'est trop mignon, tu te fais toujours du souci pour moi, mon papounet ! Déjà, entre un type d'1,80 mètre taillé à la hache et une jolie petite nana de 1,66 mètre, cela fait une différence importante, quand même. On parle d'un sniper professionnel, je te rappelle, d'une pointure dans son milieu. Au pire, j'entendrai une balle siffler au-dessus de mon crâne.

— Sarah, ce n'est pas un jeu, je veux que tu te tiennes à distance de ce gars, c'est trop dangereux pour toi.

— Papa, je suis flic, je ne vais pas fuir mes responsabilités au prétexte que je suis désormais mère de famille. C'est pareil pour tout le monde, je ne suis pas la seule maman de la police française. Si tu y laisses ta peau, tu laisseras aussi une orpheline derrière toi, tout pareil, je te signale. Sinon, autant rendre tout de suite mon arme et ma carte de police et me mettre au tricot.

— Je suis convaincu que l'opération va se monter cet après-midi et que les informations de la diplomate sont un leurre, insistai-je, perdu dans mes pensées et dans mes visions de la possible scène. Ou elle a voulu me balader, mais je n'y crois pas trop, parce qu'elle me semblait sincère, autant que je puisse lire en une âme féminine, ou c'est elle qui est trimballée par ses supérieurs, et alors la donne change singulièrement. Oui, il me semble sentir en moi le déroulement de la scène, il est imminent.

— Voilà, c'est comme cela que je t'aime, c'est ainsi que je suis sécurisée. Comment dit-on en sport, déjà ? La meilleure défense, c'est l'attaque ! Alors, à l'offensive. Un signe de toi et j'agis, c'est toujours ainsi qu'on a fonctionné, non ?

— Je me souviens de nombreuses missions pour lesquelles c'était une injonction de ta part et je partais à l'assaut au péril de ma vie.

— Oui, enfin, toi ou moi, c'est la même chose, tu sais bien !

VIII

Un repas avait été servi dans une autre salle du château, où une table de banquet avait été dressée. Produits locaux, et Dieu sait combien la Bretagne regorge de spécialités, vins de Loire, ambiance conviviale et discussions animées, l'heure était à la fête, aux libations. Blaise, Sarah et moi nous trouvions sur un côté, auprès de représentants de la délégation croate dont, par chance, un membre parlait le français. Consuelo avait été accaparée par les quatre Portugais, ce qui devait lui permettre de respirer un peu, elle qui était devenue le petit toutou d'Alexia Millicent, qui lui faisait payer ainsi sa nuit blanche et ses relents de jalousie. La diplomate, justement – avec l'infortuné Perry Sommers à ses côtés, pris en otage dans une partie de poker menteur à laquelle il ne devait pas participer –, affichait une mine ravagée, donnant le change comme elle le pouvait, tandis que son cerveau devait gamberger sur les différents scénarios possibles.

Un peu plus loin, John Carpenter buvait et riait, copain comme cochon avec des représentants australiens et néo-zélandais de sa génération, car les jeunes quinquagénaires étaient tout de même moins nombreux que les personnes des décennies précédentes. Pour faciliter les relations, chaque congressiste portait un badge avec son nom et le drapeau de son pays. Bon, il fallait tout de même parvenir à différencier l'australien et le néo-zélandais, me fit remarquer Sarah, alors que Blaise s'était installé auprès des Croates, ayant cru reconnaître le drapeau français. Mais c'était Blaise…

L'après-midi commença par une visite du château, avec l'évocation de la vie et de la carrière de James de Kerjégu, homme politique et diplomate qui vit le jour en ce lieu en 1846, avant de venir président du conseil général durant treize ans et aussi député. Un devancier de Katell Pin, me susurra Sarah à l'oreille. Il épousa Fanny-Laure, la fille d'un financier franco-autrichien, qui lui donna à son tour une fille prénommée Françoise. Diplomate en poste à Buenos Aires, Asunción et Vienne, puis à Belgrade, Saint-Pétersbourg et Berne, c'est en 1893 qu'il fit appel à l'architecte Destailleur pour rebâtir le château avec le plus de modernisme possible. D'où l'eau chaude, les sanitaires, le chauffage central, un monte-charge et même deux ascenseurs, un grand luxe pour l'époque, surtout en province, dont bénéficiaient aussi les domestiques, l'homme étant un grand humaniste.

Durant la dernière guerre, le château de Trévarez abrita des collections précieuses des musées du Pas-de-Calais, avant de se voir réquisitionné par les Allemands pour servir de lieu de repos aux sous-mariniers, entre deux missions. Bombardé en 1944 par la Royal Air Force, le château y perdit son aile ouest mais aussi les cuisines et les salons. Il allait rester à l'abandon de 1946 à 1968 ; les jardins furent alors envahis de végétation sauvage, jusqu'à ce que le conseil général le rachète pour le rénover avant de le rouvrir en 1971. Le domaine recevant peu après le label "Jardin remarquable" après avoir retrouvé sa splendeur d'antan.

Même amoureux des jolies plantes, les congressistes l'étaient aussi de vieilles pierres, de superbes cheminées, de meubles de style local et d'œuvres d'art, ce qui ralentissait le rythme de la visite, d'autant qu'une reconstitution permettait de s'imaginer la vie à la Belle Époque. Un contretemps qui me rassura quelque peu, même si le visage hâve d'Alexia Millicent, l'air souvent absent, en retrait du groupe, me laissait imaginer que, depuis notre entrevue, elle se rongeait les sangs. L'ombre d'un doute s'était immiscée en elle, et c'était un venin acide qui corrodait de l'intérieur.

La visite s'achevait par un passage à la boutique qui proposait à la vente des souvenirs du lieu, mais Vincent Charvet, le directeur du domaine, sans doute soucieux du timing, proposa aux visiteurs de profiter de la température clémente pour poursuivre par la visite du parc, avant de revenir pour l'achat de livres, de cartes postales ou de bibelots, selon le souhait de chacun. Il précisa que le circuit commencerait par le tour de la grande prairie, avec arrêt devant la chapelle Saint-Hubert. Avant de remonter vers le bassin et la fontaine de la Chasse pour découvrir la clairière aux azalées, le jardin romantique puis la raison de leur venue à Trévarez, la clairière aux camélias. Après un passage obligatoire par les toilettes, le groupe se reforma entre le château et le jardin régulier pour prendre la direction d'un escalier qui menait à la grande prairie en contrebas, permettant d'admirer la vue exceptionnelle sur le canal de Nantes à Brest, lui qui avait si bien servi à l'acheminement des matériaux pour la construction du château.

Premier arrêt devant la fontaine Saint-Hubert, qui n'avait rien de sacré mais faisait référence à la saison de la chasse. Explications de l'un des guides des lieux, relayées par les trois interprètes présents aux groupes qui les entouraient. Pour la beauté simple du site, mais aussi pour admirer le superbe panorama sur la vallée et le canal, et plus loin, en toile de fond, les Montagnes noires. Exclamations unanimes devant un tel cadre, car nul parmi eux ne pouvait imaginer un sniper posté dans le paysage, puis reprise de la marche digestive en direction de l'allée des hortensias. Je décidai de rester en queue de groupe, ce que fit aussi Alexia Millicent, sans pour autant oser me regarder. Douce température effectivement, pas de pluie, pas de vent, des conditions presque idéales pour un tireur d'élite rompu à la pratique et habitué à calculer les nombreux paramètres : distance, humidité, vent, température, pression atmosphérique, même si l'on bénéficiait à présent d'un calculateur de trajectoire qui augmentait la précision du tir.

Nouvel arrêt devant une palette d'hortensias et d'hydrangeas, même si les arbustes n'étaient pas encore en fleurs. Un trésor pour ces spécialistes des essences végétales décoratives, appelant de nombreuses questions auxquelles put répondre l'un des spécialistes du domaine, crispé comme s'il passait un examen déterminant pour son avenir. Régulièrement, les uns et les autres prenaient des photos pour immortaliser ces instants en un lieu qu'ils ne revisiteraient pas de sitôt. À présent, descente vers la chapelle en passant devant l'étang au rivage tapissé de plantes aquatiques et sur le miroir duquel un vénérable chêne dessinait sa majestueuse frondaison.

Instinctivement, Sarah se rapprocha de moi, se remémorant mon impression précédente à cet endroit. J'espérais me tromper, avoir été trahi par mon instinct, poursuivre la visite sans la moindre anicroche et adresser mes excuses à Alexia, car je m'étais fourvoyé. À quelques mètres devant moi, la diplomate ne parvenait pas à se concentrer sur le paysage. Je ne lui avais pas précisé le lieu qui me paraissait le plus adapté à un tir de précision, mais elle devait se demander comment s'achèverait cette journée, si les faits me donnaient raison. Un peu plus loin devant elle, John Carpenter s'était arrêté pour s'émerveiller de la pureté de l'eau de l'étang, avant de reprendre sa place dans le lent cortège qui se dirigeait vers la chapelle Saint-Hubert. Selon notre guide, un édifice religieux du XVIIIe siècle, en forme de croix, avec un chevet et des ailes à pans coupés. Au-dessus de la façade ouest, le clocheton était d'origine.

Par réflexe, je serrai l'avant-bras de Sarah avant d'adresser un coup de poing dans le flanc de Blaise pour qu'il soit encore plus attentif. Devant nous, John Carpenter venait de chausser ses lunettes de soleil, ce qui en soi n'était pas anormal. Même sans soleil ardent, les yeux pouvaient être sensibles à la luminosité. Il s'approcha alors d'Alexia Millicent et lui glissa un mot à l'oreille. Tous deux obliquèrent pour se trouver sur l'herbe de la grande prairie. J'ignorais ce qu'il lui murmurait, mais les propos semblaient la pétrifier. Que se passait-il ? Ce scénario ne ressemblait à rien. Pourquoi les lunettes ? Pourquoi isoler la diplomate du groupe si ce n'est pour… Au-dessus des deux Américains, je vis un jalon surmonté d'un disque doré planté au pied d'un bosquet, semblable à ces poteaux d'arrivée sur les anciens hippodromes. Voilà ce que Moktar était venu installer à Trévarez, une cible fixe qui lui servait de repère. Cela n'avait aucun sens à moins que, avec les lunettes spéciales portées par Carpenter…

Ils se retournèrent tous deux et je compris à cet instant précis que la cible n'était pas l'ancien espion, mais l'attachée de l'ambassade dont la tête, de très loin, pour le sniper, devait à présent se trouver auréolée du jaune du cercle planté derrière elle.

— Alexia, couchez-vous, vous êtes la cible, hurlai-je tout en plongeant sur l'Américaine pour l'aplatir au sol.

Deux secondes plus tard, une balle sifflait au-dessus de nous pour finir sa course dans le haut du jalon posé là à dessein par le tueur. Panique dans le groupe, cris stridents, puis presque plus personne dans le périmètre.

— Sarah, Blaise, neutralisez-le, il est le complice du tireur, criai-je, tout en protégeant l'intégralité du corps de la diplomate, en cas de second essai, même si j'en doutais fort. Passez-lui les menottes, allongez-le dans l'herbe et méfiez-vous, c'est un ancien agent américain, il sait se battre.

Ils n'eurent pas à intervenir, Perry Sommers s'en chargea avec efficacité. Il ne se passa pas trente secondes que je vis Prisca Fichaux dévaler la prairie à tombeau ouvert pour venir aux nouvelles, suivie d'un peu plus loin par Consuelo Da Costa et quelques gendarmes.

— Le tir venait de cette direction, affirmai-je, en montrant une trouée entre deux bosquets, je dirais à deux kilomètres, sans doute de l'autre côté du canal.

— Je préviens mes hommes et l'hélico, hurla la cheffe d'escadron, paniquée mais réactive. Putain, on n'a pas dû inspecter ce côté, le type n'avait pas d'angle de tir pour le château, c'est trop stupide… Oui, Lieutenant, bloquez toutes les routes du côté de Saint-Goazec, notre type doit tenter de s'échapper. Non, on ne sait rien sur lui ! Et qu'une équipe aille fouiller les positions élevées situées près du canal, entre Châteauneuf et Saint-Goazec. Oui, c'est ça ! Et vous me coffrez ce salaud, Lieutenant, c'est clair ? Je le veux vivant !

— Paul, tout va bien ? s'inquiéta Perry en s'accroupissant près de moi, une petite paire de jumelles à la main, après avoir laissé la fausse victime entre les mains de gendarmes et avant d'interpeller Prisca Fichaux. Le tireur devait se trouver sur le toit d'une ferme, dans cette direction. Et puis, ce gars doit certainement fuir à moto, c'est le moyen le plus rapide pour quitter la zone… Paul, tu peux te relever, c'est fini, sinon tu vas finir par étouffer notre attachée d'ambassade !

— Oui, tu as raison ! Excusez-moi, Alexia, j'ai paré au plus pressé. Quand la prétendue cible a chaussé ses lunettes, j'ai compris que vous étiez la personne réellement visée et que le seul but de cet homme était de vous aligner à ce jalon que le sniper était venu planter au pied de ce bosquet. Je n'ai pas encore tout compris, mais la fausse victime va nous l'expliquer, j'en suis certain.

Carpenter, menotté et encadré par deux gendarmes, lança quelques paroles en anglais que Sarah me traduisit. Selon lui, Alexia Millicent savait pourquoi il lui en voulait. La diplomate refusa de se justifier. L'ancien agent poursuivit son plaidoyer dans sa langue natale.

— C'est un peu ce que je t'avais expliqué et que tu ne voulais pas entendre, reprit ma fille, satisfaite. Ils se sont connus tous deux lors de son extraction, à l'issue de sa mission, et miss Millicent lui avait alors promis de veiller sur sa famille syrienne, pour qu'il ne lui arrive rien, à présent que lui ne pouvait plus protéger ses proches. Promesse qu'elle n'a pas tenue. Elle a quitté le pays, comme tous les autres membres de l'ambassade, sans placer les parents de ce gars à l'abri. Voilà quelques mois, par hasard, en lisant l'article d'un journal syrien, il a appris qu'ils avaient tous été tués sous un bombardement qui a détruit l'immeuble où se trouvait leur appartement. Dès lors, par réaction de colère, il est devenu un ennemi du pays qu'il a servi…

— Tout n'est pas encore clair, mais je commence à comprendre une partie du scénario, répondis-je, sourcils froncés. À mon sens, ce gars a noué des liens avec un groupe terroriste, prenant certes le risque de révéler son ancienne identité, mais lui promettant en retour des informations solides. Et là, en acceptant de participer à ce voyage en Bretagne, il pouvait s'arranger pour leur permettre d'éliminer Alexia Millicent, l'une des têtes pensantes de la lutte contre les mouvements terroristes, en la forçant à quitter Paris. La nouvelle est venue à l'oreille de Moktar Al-Varamini, le chef de guerre qu'elle pensait avoir fait éliminer dans le bombardement d'un camp du Hezbollah. Il a pris le contrat à son compte, il tenait sa revanche et l'ancien agent allait accomplir sa vengeance. Mais il fallait que la cause de leurs maux, une jeune diplomate actuellement en poste à Paris, fasse bien le déplacement jusqu'en Bretagne. D'où les fuites volontaires et les leurres grossiers. Vous, Alexia, de qui exactement avez-vous reçu mission de vous déplacer en Bretagne en compagnie de Perry Sommers ?

— Désolée, capitaine, je ne peux rien vous dire, je suis diplomate et je ne suis pas habilitée à répondre à vos interrogations. Je vous en prie, vous devez respecter mon silence et ne plus me tourmenter de la sorte. Mais je vous remercie de m'avoir sauvé la vie, croyez-le.

Étrange moment où nous avions un complice de criminel prêt à tout déballer, une miraculée condamnée à la bouche cousue, une magistrate mal à l'aise, un Perry Sommers muet comme une carpe, des gendarmes prêts à emmener le témoin pour recueillir ses aveux en ignorant qu'ils allaient causer une crise majeure aux États-Unis.

Je vis Prisca Fichaux me fixer, comme si c'était à moi de lui dicter la conduite à tenir dans les secondes qui allaient suivre. Je lui demandai un peu de temps pour m'entretenir avec elle et invitai aussi la procureure.

Je leur résumai le revers de la médaille, si les aveux de Carpenter étaient couchés sur papier et livrés à la presse. Un scandale pour les États-Unis et leur administration, même s'il semblait finalement que la liste des repentis n'avait pas forcément été volée, une fin de carrière prématurée pour Alexia Millicent, coupable de ne pas avoir tenu une promesse faite à un combattant valeureux, issue humiliante qui ne valait pas beaucoup mieux, pour elle, qu'une balle dans la tête.

— Que suggérez-vous exactement, Paul ? questionna Prisca, assez conciliante.

— Un tour de table en compagnie de l'intéressée pour connaître la meilleure sortie de crise, vue de sa lorgnette. Je sais ce que vous pensez d'elle, de son comportement, de son attitude vis-à-vis de vous, mais vous devez vous situer toutes deux au-dessus de ces rancœurs. Cette rencontre signifiera certainement la remise en liberté de cet homme, qui se trouvait au mauvais endroit, au mauvais moment. Avec juste un dossier concernant ses mauvaises fréquentations, à l'attention des services secrets américains. Je ne pense pas un seul instant qu'ils se montrent indulgents avec lui, à son retour de l'autre côté de l'Atlantique, mais au moins, ils se taperont le sale boulot, ce n'est pas notre affaire.

— Et miss Millicent passera pour une héroïne nationale, gloussa Consuelo Da Costa, plus rancunière que Prisca Fichaux. Drôle de manière de voir la justice !

— Je ne parle pas de justice, là, Madame la procureure, mais de raison d'État ! Je n'aime pas le concept plus que vous, mais il est en vigueur, notamment dans les relations internationales. Il est parfois bon de prendre le temps de la réflexion, car certaines décisions entérinées à chaud sont irréparables et préjudiciables.

— C'est OK pour moi, acquiesça Prisca, sous réserve de l'accord de ma hiérarchie, bien sûr. Mais je sais que mes supérieurs vont me demander de créer le moins de vagues possible.

— Très bien, puisque c'est la décision de la majorité, montrons-nous magnanimes avec cette péronnelle, enchaîna Consuelo Da Costa en la regardant, à quelques mètres de nous, discutant avec Perry Sommers en qui elle devait finalement trouver un allié de circonstance, un agent d'expérience et de bon conseil, un appui solide et bienveillant.

La table ronde fut organisée et, les larmes aux yeux, Alexia Millicent nous remercia de notre compréhension. Je lui rappelai l'effort que cela représentait pour une magistrate française, qui se plaçait dans l'illégalité, en ne retenant pas des charges qui avaient été portées à sa connaissance, et une militaire, officier de gendarmerie, qui ne disposait pas, dans ses enquêtes, des mêmes latitudes qu'un policier.

— J'en suis parfaitement consciente, Capitaine, comme je sais que vous attendez de moi des explications que je n'ai pas le droit de vous fournir. En plus, il va me falloir comprendre ce qui s'est passé, qui a voulu me piéger, d'où vient la cabale. Et qui savait, dans mon entourage, car je ne crois pas au hasard. Mais je n'oublierai jamais que, si je suis encore en vie, c'est grâce à vous, Paul, et si je suis encore diplomate, c'est grâce à vous trois. Je pense que le mieux sera que monsieur Carpenter rentre au pays, escorté par l'agent Sommers, pour répondre de ses actes devant une cour habilitée. J'aurais certainement pu tenter quelque chose pour mettre sa famille à l'abri, mais nous avions deux jours pour ranger notre matériel, détruire de nombreux dossiers confidentiels, préparer nos valises et quitter la Syrie. Je n'ai plus du tout pensé à la parole que j'avais donnée à un homme qui n'existait plus officiellement ; c'est vrai que j'ai trahi sa confiance et, pire encore, j'ai altéré en lui la fierté en ce grand pays qu'il a servi et qui lui avait offert une seconde chance. Je devrai vivre désormais avec ce poids sur le cœur et la conscience.

*

* *

Ainsi s'acheva la journée à Trévarez. Un superbe cadre pour une sinistre affaire. Pour toutes les personnes présentes, l'attachée de l'ambassade américaine avait été la victime d'une tentative d'attentat de la part de terroristes et John Carpenter, qui se trouvait près d'elle, très choqué, avait été pris en charge par une cellule psychologique. Version officielle que personne ne viendrait contredire. La seule qui paniquait encore, c'était Prisca Fichaux ; ses hommes ne parvenaient pas à "serrer" Moktar qui avait dû passer entre les mailles du filet. Elle s'en voulait de laisser un tel fou en liberté, même si son signalement avait été diffusé à tous les aéroports, les gares, les ports et les postes-frontières, en France comme en Europe. Mais il devait bénéficier de complicités qui lui permettraient de quitter notre sol pour se ranger durant quelques mois avant de passer de nouveau à l'action.

Il nous fallait rentrer à Quimper. Il me semblait avoir vécu une semaine en une journée. Consuelo pensa que j'allais m'installer auprès d'elle, mais j'avais envie de débriefer avec Sarah et Blaise. Une accolade fraternelle à l'ami Perry Sommers qui m'assura que j'avais fait du « *good job* ». Je lui demandai en échange de veiller aussi bien sur Dominique que moi sur sa diplomate, sans pour autant l'écraser de tout son poids, ce qu'il me promit, une main sur le cœur.

— Paul, l'issue de cette affaire, plus honorable pour mon administration, je sais que c'est grâce à toi ! ajouta-t-il, très ému. Tu n'étais pas obligé, ce n'était pas ton problème. Je comprends mieux pourquoi Dominique, en nous parlant de toi, te traite de gros nounours au grand cœur ! Je suis heureux de t'avoir au nombre de mes amis, même si, à cause de toi, au lieu de voyager auprès de la si charmante Jillian Marlowe, je vais devoir traverser l'Atlantique auprès d'un type du genre qui me rebute le plus : ceux qui collaborent avec l'ennemi. On n'a jamais de bonne raison de trahir son pays. Même le plus légitime des prétextes, je ne l'accepte pas. En plus, ce sont deux gendarmes qui vont nous escorter jusqu'à Paris, et même pas votre charmante cheffe d'escadron. Allez, *so long*, Paul, et encore merci pour tout.

Dans la voiture, pas un mot jusqu'à ce que Blaise, installé auprès de Sarah à l'avant, lui dise que, si elle voyait un type à moto avec un fusil à lunette dans le dos, elle pouvait le renverser et lui rouler dessus. Ça ferait un fêlé de moins sur terre. Car Moktar Al-Varamini, l'indestructible, était toujours en liberté, ce qui m'agaçait passablement et, pour tout dire, m'était totalement insupportable. Mais au moins avions-nous accompli notre mission de protection : personne n'avait été tué.

Les jeunes me laissèrent à Quimper avant de filer à Bénodet, où Quentin avait préparé un dîner et invité Blaise à leur table. Depuis longtemps, je ne posais plus la moindre question sur cet étonnant ménage à trois ; il existait un tel décalage entre les jeunes et ma génération que je ne me hasarderais pas à y mettre mon grain de sel. Une chance encore, tous deux ne s'appelaient pas Jules et Jim.

Passage par le commissariat. Mot sur mon bureau, je reconnus l'un des post-it roses de Laure Barbotan. « *Sarah a raison, vous ne regardez jamais vos messages ni votre répondeur. Je vous apporte deux bonnes nouvelles si vous m'offrez un dîner à La Plaidoirie. Appelez-moi avant, que j'enfile une tenue décente.* »

Une demi-heure plus tard, la jeune magistrate et moi nous trouvions face à face autour d'une même petite table et devant deux portions de lapin à la moutarde et nos verres de côtes-du-rhône Saint-Roman. Peu de monde, de quoi assurer la discrétion à propos de ces fameuses nouvelles. Laure commença par m'apprendre que les gendarmes de Saint-Pol-de-Léon avaient fini par trouver des indices qui incriminaient Hélène Tournay. J'avais complètement oublié la mort de Cyprien Vergnaud et l'autre volet de l'affaire, le premier qu'il m'avait été demandé d'élucider, même si tout s'imbriquait un peu, finalement.

Trois indices concordants, donc : tout d'abord, des témoins qui l'avaient vue s'absenter de la salle de gym un bon moment avant d'y revenir, d'autres qui avaient noté son véhicule stationné en un point de la rue en entrant dans le bâtiment, avant de le découvrir un peu plus loin, en quittant la salle de sport. Enfin, des personnes avaient aperçu une bagnole mystérieuse s'arrêter devant un jardin avant que quelque chose soit jeté dans un puits. La description du véhicule correspondait à celui d'Hélène Tournay, la coupable était trahie par l'empreinte de ses pneus.

— J'aimerais que vous veniez avec moi demain à la gendarmerie de Saint-Pol, pour boucler le dossier. Vous pourrez l'interroger, pour maîtriser des pans du dossier qui auraient pu m'échapper, j'en ai besoin pour ne pas passer à côté de détails importants, je suis un peu en déficit de crédit personnel.

— Départ à quelle heure ?

— Une heure de route, je passe vous prendre à 8 heures.

— Je compte une demi-heure de plus pour ne pas être malade sur les chemins sinueux du Léon. Mais je vais aussi appeler Sarah pour qu'elle nous accompagne.

— Pourquoi, vous avez peur que je vous saute dessus en cours de trajet ? Je suis en manque affectif, d'accord, mais je sais encore me retenir.

— Non, juste parce que nous avons vécu une journée très glauque, très forte en charge émotionnelle, et elle n'a pas dit un mot du voyage de retour. J'ignore si la scène l'a choquée, si elle m'en veut d'avoir laissé filer le complice pour éviter un incident diplomatique ou si elle peste contre la gendarmerie qui n'a pas pu coincer le sniper.

— D'où ma seconde surprise !

— Si vous m'apprenez que Moktar a été arrêté, je vous offre le champagne. Non, ce n'est pas ça, vous me faites marcher, comment auriez-vous pu ?

— Patronne, on poursuivra par deux dames blanches et une bouteille de champagne, lança la procureure, dans un grand éclat de rire.

— Je l'ai en demie, si vous voulez, suggéra Florence, l'âme de la Plaidoirie, même si elle nous savait tous deux à pied.

— Non, Paul a l'humeur généreuse, je vais en profiter, insista Laure, des bulles de malice dans les yeux, qui faisaient plaisir à voir.

— Allez-y, racontez-moi tout ça, j'ai l'impression de rêver.

— À la base, c'est l'histoire d'une pauvre magistrate de seconde zone, une subalterne, comme on dit, coincée dans son bureau à classer de la paperasse, à répondre à des appels des gendarmes de Saint-Pol, tout en pensant aux autres membres de son équipe, qui sont sur une grosse affaire. De l'autre côté, on trouve une policière antillaise qui fait des recherches et qui finit par découvrir que le portable de l'un des auteurs du home-jacking de Daoulas borne souvent à Brest, dans un quartier précis. Elle a aussi trouvé qu'il est fréquemment en contact avec un numéro de téléphone inconnu, mais toujours le même. Elle veut en parler à son chef de groupe, mais ce dernier a des problèmes avec son portable, ne lit jamais ses messages, genre silence radio permanent, bref... De guerre lasse, elle en parle au big boss de ce flic, un jeune commissaire pas fute-fute, qui l'envoie bouler et lui suggère d'attendre le retour du reste de son équipe.

— Mais...

— Mais la jeune policière antillaise ne veut pas en rester là, aussi appelle-t-elle la pauvre petite magistrate, qui s'ennuie passablement dans son bureau, loin de l'action. Comme elle est attentive, la policière a un jour entendu le héros de ses affaires les plus croustillantes parler d'une commandante, à Brest, elle aussi un peu au courant du dossier. La magistrate décide de prendre contact avec cette dernière. Et là, la commandant Léanne Vallauri se prend à imaginer que le numéro masqué est celui du terroriste recherché et que ce petit loulou des mauvais quartiers pourrait la mener jusqu'à lui. La cheffe de la PJ brestoise prend contact avec la policière antillaise, qui lui communique toutes les infos, et le terroriste se fait alpaguer au moment où il allait troquer sa moto contre la jolie caisse de son complice. Le parfait flag avec, dans le dos, l'arme du crime raté. Seul bémol à la belle histoire, comme la pauvre petite magistrate n'a pas encore bouclé une histoire de meurtre à Saint-Pol, le dossier est transmis à son collègue, le substitut Boris Guérin, de Brest.

— Si je ne craignais pas que vous ne vous fassiez des idées, je vous ferais la bise, Laure !

— Oh, vous savez, nous avons déjà fait pire, nos soirs de beuverie, répliqua la substitute, toujours hilare.

— Je ne vous crois pas !

— Pensez ce que vous voulez, vous avez votre vérité, j'ai la mienne, on ne dérange personne. Alors, on le goûte, ce champagne ? Paul, merci de me permettre d'exister !

— Attendez, une diplomate vient de me remercier de lui avoir permis d'être toujours en vie, ça fait beaucoup, pour une journée, non ?

— Vous savez, à côté de milliers de défauts plus honteux les uns que les autres, vous possédez ce don-là envers les femmes qui vous entourent. Vous ne vous en rendez même pas compte. Dominique ne sera jamais plus heureuse qu'auprès de vous. Carole est retournée vers son ex car, entre vous deux, cela ne collait pas. Radia vous considère comme son second père, son mentor, son plus fidèle ami. Consuelo Da Costa ne jure déjà plus que par vous. Alors, une diplomate américaine qui va rêver de vous cette nuit, pourquoi pas ? Et une pauvre petite magistrate subalterne non plus, car elle apprend son métier auprès de vous à vitesse accélérée, et pas que son métier, d'ailleurs.

— À vous, Laure, même si je ne parviens pas toujours à comprendre quel jeu vous jouez et si je ne sais jamais trop à quoi m'en tenir avec vous. Demain, si nous avons recouvré nos idées claires, je ferai parler Hélène Tournay jusqu'à ce qu'elle avoue son meurtre et vous bouclerez votre affaire. Je vous souhaite tout le bonheur du monde, Laure, et c'est très sincère… Tiens, c'est bizarre !

— Quoi, que se passe-t-il ? questionna la magistrate, un peu inquiète.

— J'ai devant moi deux dames blanches et une dame rouge !

— Ce que vous êtes ballot, Paul, un grand gamin indécrottable. Mais c'est aussi pour cela que je vous aime…

*

* *

Le mercredi matin, Laure Barbotan laissa Sarah nous mener à Saint-Pol-de-Léon dans sa Polo. Nous dûmes fatalement expliquer à ma fille la raison heureuse de notre petite ivresse de la veille et de notre coup de fatigue passager ; Sarah pesta de ne pas avoir été prévenue à la seconde d'une nouvelle aussi fantastique, mais elle finit par se réjouir avec nous. Elle savait que j'étais en boucle sur Moktar depuis le moment où j'étais certain de l'avoir reconnu à l'aéroport de Guipavas.

Elle n'en revenait pas de l'enchaînement des circonstances de cette journée. Sans ma volonté farouche de vouloir revoir Dominique, sans le hasard de ce face-à-face avec le terroriste et ma mémoire d'éléphant, une diplomate américaine serait morte en Bretagne des mains d'un criminel guidé par un ancien agent américain devenu traître à la patrie. Elle remonta plus loin. Même avec tout cela, sans notre visite au couple Combertin pour leur home-jacking et la boulette des petits voleurs, allant brûler les bagnoles à Paris au lieu de tenter de les vendre en Biélorussie, le lien n'aurait pas été fait avec la disparition du passe et du badge qui avaient permis à Moktar de fignoler son plan à Trévarez en toute discrétion et de poser sur le domaine des indices chargés de brouiller les pistes et aussi le jalon nécessaire pour cibler sa victime.

Maintenant, il fallait boucler le second dossier, le meurtre de Cyprien Vergnaud, un homme d'affaires mort d'avoir croisé le chemin d'une femme plus avide que lui, car on trouve toujours plus fort que soi. Il nous incombait à présent de faire craquer la suspecte, à l'aide du faisceau d'indices et de présomptions rassemblés par les gendarmes de Saint-Pol. Et comme Sarah avait une pêche d'enfer, et que la soirée l'avait sans doute aidée à gommer les affres de la journée à Trévarez, tout allait pour le mieux.

Nous avancions à bonne allure – Sarah ou Laure, même conduite sportive – quand mon téléphone se manifesta. Un gars voulait me vendre une isolation à un euro depuis plusieurs semaines et continuait à me harceler, parfois plusieurs fois dans la journée, alors que je lui avais déjà expliqué que je n'avais plus de maison. Pénible. Laure m'expliqua qu'il ne s'agissait pas de la même personne, mais de personnels de centrales d'appels bossant pour des sociétés différentes, un dispositif financé par les fournisseurs d'énergie. Elle m'en aurait appris davantage si une nouvelle sonnerie de mon portable ne l'avait coupée dans son élan.

— Paul Capitaine ? C'est Léanne ! Comment vas-tu ? Tu ne connais pas la dernière ?

— Bonjour à toi, non, je ne la connais pas, je ne fréquente que les premières. Mais je sens que tu vas me la présenter.

— T'es con, toi ! Je viens de recevoir un appel d'un cabinet du ministère pour me demander d'entériner l'identité actuelle du sniper, à savoir Ibrahim Ben Talal, homme d'affaires jordanien, et d'oublier la possible ressemblance entre cet individu et un terroriste disparu dans l'intervalle. Le type m'a presque rédigé mon PV, je n'ai plus qu'à le signer et le dossier est clos pour nous. Tu en penses quoi, toi ?

— La diplomatie, Commandant, la diplomatie, ricanai-je, pas surpris du fait. Le voir réapparaître à la surface de la planète signifierait que la CIA a mal fait son job. L'ambassade américaine devait être satisfaite que ce type, même s'il s'agit d'un criminel, ait échappé à la traque des gendarmes et là, voilà que les flics de Brest lui mettent le grappin dessus. S'il te balance tout ce qu'il sait sur les "barbouzeries", des Yankees, cela va faire désordre.

— Donc, toi qui as bossé dans les services secrets, tu me conseilles de m'aplatir et de ne pas faire d'excès de zèle.

— Écoute, tu es ma supérieure, tu es une grande fille, si tu veux faire de l'excès de zèle, rien ne t'oblige à m'écouter. Mais pour poursuivre ta carrière de manière plus peinarde, tu suis les consignes et tu gardes l'enregistrement de la conversation, pour te couvrir, dans le cas où l'histoire déraperait par la suite. En revanche, t'aplatir, non, je te trouve très bien avec tes formes, rien à changer !

— T'es con, toi ! Donc, je fais passer le message au substitut Guérin, qui va auditionner notre mec. Ce type est un businessman jordanien qui, à ses heures creuses, joue les snipers en dézinguant, non pas des canettes de bière vides, mais des diplomates en fonction. Logiquement, il devrait me croire sur parole…

— Si tu lui dis que ça vient de Paris, il devrait te suivre !

Arrivée à la gendarmerie de Saint-Pol-de-Léon. Je

ne pouvais pas dire que le capitaine Marquet était satisfait de nous découvrir, Sarah et moi, dans le sillage de Laure Barbotan. Il me félicita tout de même pour mon exploit de la veille. Les nouvelles allaient vite en Finistère, les journaux, les radios, les télés régionales, les réseaux sociaux… Il tint cependant à nous faire part de nouveaux éléments avant de rencontrer la suspecte, et nous invita à le suivre dans son bureau :

— Voilà, une information des services scientifiques qui nous embarrasse tous. Le Glock qui a servi à abattre Cyprien Vergnaud est bien l'arme que la procureure Consuelo Da Costa prétend avoir égarée à Cayenne et non celle de Chantal Donval, l'employée de banque.

— Plus précisément, l'arme qui lui a été dérobée à Cayenne, Capitaine, tins-je à préciser, sentant le vent tourner défavorablement.

— Oui, au temps pour moi, elle a fait une déposition en ce sens à l'hôtel de police de Cayenne, j'en ai une copie ici. C'est aussi un moyen astucieux de se prémunir d'embarras futurs.

— Vous pensez sincèrement la procureure Da Costa coupable de ce meurtre ? s'offusqua Laure Barbotan, sans doute plus par corporatisme que par affection pour sa patronne.

— Je n'ai pas dit cela, Madame la substitute, je n'ai pas dit cela. Par ailleurs, nous avons bien retrouvé finalement l'arme de la précédente suspecte, Chantal Donval, la chargée de clientèle de la BMM, en un endroit discret de la maison où elle ne se souvenait plus de l'avoir rangée. Un autre Glock qui, de son côté, n'a pas été utilisé depuis longtemps, ce qui élimine définitivement la piste de cette femme malgré les vingt mille euros remis juste avant à Vergnaud. Tout cela est bien embarrassant pour la procureure, je le crains. Ce qui est certain, c'est que l'avocate d'Hélène Tournay va jouer sur du velours…

— Capitaine, pourriez-vous me communiquer les nouvelles pièces du dossier et aussi les remontées d'appel des téléphones de la suspecte, que je n'ai pas trouvées dans vos derniers envois, réclama Laure, tellement sûre de son fait quand nous étions à ses côtés. Et auriez-vous un bureau disponible dans lequel nous puissions travailler, mon équipe et moi ? Je veux dire, mon équipe policière et moi, car sinon, vous aussi, bien sûr, faites partie de mon équipe sur cette enquête.

— Oui, bien sûr, vous pouvez aller dans la salle d'interrogatoire, elle est disponible pour la matinée.

Il nous fallut un petit moment pour nous installer autour de la table et prendre connaissance des nouveaux éléments. Mais aussi remettre nos cerveaux en mode fonctionnement, ce qui n'était pas vraiment prévu. L'affaire se révélait encore plus tordue que nous l'avions imaginée, les indices tendant à diriger les soupçons vers Consuelo Da Costa et donc à dédouaner la courtière en assurances. Ce qui corroborait le témoignage serein de cette dernière face au capitaine Marquet et nous contraignait à chercher plus loin ou plus profond.

— Mon intime conviction est qu'Hélène Tournay a bénéficié de complicités pour tendre un piège sophistiqué à la procureure, ajouta Laure, convaincante, et j'ai ma petite idée sur la question. Il me manque juste une pièce de puzzle pour qu'il soit complet.

— Toujours votre thèse de ce magnat de la pêche à Cayenne, Charles Coquerel ? soupira le gendarme, un brin ironique. Rien ne le lie à notre affaire. Et le fait que la victime comme la suspecte, s'il s'agit de madame Da Costa, soient ses ennemis déclarés ne le désigne pas forcément comme instigateur d'un tel plan. Je le répète, son nom n'intervient à aucun moment dans cette affaire et, si son numéro de téléphone avait figuré dans les relevés, mes hommes ne l'auraient pas laissé passer.

— Je suis convaincue qu'il n'y figure pas, Capitaine, acquiesça la jeune magistrate, il est trop malin pour cela, le vieux renard, ce n'est pas sa première manigance. Mais notre connaissance de l'intégralité du dossier va certainement nous permettre de trouver l'identité du chaînon manquant. Laissez-nous une heure, puis Paul et Sarah iront interroger madame Tournay avec de nouveaux éléments.

— Juste un ou deux détails de plus, capitaine Marquet, intervins-je. L'absence de la suspecte actuelle de sa salle de gym durant une demi-heure est bien avérée ?

— Affirmatif ! Elle en a donné l'explication, elle a reçu un appel téléphonique qui figure dans le relevé, confirmant son alibi.

— La voiture ne se trouvait pas garée au même endroit, entre le début et la fin de la séance de gym ? insistai-je, pour bien comprendre le scénario.

— Deux témoins l'affirment, ce détail n'a pas été éclairci jusqu'à présent.

— Un autre témoin a bien vu une femme s'arrêter en bord de route avant de jeter un objet dans un puits, endroit où vous avez trouvé le pistolet que vous avez identifié comme celui de la procureure Da Costa ?

— Affirmatif ! Un renseignement majeur pour l'avancée de l'enquête.

— Vos enquêteurs avaient, si mes souvenirs sont exacts, identifié préalablement le véhicule garé en bord de route, notamment par des traces de pneus, comme celui de madame Tournay ?

— Pas exactement, précise le gendarme, un peu agacé, mes hommes m'ont parlé d'une petite voiture de couleur claire et elles sont nombreuses dans la région, équipées souvent de la même marque de pneus. Que cette voiture soit celle de madame Tournay est une possibilité, pas une certitude. L'avocate de la suspecte nous l'a bien fait remarquer.

— Hélène Tournay est propriétaire d'une Corsa gris métallisé alors que Consuelo Da Costa conduit une imposante C4 bleu marine, argumentai-je avec calme. Difficile de se tromper entre les deux véhicules, reconnaissons-le. Une petite voiture claire proche de celle décrite par le témoin et une grosse voiture sombre bien éloignée de la description fournie.

— Oui, je sais, tout cela ne colle pas vraiment, répondit Jean-François Marquet, de plus en plus embarrassé. Cette affaire possède encore de nombreuses zones d'ombre qu'il conviendra au juge d'éclaircir. Mais le fait d'avoir retrouvé l'arme du crime et de l'avoir identifiée est une avancée majeure, à mon sens. D'ailleurs, si la procureure s'est dessaisie de cette affaire au profit de sa substitute, c'est bien qu'elle n'a pas la conscience tranquille.

— Sur ce point, j'ai une explication à vous fournir, Capitaine, la procureure a suivi jour et nuit, heure par heure, le déroulement de la tentative de meurtre perpétrée sur la personne d'une attachée de l'ambassade américaine et, dès le début de cette affaire d'importance, elle a logiquement transmis un dossier qu'elle pensait moins sensible à une collaboratrice de confiance. Même si le fait d'être mise en cause, en raison de sa relation passée avec la victime, puis l'évocation du vol de son arme à Cayenne l'agaçaient évidemment.

— Je confirme, ajouta Laure, les faits se sont déroulés ainsi et ne croyez surtout pas que je suis ici pour couvrir ma supérieure, si elle était coupable de ce meurtre. Mais je ne l'enverrais pas non plus en prison pour vingt ans sur de simples suppositions, subodorant une machination sophistiquée encore bien étrange mais parfaitement plausible. Une pièce du puzzle, il me manque une pièce du puzzle et je boucle ce dossier pour le transmettre à un juge d'instruction.

Enfin, le gendarme appelé par ses collègues, nous étions tous les trois devant le dossier, et alors les événements s'accélérèrent. Déjà par l'étude du relevé d'appels de la courtière en assurances. Durant les derniers jours, Hélène Tournay avait été en relation à plusieurs reprises avec un numéro inconnu qu'elle a prétendu être celui d'un client dans le Cher, dont il lui était impossible de donner le nom, sa profession de courtière en assurances l'obligeant à une certaine confidentialité. Les gendarmes n'étaient pas allés plus loin, ne jugeant pas opportun de privilégier cette piste.

J'appelai le numéro suspect avec mon portable. Une standardiste me répondit et annonça la société VDCM. Je m'annonçai alors et demandai à parler à son patron. Elle me répondit que monsieur Degorce était à l'étranger pour une semaine et me passa sa secrétaire particulière pour prendre rendez-vous.

Dans le même temps, je cherchais une info sur mon calepin, parvenant à la trouver à temps, avant que ma nouvelle interlocutrice, à la voix bien moins chaleureuse que sa devancière, ne me réclame l'objet de la rencontre.

— Vous allez certainement pouvoir me renseigner directement, Madame. Votre patron, monsieur

Degorce, a bien été l'époux de cette magistrate qui a eu beaucoup de soucis avec sa hiérarchie ?

— Vous voulez parler de Consuelo Da Costa ? Mais pourquoi cette question ?

— Cette femme se trouve de nouveau en zone de turbulence, expliquai-je évasivement, en adressant une œillade à Sarah. Si nécessaire, nous n'hésiterons pas à reprendre contact avec monsieur Degorce pour éclaircir certains points nébuleux, mais je voulais déjà avoir confirmation de ce détail.

— Oui, cette femme a causé bien des soucis aux activités professionnelles de monsieur Degorce, son ancien époux, confirma la secrétaire. Cette période restera le drame de sa vie. Il sera heureux d'aider de nouveau police et justice à découvrir la vérité sur de multiples affaires suspectes de cette personne qui ne devrait plus figurer sur les listes des magistrats de ce pays.

— Je n'en doute pas, Madame, je n'en doute pas. Nous ferons appel à lui, si nécessaire. Bonne journée à vous.

— Voilà votre chaînon manquant, lançai-je à Laure, qui faisait un petit dessin sur sa feuille de papier.

— J'en étais certaine, j'ignorais juste que Degorce connaissait Hélène Tournay, expliqua Laure, une esquisse de sourire aux lèvres. J'ai oublié de vous dire que j'ai passé une soirée en compagnie de Gaëlle et, devinez quoi ? Coquerel et Degorce sont tous deux membres du club Magenta et tous deux liés par des contrats commerciaux.

— Non, encore cette clique dans nos pattes ! vitupérai-je. Mais c'est du harcèlement, à force. Ils sont partout pour nous pourrir la vie, ce n'est pas possible.

— Dire que tu avais balancé l'info aux gendarmes pour rigoler, ironisa Sarah. Je me souviens t'avoir dit : et si c'était vrai ?

— L'un est le magnat de la pêche en Guyane, l'autre un courtier de marchandises qui passe pour le pape de l'import-export, poursuivit la magistrate, fière de son effet. Le premier fait voler par ses sbires l'arme de Consuelo Da Costa, la magistrate qui l'a mouché en classant sans suite sa plainte à l'endroit de Cyprien Vergnaud. Le second récupère le pistolet lors de l'un de ses déplacements en Guyane et remet le Glock à une partenaire commerciale qui ne peut rien lui refuser, Hélène Tournay. Reste à trouver le lien entre eux, comment ils se sont connus, la part de chacun dans ces manœuvres crapuleuses. Le reste relève d'une astucieuse stratégie pour éliminer à la fois Vergnaud, qui marche sur les plates-bandes de Coquerel à Cayenne, et Consuelo Da Costa, qui reste une épine dans le pied de son ex, Vincent Degorce. Éliminer le premier en faisant peser la culpabilité du crime sur la seconde représente une machination de haute volée.

— Et voilà, intervint Sarah, satisfaite, en tapotant sur sa tablette. C'est fou ce qu'on peut découvrir sur les réseaux sociaux. Hélène Tournay et Vincent Degorce sont amis sur Linkedln et, mieux, ils semblent avoir accompli une partie de leurs études ensemble, si j'en crois leurs parcours respectifs. Tiens, notre suspecte a même commencé sa carrière professionnelle dans la société de son pygmalion, de six ans son aîné. Visiblement, le lien est fort entre eux.

— Ils se connaissaient donc déjà lorsque la procureure est tombée, dans le Cher, après une suite de mauvaises décisions, ajouta Laure, penchée elle aussi sur sa tablette, une espèce de cerveau de secours. Je suis certaine qu'en exhumant le dossier de l'époque, on retrouverait déjà l'implication d'Hélène Tournay par un témoignage à charge ou une embrouille de ce genre. On m'aurait dit que je serais un jour appliquée à sauver la tête de la procureure qui me confine dans un placard, je ne l'aurais pas cru. Vous m'avez vraiment changée, Paul !

— Et moi, je compte pour du beurre ? gloussa ma fille, sourcils froncés.

— Mais quand je dis Paul, c'est Paul et Sarah, se justifia la magistrate. Quand tout le monde dit Paul, tout le monde pense Paul et Sarah, c'est évident.

— Sauf les journalistes qui, quand on évoque Paul Capitaine et Sarah Nowak, tirent fatalement le portrait de la seconde pour leur une, rectifiai-je, avec mauvaise foi. Mais là, ça ne gêne personne.

— L'astuce subtile d'Hélène Tournay aura été de mêler l'infortunée banquière, Chantal Donval, à l'affaire, ponctua Laure en se levant. Proche de Cyprien Vergnaud et détentrice d'un Glock, elle aussi. Belle et candide, un parfait écran de fumée qui a bien failli nous embrumer. Bien, vous allez interroger cette manipulatrice, tous les deux ; avec ces éléments nouveaux, elle devrait craquer. De l'autre côté de la vitre sans tain, moi, je serai au spectacle. Et j'aimerais que le capitaine Marquet vous voie manœuvrer pour coincer une nana tellement sûre d'elle. Mais faites-moi juste un petit plaisir. Avant qu'elle ne soit menée en cellule, j'aimerais juste croiser son regard.

Arrivée de la suspecte dans la salle d'interrogatoire, assez sûre d'elle, tête haute, moue arrogante, pas vraiment marquée par sa garde à vue. À peine un regard plus surpris en découvrant Sarah à mes côtés. Elle s'installa d'un côté de la table, nous deux de l'autre. La caméra fonctionnait, le micro aussi, nous pouvions commencer. Mais la suspecte prit l'initiative du dialogue.

— Je suis désolée pour la procureure Da Costa, j'ai cru comprendre que les gendarmes avaient retrouvé son arme dans un puits, asséna-t-elle d'emblée, sur un ton faussement attristé. En plus, Chantal Donval a retrouvé la sienne, en faisant du rangement dans ses affaires…

— Pourquoi en voulez-vous autant à Consuelo Da Costa ? questionna Sarah, sans lever le nez de son bloc-notes, sur lequel elle feignait de consigner un détail, alors que je tournais les pages d'un dossier plus ou moins bidon.

— Attendez, j'essaie juste de me défendre alors qu'on m'accuse d'un crime que je n'ai pas commis.

— Votre témoignage sur sa moralité, alors que vous bossiez dans la société de son mari de l'époque, me semble déjà plutôt à charge, non ? intervins-je en sortant un feuillet du dossier.

— C'était juste la vérité, cette femme est une tête brûlée et aussi une malade du sexe qui saute sur tout ce qui bouge. D'ailleurs, dans le Cher, bien des gens le savaient. Je n'ai fait que résumer le sentiment général.

— Vous êtes l'une des maîtresses de Vincent Degorce ? lança Sarah, tout de go, en levant enfin les yeux.

— Pardon ?

— Je renouvelle ma question : est-ce parce qu'il est votre amant que Vincent Degorce ne cesse de vous appeler sur un portable différent de celui qu'il utilise d'ordinaire, détail qui nous a été confié par sa secrétaire personnelle, l'une de vos rivales, certainement, insista Sarah, avançant au culot, elle aussi.

— Monsieur Degorce est un bon client, rien de plus ; nos relations sont uniquement professionnelles. Il ne s'est jamais rien passé entre nous.

— À quel moment vous a-t-il remis le pistolet Glock de Consuelo Da Costa, récupéré dans son bureau du palais de justice de Cayenne par des sbires de son acolyte, Charles Coquerel ? repris-je, pour déstabiliser notre interlocutrice.

— Je n'ai jamais vu ce pistolet, je suis désolée !

— Vous avez quitté la salle de gym durant plus d'une demi-heure, selon vos camarades, c'est beaucoup pour un appel téléphonique, enchaîna Sarah, pugnace.

— Je devais prendre des notes, voilà pourquoi je ne suis pas revenue tout de suite dans la salle. Cela m'arrive parfois, une courtière n'a pas d'horaire précis, je ne suis pas une fonctionnaire, moi. Vérifiez la liste de mes appels téléphoniques, vous verrez que je ne mens pas.

— Nous le ferons, promit Sarah, comme nous contrôlerons le GPS de votre véhicule pour voir s'il n'a réellement pas bougé dans l'intervalle. C'est fou comme ces petits mouchards peuvent se révéler très bavards, parfois, à notre époque. Dans le cas contraire, s'il a fonctionné alors que vous téléphoniez, nous connaîtrons très vite le terminus du trajet.

À l'affirmation de Sarah, je perçus un trouble chez la suspecte, et pour cause. Voilà un paramètre auquel elle n'avait pas pensé un seul instant, son GPS. Ces assistants de navigation modernes qui, sous couvert d'une aide bien utile à la conduite, nous fliquent en permanence. D'excellents auxiliaires de police, lorsqu'ils sont branchés, comme les téléphones portables. Semblable à toutes les personnes sur la sellette, Hélène Tournay avait un tic lorsqu'elle se trouvait prise en défaut. Pour sa part, elle ramenait ses mèches blondes derrière ses oreilles et les y maintenait un moment, quand une question lui causait un embarras. C'était le cas en ce moment où il lui fallut un peu moins d'une minute pour encaisser l'uppercut et riposter.

— Si ma voiture a bougé, c'est forcément un piège ! proféra-t-elle sur un ton plus crispé. Une personne aura piqué les clés dans mes affaires rangées dans le vestiaire, pour me faire accuser. Je ne vous dirai plus rien, je veux la présence de mon avocate.

— C'est votre droit, madame Tournay, répliqua Sarah, comprenant que la partie était bien entamée. Gardien, vous pouvez reconduire la suspecte dans sa cellule et prenez contact avec son avocate pour qu'elle arrive ici le plus rapidement possible.

La suspecte se leva, moins pimpante qu'un peu plus tôt. L'évocation de son lien avec Degorce, le GPS, ce sale mouchard, justifiant de son déplacement vers le puits pour y balancer le Glock de Consuelo Da Costa. Mais comme d'autres personnes, plus encore que la police et la justice, Hélène Tournay craignait ses commanditaires, Degorce et Coquerel, peut-être même tout simplement les grands pontes du club Magenta, qu'elle savait impitoyables avec les losers. Aussi pris-je l'initiative de l'interpeller, avant qu'elle ne quitte la salle d'interrogatoire.

— Juste un conseil, madame Tournay, réfléchissez bien aux conséquences de vos affirmations. Je suis convaincu que vous avez agi sur ordre, ce qui minimisera la portée de votre geste pour le jury de cour d'assises. En tentant de vous disculper sans mouiller vos commanditaires, vous assumerez seule la responsabilité de votre acte criminel. Je ne suis pas certain que cela vous aidera à sauver votre peau, pratiquant depuis quelques années le club Magenta, cette coterie fréquentée par vos amis Degorce et Coquerel, peut-être par vous-même aussi.

— Je ne vois pas à quoi vous faites allusion, répliqua la courtière, bien moins fringante.

— Parlez-en tout de même bien avec votre avocate, s'il s'agit d'une personne de confiance. À présent, si cette personne vous a été recommandée, voire imposée, par vos commanditaires, alors là, méfiance. Votre marge de manœuvre est des plus minimes. Soit vous assumez seule les conséquences de cette opération et vous prendrez le maximum sans garantie de rester en vie. Soit vous balancez vos commanditaires et nous pouvons envisager une protection policière, pour la suite de votre existence. Ce n'est pas l'assurance tous risques, mais cela vous prémunira de quelques désagréments immédiats. Je vous laisse cogiter entre deux ou trois ans de prison, voire un nouveau départ à l'autre bout du monde, et trente ans derrière les barreaux, si vous échappiez par miracle aux petites mains de vos charmants camarades. C'est bon, vous pouvez y aller, j'en ai fini avec vous pour l'instant.

Le temps de nous sustenter d'une pizza dans un établissement de la ville, et nous reprenions le travail pour tenter de trouver de nouveaux indices prouvant la culpabilité d'Hélène Tournay, qui attendait l'arrivée de son défenseur. Alors que Laure avait rendez-vous avec les gendarmes pour analyser les procès-verbaux des nouveaux éléments, en vue de les inclure au dossier, nous décidâmes, Sarah et moi, d'aller interroger Chantal Donval, la banquière, ancienne suspecte, avant que le capitaine Marquet ne comprenne qu'elle avait été manipulée et piégée par Hélène Tournay.

L'autre belle blonde de l'affaire en avait certainement à nous apprendre sur cette rivale qui s'était jouée d'elle de la sorte.

Dès notre arrivée dans la petite agence de la Banque mutuelle maritime, Chantal Donval nous signifia sa lassitude d'une moue désabusée, révélatrice de son état psychologique. Elle fit contre mauvaise fortune bon cœur et nous invita dans son bureau. Hélas, si elle pouvait nous en dire sur les méthodes de Cyprien Vergnaud, elle fut incapable de nous parler d'Hélène Tournay. Elles ne se fréquentaient pas vraiment. Elle était une casanière tandis que la courtière en assurances bougeait beaucoup, entre des déplacements réguliers à Paris où elle avait de nombreux clients et ses voyages en compagnie de la victime, notamment dans les pays d'Amérique du Sud.

— Vous ne l'avez jamais entendue parler d'un de ses clients, un dénommé Vincent Degorce ? questionna Sarah, tentant son va-tout.

— Je peux juste vous dire qu'un jour où nous étions dans les vestiaires de la salle de gym, elle a reçu un appel d'un Vincent, à qui elle a fini par répondre, agacée, qu'elle n'était pas seule et le rappellerait plus tard. J'ignore si c'est la même personne, mais elle a annulé sa présence au pot que nous prenions ensemble pour l'anniversaire d'une copine pour rentrer aussitôt chez elle. Je suis désolée, je ne peux vous en apprendre davantage.

— Et pour votre pistolet ? enchaîna Sarah, comprenant que nous faisions chou blanc.

— Je ne comprends pas ! Je l'ai retrouvé à un endroit où je pensais pourtant avoir déjà cherché. Mais je suis tellement tourneboulée, en ce moment, que je ne pourrais vous l'affirmer.

— Avez-vous reçu la visite d'Hélène Tournay, ces derniers jours ? insista ma fille, opiniâtre en désespoir de cause.

— Non, moins je la vois et mieux je me porte !

— Aurait-elle pu avoir accès à votre domicile en votre absence pour venir y replacer l'arme qu'elle vous aurait subtilisée auparavant, lors de l'une de ses visites ? suggérai-je, histoire d'ouvrir une nouvelle piste.

— Je place la clé de la porte du garage sous un pot de fleurs, ce n'est un secret pour personne, répondit la banquière, surprise par la question. Vous savez, ici, il n'y a pas de voleurs et, parfois, ça me permet de rentrer quand même chez moi, quand j'ai oublié mon trousseau de clés au bureau. Vous pensez qu'elle aurait été capable de pénétrer chez moi pour replacer le pistolet ? Effectivement, c'est elle qui m'a conseillé de chercher de nouveau, à tête reposée, dans tous mes tiroirs, pour me dédouaner définitivement de cette sordide histoire. Mais comment le prouver ?

— Ça, c'est notre travail, Madame ! ponctuai-je avant de me lever pour prendre congé, suivi par Sarah. Si nécessaire, les gendarmes ou nous-mêmes reprendrons contact avec vous. Toutes nos excuses pour le dérangement…

Malgré la possible intrusion de la courtière au domicile de sa rivale locale, nous piétinions lamentablement. Aussi, de retour à la gendarmerie, Sarah me demanda-t-elle si notre place était bien à Saint-Pol-de-Léon. Elle avait raison, le suivi de cette affaire était de la responsabilité des enquêteurs locaux. Laure s'était enfermée avec le capitaine Marquet, dans le bureau de ce dernier, et nous lanternions à l'accueil, dans l'attente de potentielles informations nouvelles. Sarah me rappela aussi qu'à 17 heures, dernier carat, nous devions avoir repris la route de Quimper pour qu'elle récupère sa fille avant de rentrer à Bénodet.

Une brunette grande et mince d'une quarantaine d'années s'annonça alors de l'extérieur. Maître Axelle Cholet était l'avocate d'Hélène Tournay. Une fois à l'intérieur, comme nous, elle dut attendre et vint s'installer sur une chaise. Comme nous avions fini par nous asseoir, nous la vîmes piaffer auprès de nous, regarder sans cesse sa montre, finir par poser sa veste et sa serviette sur une chaise, sortir fébrilement son portable sans motif valable apparent.

— Il nous faut bien suivre le rythme de l'administration, lui lançai-je, d'un air compatissant.

— Je suis avocate et je viens rencontrer une cliente que je connais très peu ! me répondit la jeune femme, pas très à l'aise.

— Vous exercez dans le pénal ? poursuivis-je pour gagner la confiance de la brunette et tenter de passer pour un collègue.

— Non, je suis avocate généraliste et je ne comprends pas pourquoi Hélène Tournay a fait appel à moi. Il existe des confrères bien plus qualifiés dans la région. En plus, j'ignore les raisons qui l'ont menée en garde à vue.

— Un meurtre, répondis-je, placide. Elle a abattu Cyprien Vergnaud, une relation professionnelle, avec une arme à feu.

— Je vais lui dire que je ne peux pas m'occuper d'elle, je ne suis pas qualifiée pour une telle affaire.

— Et moi, je pense que si elle a fait appel à vous, c'est parce qu'elle a confiance en votre honnêteté et qu'elle est un peu coincée par des complices haut placés qui vont lui adresser des avocats chargés de l'enfoncer, pour lui éviter de les dénoncer.

— Mais qui êtes-vous au juste ? se réveilla la jeune femme, bien embêtée. Les défenseurs de la victime ?

— Capitaine Paul Capitaine et lieutenant Sarah Nowak, policiers à Quimper. Nous accompagnons juste la substitute Laure Barbotan, chargée de l'affaire. Si je puis vous résumer le dossier, vu de notre côté de la lorgnette, votre cliente et Cyprien Vergnaud étaient en affaires, mais elle avait aussi des intérêts dans un autre business avec un certain Vincent Degorce, un ancien copain de fac installé dans le Cher. Et les intérêts de Vergnaud parasitaient ceux de Degorce. Ce dernier s'est servi de son amie Hélène Tournay pour se débarrasser de Vergnaud en détournant les soupçons sur son ancienne épouse, faisant ainsi d'une pierre deux coups. Il a mis le pistolet de son ex dans les mains d'Hélène pour abattre Vergnaud. Tout a failli marcher sans une anicroche, totalement imprévisible. Voilà un petit grain de sable et tout s'est grippé.

— Mais que fais-je là, au juste ?

— Voyez, je pense que votre amie…

— Ce n'est pas mon amie, nous faisons seulement parfois des régates ensemble, coupa la jeune avocate.

— Le message que mon collègue tente de vous faire passer est simple, intervint Sarah. Votre cliente panique et ne sait plus vers qui se tourner. Elle a besoin de parler à une personne qui puisse l'écouter sans révéler ses secrets à certaines oreilles. Voilà pourquoi elle a pensé à vous. Elle a confiance en vous. En l'écoutant, vous l'aiderez à voir clair en elle. Moi, si j'étais à votre place, au vu du dossier, je lui conseillerais de charger Degorce, le salaud qui l'a manipulée. Il est puissant, c'est vrai, mais, si elle paie à sa place, il continuera ses magouilles avec d'autres victimes.

— Mais vous n'êtes pas à ma place, Lieutenant, et ne cherchez pas à m'influencer avant ma rencontre avec ma cliente !

La porte du bureau du capitaine Marquet s'ouvrit et le gendarme en sortit en compagnie de Laure et de trois de ses hommes, qui quittèrent aussitôt les lieux, mandatés pour des missions précises, certainement. Il s'approcha de l'avocate pour la saluer et lui donna une demi-heure pour dialoguer avec sa cliente, avant un nouvel interrogatoire auquel elle pouvait assister, sans bien sûr intervenir de quelque manière. Perdue dans ses pensées en vrac, maître Axelle Cholet empoigna sa serviette, sa veste et le suivit sans un mot dans un long couloir.

Laure s'approcha de Sarah et moi pour nous assurer que ce serait bientôt plié. Les traces de pneus du véhicule qui s'était arrêté sur la berme près du puits correspondaient bien à celles du véhicule d'Hélène Tournay, pas de doutes possibles, et le GPS avait parlé, lui aussi. Bien sûr, elle pouvait toujours prétendre qu'une personne mystérieuse lui avait volé sa voiture pour la faire suspecter, mais ça ne tiendrait pas longtemps la route, c'était le cas de le dire. Par ailleurs, une relation d'affaires de Cyprien Vergnaud était venue rapporter aux gendarmes sa dernière conversation avec la victime, la veille de sa disparition. Il soupçonnait Hélène Tournay de jouer un double jeu et d'œuvrer pour une tierce personne. Vergnaud menait son enquête et la soupçonnait de bosser pour un dénommé Charles Coquerel, le magnat de la pêche guyanaise. Les enquêteurs locaux suivaient désormais cette piste et aussi celle de Vincent Degorce, puisque tous deux se connaissaient.

Comme Laure semblait bien à l'aise, tant avec le dossier qu'avec le capitaine Marquet, je lui expliquai que notre présence n'était sans doute plus indispensable et qu'une jeune enfant attendait sa maman avec impatience. La réponse de la magistrate nous apaisa :

— De toute manière, c'est mal parti pour que nous parvenions à boucler le dossier cet après-midi, le temps de la concertation avec l'avocate, qu'elle prenne connaissance du dossier… Mais c'est juste une question de temps, l'affaire est pliée et je suis prête à la transmettre à un juge, même si je n'obtiens pas les aveux circonstanciés dans les prochaines heures.

— Un détail supplémentaire, Laure, intervint ma fille, Hélène Tournay s'est certainement introduite subrepticement chez Chantal Donval pour aller replacer l'arme à sa place, avant de passer un coup de fil à l'intéressée pour lui demander de vérifier de nouveau tous ses tiroirs, à tête reposée. C'est la banquière qui nous l'a appris. Avec un peu de chance, elle aura laissé une trace de semelle ou une empreinte de paluche sur place. Ou encore un voisin aura remarqué sa visite…

— Je note, je note, soupira Laure en tapotant sur son téléphone. En fait, tout dépendra à présent du pouvoir de persuasion de maître Axelle Cholet sur sa cliente. Je vais retenir une chambre dans un hôtel de Saint-Pol, j'en ai repéré deux au centre de la ville, et demain matin, une fois toute la paperasse en ordre, un gendarme me ramènera sûrement à Quimper. Merci d'avoir été là pour les moments déterminants, une fois de plus.

— Si Degorce pouvait tomber, cela ferait plaisir à la procureure, lançai-je, mine de rien, en posant deux bises sur les joues de Laure. Je suis convaincu que son ex a voulu la compromettre et que c'est lui qui a livré le pistolet Glock de Consuelo à Hélène Tournay, mais je ne peux pas le prouver. Nous avons, Sarah et moi, incité discrètement l'avocate à diriger sa cliente dans cette direction. Elle ne doit pas porter le chapeau toute seule. Elle a toutes les armes en main pour prendre la bonne décision. Maintenant, comme vous le dites, nous ignorons la force de conviction d'Axelle Cholet et son pouvoir de persuasion, surtout face à un tempérament aussi fort et manipulateur que celui d'Hélène Tournay.

— Que ne feriez-vous pas pour Consuelo, Paul ? soupira la substitute, attendrie, après avoir embrassé Sarah.

— J'en aurais fait tout autant à votre endroit, et même encore bien davantage, chère Laure, soyez-en convaincue, répliquai-je, la main sur le cœur.

— Je n'en doute pas un instant. Allez, filez, tous les deux, je ne voudrais pas avoir en plus sur la conscience le retard d'une jeune maman dans l'allaitement de sa petite fille.

ÉPILOGUE

Sarah, avec l'avis de Waze, avait décidé de rentrer par la route de Morlaix, puis des monts d'Arrée, bien moins fréquentée que l'axe direct par Sizun. Un peu plus long en kilomètres, un peu plus court en durée de trajet. Ma fille était heureuse, elle ne redescendait toujours pas de son petit nuage. Depuis qu'elle était maman, avait hérité d'une fortune, et emménagé avec Quentin et la puce à Bénodet, elle ne cessait de clamer sa reconnaissance. Là encore, après avoir noté que nous venions de classer deux nouveaux gros dossiers en deux jours, preuve que notre duo fonctionnait toujours très bien, je la sentis émue quand elle avoua :

— La vie est belle, quand même ! Bien sûr, pour toi, le quotidien est différent, mais je sais aussi que tu te réjouis de mon bonheur, voilà pourquoi je te confie mes impressions. Tu vois, j'ai même fini par m'habituer aux conseils quotidiens de Mylène, à sa précieuse expérience à propos de sa manière de guider les premiers pas de son fils, son plus grand trésor. Et puis, elle nous aide bien, mine de rien, avec nos emplois du temps si imprévisibles.

— Enfin, il vous faudra peut-être trouver un jour une nounou, les enfants. Mylène ne va pas continuer éternellement à accepter la contrainte de s'occuper de sa petite-fille, modulai-je, elle a sa vie de femme, ses loisirs, ses copines, et puis aussi son couple, un homme à la maison.

— Je la connais, elle doit présenter Pauline à ses amies comme la nouvelle plus belle merveille de la planète, le portrait craché de Quentin, son fils adoré. Mais je ne lui en veux pas : moi aussi, je suis fière de mon mari et de ma fille… Quentin est tellement courageux. À peine rentré de la caserne, il entreprend plein de chantiers dans la maison pour que nous puissions bientôt nous y sentir comme dans un cocon. Sans compter l'aide de ses collègues, pour les gros travaux, ils sont tellement sympas, ses potes pompiers…

— Tu es tombée sur un garçon sérieux et courageux, acquiesçai-je.

— Et puis, il faut le dire, le fait de se trouver désormais à l'abri du besoin, de pouvoir mener nos projets sans risquer de se trouver dans le rouge à la banque, de gérer ce capital pour en profiter longtemps, cela aide à la sérénité. Si Condor savait comme il a changé ma vie, avec son héritage. Au fait, il faudra absolument qu'on planifie ce voyage au Liban, pour aller répandre ses cendres et celles de Zena dans ce petit village près de Byblos où je suis désormais propriétaire d'une petite maison.

— Oui, nous ferons cela dès que Pauline aura un peu grandi, ma fille, pas de problème. Je pensais même que nous pourrions en profiter pour aller rendre visite à Rebecca et Mathieu, à Naplouse*. Depuis le temps qu'ils nous attendent. Rebecca est un peu ma demi-sœur, mine de rien.

— Oh oui, ce serait une idée géniale, même si la région n'est pas très sûre. Tu sais que je corresponds toujours avec elle par WhatsApp ? On ne se lâche pas ! J'ai même pensé lui verser une somme d'argent pour leur école de la paix.

— C'est sympa de ta part ! approuvai-je, touché par la générosité de Sarah, même si je n'en doutais pas un instant. Ils doivent avoir des frais énormes pour mener leur projet à bien, surtout en cette période.

— Tu vois, un bonheur comme celui dans lequel je baigne depuis quelques mois, je me demande ce que j'ai fait pour le mériter, enchaîna Sarah, partagée entre enthousiasme et émotion. J'ai envie de bien l'apprécier, de ne pas m'y habituer, le vent tourne parfois si vite.

Sarah aurait poursuivi sa confession intime sans l'intervention de mon téléphone, qui la coupa dans son envolée, ce qui la fit pester. C'était Léanne Vallauri, la patronne de la PJ brestoise. Dès les premiers mots de notre collègue, je compris que le ciel venait de lui tomber sur la tête. Elle m'en livra l'explication.

— Quelle cata, Paul ! Ibrahim Ben Talal, ce respectable homme d'affaires jordanien arrêté pour une

*Voir *Les Ombres du Rennes-Quimper*, même auteur, même édition.

présomption de participation à une tentative de meurtre sur la personne d'une diplomate américaine, est mort devant le commissariat de Brest, au moment de monter avec son avocat dans le véhicule qui allait les conduire vers le palais de justice.

— Quoi, Moktar est mort ? m'étouffai-je.

— Il a reçu la visite de son avocat, comme la loi l'y autorise. Ils ont passé une demi-heure ensemble, puis le défenseur du suspect nous a expliqué que son client allait s'expliquer devant un magistrat. Rendez-vous fut pris très vite avec le substitut Boris Guérin pour…

— Tu es certaine que c'était son avocat ? coupai-je, abasourdi. Ce type l'a certainement éliminé à dessein et sur ordre.

— Oh non, c'est encore plus tordu que cela, mon pauvre ! Il n'avait pas d'arme sur lui, personne de suspect dans le périmètre. Tout juste un jeune collègue a cru noter la présence d'un drone dans le ciel.

— Un drone ? m'étouffai-je. Mais on se croirait à Hollywood ! On peut buter un type à partir d'un drone en Bretagne, désormais ?

— Je me renseignais sur la présence éventuelle d'un navire militaire américain dans le port de Brest, et en obtenais à peine la confirmation par un contact sur place, que je recevais des recommandations de personnes très haut placées pour me conseiller de classer le dossier. Pas de drone, pas de meurtre, pas d'autopsie, un simple problème cardiaque. Un magistrat parisien allait débarquer rapidement pour récupérer le dossier et s'occuper de la communication.

— Tu as le nom de cet avocat qui joue les bourreaux des cœurs ?

— Justin Crabier, barreau de Paris, me répondit Léanne, agacée. Je sais ce que tu vas me dire, j'ai pris le temps de vérifier : il n'y a pas de Justin Crabier au barreau de Paris, ce type est à coup sûr un agent américain préposé au service de nettoyage, et le magistrat qui va débarquer de Paris aura reçu ses ordres de l'ambassade américaine, ou encore du Quai d'Orsay, pour clore le dossier sans la moindre vague. Il aura certainement même prévu le produit pour effacer la tache de sang sur le bitume de la rue, des fois que… Tu crois que je dois risquer ma carrière en jetant un pavé dans la mare ? J'ai pris la photo du mec dans le caniveau avec le faux avocat qui, comme par hasard, regarde le ciel quand mes collègues se penchent sur la victime.

— Non, ne fais pas ça, le jeu n'en vaut pas la chandelle. De toute manière, ce gars n'aurait pas livré le moindre renseignement sur son réseau, il aurait juste utilisé son procès pour salir la CIA, le Mossad et la DGSE, les placer dans l'embarras. Il ne tuera plus personne, c'est ce qui compte. Mais je te rassure, tu n'auras pas davantage de reproches de la part de notre hiérarchie, qui est elle-même dépassée par cette affaire. Comme plus personne n'entendra parler de Bilal Farris, l'ancien agent qui, sous couvert de nouvelle chance avec pour identité John

Carpenter, renseignait les terroristes par dépit. En fait, il ne s'est rien passé à Trévarez, ces derniers jours. La page est déjà tournée.

— Il me reste les petites frappes locales qui vont tomber pour un vol de bagnoles, du menu fretin, marmonna Léanne. Tout ça pour ça. N'empêche, si un jour tu passes à Brest, ou mieux, à l'Île-Tudy, on se fera une soirée au Winch avec mes copines Élodie et Vanessa ! J'aimerais qu'on passe une soirée pour que tu m'affranchisses à propos du pedigree complet de ce type qui est venu claquer devant la porte de mon commissariat. Cela me fera une histoire rocambolesque à raconter à mes petits-enfants, à ma retraite.

— Une petite bouffe en tête à tête à La Vague à Bénodet, si tu veux, mais pas davantage, je suis un homme rangé, précisai-je, à toutes fins utiles.

— Évidemment, pour qui me prends-tu ? feignit de s'offusquer la commissaire. En plus, t'es pas du tout mon type de mec et puis, sans te vexer, tu n'es pas très loin de la retraite, donc moins performant aux exercices de tir… Je voulais quand même te prévenir et avoir ton avis, mais ton point de vue rejoint le mien. Allez, à plus.

Je n'eus pas le temps de résumer à Sarah l'information dont elle avait perçu la teneur, mais voulait connaître tous les détails. Cette fois, c'était Laure Barbotan, la voix victorieuse, qui m'expliquait qu'Hélène Tournay avait fini par balancer Vincent Degorce, qui la manipulait en fait depuis leurs années de fac, selon le contenu de son procès-verbal. Il avait pris un ascendant sur elle dont il se servait pour l'utiliser à des fins personnelles. Je souris un peu car, en victime sous influence agissant par la contrainte, Hélène Tournay ne me semblait pas très crédible, elle-même manipulatrice de talent. Ce dont convint la substitute, mais l'important était que les gendarmes allaient poursuivre l'ancien mari de Consuelo Da Costa et sans doute, par la suite, le magnat guyanais de la pêche, Charles Coquerel. Enfin, aux jurés de se faire leur idée lors du procès, dans quelques années.

Du moins, si procès il y avait lieu, ce dont je doutais fortement car il allait fatalement éclabousser le club Magenta, qui n'appréciait pas les vagues. Vincent Degorce risquait de subir un accident fatal, de ceux qui sont facilement prémédités. De sorte qu'il ne pourrait pas venir témoigner, comme tant d'autres avant lui. Quant à Coquerel, il ne serait même pas inquiété, trop puissant pour risquer une désagréable convocation devant un juge. Finalement, Hélène Tournay, qui n'avait rien d'une sainte femme, se retrouverait seule dans le box des accusés, contrainte d'assumer un plan qui, à la base, ne venait assurément pas d'elle.

Mais je me gardai bien de faire part de mes pensées de vieux flic à la jeune substitute. Laure était fière d'elle-même, soulagée de ne pas nous avoir déçus, elle regrettait juste de fêter cela en solo, à la table du restaurant de son hôtel, en soirée à

Saint-Pol-de-Léon. Après l'avoir taquinée en lui évoquant le jeune gendarme de l'accueil qui avait visiblement flashé sur elle et serait un honorable vis-à-vis pour un dîner, je lui promis qu'on se rattraperait ensemble, dans quelques jours, à Quimper ou Bénodet. Sarah avait même désormais les moyens financiers de lui offrir le plateau de fruits de mer à la Vague.

Laure allait appeler la procureure pour l'informer de la bonne nouvelle, je lui conseillai de me laisser agir. Comme elle pensait que je voulais en profiter pour ramener les lauriers au-dessus de ma tête, je lui promis que, tels que je les rapporterais à Consuelo, les faits la mettraient encore bien plus en valeur. Après un moment de déception, la substitute choisit de me faire confiance et me laissa appeler sa patronne dans la foulée. Un peu plus tard, prétendre que mon interlocutrice buvait du petit-lait en apprenant que son ex allait plonger, lui aussi, pour son implication dans le meurtre de Cyprien Vergnaud était bien en dessous de la réalité. Elle se délectait d'une revanche aussi inattendue que précieuse et, comme elle me remercia pour le cadeau inespéré qu'elle attendait depuis tant d'années sans plus trop oser y croire, je remis les pendules à l'heure.

— Ni Sarah ni moi ne sommes les instigateurs de cette issue providentielle. C'est Laure Barbotan qu'il te faudra remercier, même si cela te brûle la langue, car elle a manœuvré avec finesse et intelligence pour inciter Hélène Tournay à faire porter la paternité du plan machiavélique sur la personne qui lui avait remis le fameux pistolet Glock afin de se débarrasser d'un concurrent dangereux pour les intérêts de son ami Charles Coquerel, tout en faisant peser les soupçons sur son ex, une magistrate trop encombrante. Et cela a parfaitement fonctionné, même si Hélène Tournay n'est pas si innocente que cela dans le déroulement des faits.

— Laure reste décidément ta petite protégée, lâcha Consuelo, avec une pointe de jalousie dans le ton. Je suis certaine que tu en rajoutes une bonne couche sur son implication pour continuer à faire équipe avec elle, à l'avenir. Parce qu'une jeunette comme partenaire, c'est toujours plus agréable et plus malléable.

— À cette heure, Madame la procureure, je te rappelle que tu pourrais te trouver dans le bureau d'un juge, victime d'un coup monté imparable fomenté de longue date par ton ex et par Charles Coquerel. Un piège implacable. Accusée du meurtre de Vergnaud, qui allait te faire chanter, comme il l'a fait avec Blandine Combertin ou Chantal Donval, pour récupérer la somme nécessaire au lancement de son nouveau projet. Avec, pour preuve accablante, l'arme du crime, ton pistolet Glock, disparu à dessein en Guyane pour réapparaître de manière inattendue en Bretagne, peu après ton arrivée.

— C'est vrai, tu as raison, ils avaient tout programmé dès mon passage en Guyane, bredouilla Consuelo, à présent réaliste. Même ma mutation en

Bretagne faisait partie de leur plan, à bien y réfléchir. Du moins l'ont-ils adapté à ma mutation. Ils voulaient me faire tomber ici, puisqu'ils m'avaient ratée à Cayenne, et se débarrasser en même temps de Cyprien. Tout avait été méticuleusement planifié.

— Voilà pourquoi tu peux remercier Laure Barbotan d'avoir su retourner la situation à ton avantage, c'est une prouesse de sa part, et je pèse mes mots. D'autres qu'elle auraient certainement profité de l'occasion pour enfoncer une rivale mal en point, de manière à asseoir sa propre position. Ne me dis pas que tu n'as jamais croisé, dans ta carrière, des substituts aux dents si longues qu'elles rayaient le parquet, de jeunes magistrats prêts à tout pour grimper plus vite les barreaux de l'échelle ? Pas elle, vois-tu, pas Laure. Elle est réglo, elle est loyale, tu peux lui faire confiance. Allez, je dois te laisser, Sarah reçoit aussi un appel.

Comment faisait-on pour ne pas s'ennuyer, jadis, en voiture, avant les portables ? Bon, c'est vrai, on avait les numéros des départements sur les plaques minéralogiques. Mais quand même, de nos jours, les téléphones… Et même au volant, sans le moindre risque, avec le kit Bluetooth, désormais. Ce qui permit à Sarah de répondre à l'appel de Quentin alors que nous passions à hauteur de l'émetteur de Roc'h Trédudon, l'un des sommets des monts d'Arrée avec ses trois cent quatre-vingt-trois mètres d'altitude – et que le GPS annonçait encore cinquante-cinq minutes de trajet jusqu'au centre de Quimper. Les

« chéri » succédaient aux « amour » et je comprenais la chanteuse Anaïs qui détestait les couples qui s'aimaient. Je trouvais cela adorable, presque émouvant, même si la surdose de telles sucreries pouvait parfois causer du diabète cérébral, certainement. Bref, Quentin le pompier partait avec ses collègues pour circonscrire un incendie qui s'était déclaré dans le quartier de la Tourelle et ne rentrerait certainement pas très tôt à Bénodet. Sarah promit de lui préparer un bon dîner pour récompenser son héros, mais aussi de faire des bises à sa maman, en passant récupérer Pauline.

Bien sûr, Sarah lui recommanda d'être prudent, mais il n'écoutait déjà plus, happé par l'urgence de l'intervention et les injonctions de ses supérieurs. Ma fille remit la radio en sourdine et appuya sur le champignon, comme si le fait d'arriver plus tôt allait ralentir la progression du feu. Ce n'était pas cela, elle devait faire un détour par une poissonnerie avant de rentrer pour acheter des langoustines, si possible en un magasin qui les cuisait sur place, cela lui éviterait de gâcher la marchandise. Car malgré les conseils incessants de Mylène, sur le volume d'eau à mener à ébullition et le temps de cuisson, deux minutes, pas plus, il y avait parfois un coup de fil, un appel de Pauline, et c'était raté. Pas facile de cuire parfaitement des langoustines quand on n'était pas bretonne de naissance.

Et comme le progrès avait décidé d'interférer en permanence sur notre paisible trajet au cœur de la nature sauvage, mon téléphone sonna de nouveau. Un numéro inconnu, puis un silence, puis enfin une voix.

— C'est bien Paul Capitaine ? Alexia Millicent !

— Si vous venez m'apprendre que vos services ont fait éliminer mon terroriste devant l'entrée du commissariat de Brest, avec l'aide d'un drone piloté depuis un croiseur américain de passage dans le port, je suis déjà au courant, coupai-je, sarcastique. Le big boss de la CIA peut dormir sur ses grandes oreilles, le scandale est étouffé, son plan de carrière est sauf, l'honneur de la patrie aussi.

— Je ne suis pas responsable de ce fait à propos duquel je ne possède aucun élément, répliqua la diplomate, embarrassée par ma réflexion un tantinet blessante. Je suis au repos depuis mon retour à Paris et je ne suis que de très loin les événements de l'ambassade. Mais, bien sûr, j'ai eu vent de la mort du terroriste, même si j'ignore les circonstances précises. Je voudrais revenir à l'objet de mon appel : je venais d'abord vous remercier de nouveau de votre bon réflexe qui m'a sauvé la vie. Je me sens redevable, à présent.

— Surtout, ne vous mettez pas en dette morale pour si peu, poursuivis-je, toujours sur le ton de l'humour caustique. Comme vous le dites, c'était un réflexe et on ne contrôle pas ses réflexes. J'ai agi comme je l'aurais fait pour toute personne en danger de mort, ni plus ni moins.

— Ne soyez pas aussi humble, Paul. Avec le recul, j'ai pris réellement conscience de ma chance d'être encore de ce monde, insista Alexia, d'une voix moins affirmée qu'en d'autres circonstances. J'aurais une requête à formuler. Si vous n'y répondez pas favorablement, je n'en prendrai pas ombrage, je vous assure.

— Dites toujours ! Vous allez passer vos vacances en Syrie et vous aimeriez que j'assure votre couverture, peut-être ?

— Le 4 juillet, comme vous le savez, les États-Unis fêtent leur indépendance et monsieur l'ambassadeur organise une garden-party, comme chaque année, poursuivit Alexia sans s'arrêter sur ma mauvaise blague. Je souhaiterais votre présence près de moi, en cette journée. Je veux dire que vous ne serez pas l'invité de l'ambassade, mais mon cavalier, mon chaperon, pour ce moment.

— Vous savez que mon anglais est proche du néant et que mes blagues risquent de créer un incident diplomatique entre nos deux pays, répliquai-je, très embarrassé, tandis que Sarah m'incitait à accepter, n'ayant pas tout entendu de la conversation.

— Je sais avant tout que, sans vous, je n'y aurais pas participé et je sais aussi que tout membre célibataire de l'ambassade peut se faire escorter de la personne de son choix, expliqua Alexia, toujours hésitante. En plus, sans votre sens aiguisé du secret d'État, les services diplomatiques de nos deux pays seraient dans l'embarras, à cet instant. J'insiste, Paul, nulle autre personne n'aurait davantage sa place à mes côtés que vous-même, pour ce grand moment. Ce serait un très grand honneur pour moi de présenter à mes concitoyens le policier français qui m'a protégée en faisant rempart de son corps.

— Même si j'ai failli vous écraser ?

— Je n'ai pas un tel souvenir de l'instant. Je me sentais en sécurité, protégée comme je ne l'ai plus été depuis la mort de mes parents, mais ce sont des impressions personnelles. Vous savez, je ne suis pas qu'une attachée d'ambassade chargée de la protection des ressortissants américains en France, je suis aussi une jeune femme de 38 ans, avec ses fragilités, ses doutes, sa vulnérabilité...

— N'en rajoutez pas trop, miss Millicent, vous avez des nerfs d'acier et une volonté à toute épreuve ! Mais c'est bon, vous avez gagné, j'annule les dizaines de rendez-vous déjà inscrits sur mon planning pour le 4 juillet, j'accepte de passer cette journée auprès de vous. Pardonnez-moi, je plaisante encore, par timidité. Je ne devrais pas, ce n'est pas convenable, comme on dit dans votre monde. Votre confiance m'honore et votre invitation me va droit au cœur, croyez-le, je suis sincère.

— Cela me fait très plaisir, si vous acceptez !

— En fait, je vous avais mal jugée et, vous aviez raison, je m'étais arrêté à la fonction, sans chercher à mieux connaître la belle personne qui se cache derrière l'habit austère de diplomate intransigeante, reconnus-je, dans un éclair de sérieux. Une belle personne avec, certes, un parcours professionnel brillant, mais aussi un cheminement affectif très douloureux, bien cruel. En attendant ce moment solennel, prenez soin de vous, Madame la ministre, puisque je crois que c'est ainsi que je dois vous appeler.

— Je vous autorise à m'appeler Alexia ! Encore une fois, merci d'accepter mon invitation. Il me tarde de me trouver au 4 juillet.

À peine eus-je rangé mon portable que Sarah se mit à rire aux éclats en m'imaginant en costard et cravate au milieu d'un parterre de personnalités qui parlaient tous un parfait anglais, des gens aussi rompus les uns que les autres aux règles du protocole et habitués à évoluer dans des sphères aussi élevées. Puis elle me déclara que j'avais encore embrasé un cœur de midinette, en se demandant bien comment je pouvais opérer pour chavirer autant de quadras, pourtant dotées, pour la plupart, de forts tempéraments et d'une intelligence au-dessus de la moyenne. Puis d'énumérer : Laure Barbotan, Prisca Fichaux, Radia auparavant, Julie Varaigne, Moïra, l'Irlandaise du Ménez-Hom, et, en remontant vers les quinquas, Consuelo Da Costa, l'avocate Alexia Morisot, Katell Pin, Carole Mortier, et elle en oubliait certainement qui lui reviendraient à la mémoire, au fil des kilomètres. Enfin, une diplomate américaine, c'était nouveau, presque exotique… Certes, il y avait bien eu Jillian Marlowe, une autre Américaine, voilà une dizaine d'années à Bénodet, dont j'avais retrouvé la fille fugueuse.

Je n'eus pas le temps de plaider ma cause, mon portable m'en empêcha, qui devait chauffer à force de sonner de la sorte. Cette fois, c'était Blaise et, au ton de sa voix, je sus qu'il se passait un drame mais qu'il ne pouvait pas m'en dire davantage au téléphone. Il nous demandait juste d'aller directement le rejoindre au niveau de la rue Saint-Pol-Roux, nous verrions un attroupement et il nous attendait un peu en retrait pour nous briefer. Nous venions de rattraper la voie express Brest-Quimper à Châteaulin et il nous restait une vingtaine de minutes de trajet.

Bien sûr, ce contretemps fit pester Sarah, qui avait hâte de retrouver sa fille, mais elle fit contre mauvaise fortune bon cœur et me mena à l'adresse indiquée, puisque ma présence semblait si importante. En approchant de Quimper, on vit de loin de la fumée, et on se souvint que Quentin était parti avec ses collègues sur les lieux d'un incendie dans le quartier de la Tourelle. Sarah me demanda où se situait exactement la rue Saint-Pol-Roux et, lorsque je lui dis qu'elle se trouvait sur le mont Frugy, elle me demanda des précisions, qu'elle rapprocha des explications de Quentin et commença à flipper, imaginant ce que j'appréhendais depuis l'appel alarmant de Blaise.

— J'espère qu'il n'est rien arrivé à Quentin ! lâcha-t-elle nerveusement, alors que nous avalions l'avenue de la Libération pour monter ensuite en direction de l'hôpital.

— Ne pense pas à de telles choses, même si l'incendie est peut-être plus grave que prévu et que les secours ont sorti des blessés.

— J'ai un mauvais pressentiment, papa, il est arrivé quelque chose à Quentin, j'en suis certaine.

Rue des Marguerites, puis enfin rue Saint-Pol-Roux. Des gyrophares devant nous, un attroupement, des collègues, des gendarmes aussi, des ambulances, les pompiers. Sarah planta la voiture presque au milieu de la voie et courut vers le premier collègue de son mari qu'elle vit, puisqu'elle les connaissait presque tous. Je me hâtai derrière elle du plus vite que je le pouvais, avec mes vieux genoux. Je vis Blaise l'arrêter, la serrer dans ses bras, la mener vers le chef de centre, qui se trouvait près de l'un de ses véhicules. Il se retourna et découvrit Sarah au moment où j'arrivais derrière elle.

Au changement d'expression sur le visage démonstratif de ce colosse au cœur tendre, je compris instantanément que nous ne nous étions, hélas, pas trompés.

— Ah, Sarah, tu es là, je suis désolé, nous n'avons rien pu faire, bredouilla-t-il, visage défait.

— Rien pu faire pour quoi, pour qui ? hurla Sarah, comme une furie.

— Une maman affolée a crié que son fils était resté dans les flammes, expliqua le soldat du feu, démuni face à la douleur de l'épouse d'un de ses gars, Quentin n'a pas hésité, il est allé le chercher avant que je n'intervienne pour l'en dissuader. Le brasier était trop intense et il s'est trouvé piégé à l'intérieur. Nous luttons encore contre les flammes pour retirer son corps, nous faisons le maximum.

— Non, Quentin n'est pas mort, ce n'est pas possible, pas comme ça, s'époumona ma fille, en pleine crise de nerfs, que Blaise ne parvenait plus à maîtriser. Ce n'est pas possible, vous devez aller le chercher, il s'est certainement mis à l'abri dans un endroit protégé ! Je vais le rejoindre, je veux le rejoindre.

Sarah se libéra de l'emprise de Blaise pour courir droit devant elle mais deux gendarmes l'empêchèrent d'approcher de l'immeuble en flammes, pourtant noyé par l'eau de trois puissants canons. Ils parvinrent avec peine à l'immobiliser, malgré ses gesticulations hystériques. Je ne pouvais rien faire, je ne parvenais même pas à mesurer le drame qui se jouait devant mes yeux, à imaginer le corps de Quentin au milieu de cette fournaise incandescente, à analyser ce qui se passait réellement, que la vie de Sarah venait de basculer dans un drame abominable.

Les pompiers non plus, sans doute, appliqués à maîtriser le sinistre avant qu'il ne se propage. Sauf l'un d'entre eux, assis sur le muretin d'une propriété voisine, la tête entre les bras, qui pleurait toutes les larmes de son corps, anéanti par le drame. Il releva les yeux, je reconnus Yannick, le meilleur pote de Quentin, celui qui était toujours disponible pour un gros chantier, pour une petite fête aussi. Il vit Sarah et se releva difficilement pour avancer vers elle au radar. Il ne put rien dire mais la prit longuement dans ses bras pour, sinon la consoler, du moins l'apaiser un peu. Tous deux restèrent ainsi un long moment, alors que l'on s'agitait autour d'eux.

Pour ma part, j'étais auprès de Blaise, incapable lui non plus de participer aux actions de sécurité menées par des collègues et les gendarmes, ne serait-ce que pour éloigner les badauds, les voisins, les gens du petit immeuble de trois étages, dont de nombreux avaient tout perdu dans l'incendie, mais du moins étaient-ils en vie. On aimerait se réveiller d'un tel mauvais rêve, s'ébrouer et découvrir la vie autour de soi, comme avant, mais il s'agissait bien de la réalité, la terrible réalité, l'abominable réalité. Une femme s'approcha de Sarah, toujours plongée dans les bras du collègue de Quentin.

— Je suis désolée, bredouilla-t-elle, dans un effort surhumain, j'ai cru que mon fils était toujours devant la télé mais le temps d'aller chercher mon sac dans la chambre, il était sorti en courant et je ne l'ai pas vu passer. Ensuite, je l'ai appelé, il n'a pas répondu tout de suite, alors j'ai paniqué… Je suis vraiment désolée, vous savez, je ne pouvais pas…

— Désolée, désolée, hurla Sarah en se redressant, sans pour autant quitter la protection de l'épaule de Yannick, et je dis quoi, à ma fille, moi, quand elle va réclamer son père ? Je deviens quoi, moi, maintenant ? Comment je vais l'élever toute seule, ma môme, tout cela parce que vous n'êtes pas capable de surveiller votre gamin. Désolée, désolée, c'est trop facile, ça…

— Arrête, Sarah, cela ne sert à rien, tenta d'expliquer Yannick pour raisonner la compagne de son pote disparu, le mal est fait, le drame a eu lieu, c'est ce putain de destin qui a encore frappé, c'est la fatalité, juste la fatalité contre laquelle on ne peut rien. En vouloir à cette femme ne nous rendra pas Quentin.

Sarah quitta les bras de Yannick pour errer dans le périmètre, sans voir personne, perdue entre pensées assassines et pulsions destructrices, assommée par le choc, les yeux perdus dans le vide, à bout de nerfs. J'aurais aimé trouver les bonnes paroles pour tenter de la consoler juste un tout petit peu, mais elles ne venaient pas. Un bon père aurait certainement su prononcer la bonne parole, le geste adéquat, le mot juste. Pas moi. J'étais tétanisé comme jamais, totalement démuni. Je tentais de capter son regard, mais elle ne me voyait pas. Elle était perdue, quelque part ailleurs, dans un monde pour les personnes qui viennent d'encaisser un énorme choc, bien loin des réalités matérielles et des gens, bien vivants, qui l'entouraient. Puis son regard accrocha celui de Blaise et elle s'approcha de lui, visage hirsute et regard halluciné.

— Zeb, que vais-je devenir ? Pourquoi cela m'arrive à moi ? Il n'avait pas le droit de me laisser seule, Quentin. Et Pauline, elle a besoin de son père, il doit absolument revenir…

— Tu vas devoir être encore plus forte, Poupette, mais je ne t'abandonnerai pas, bredouilla Blaise en la serrant très fort, le front posé sur celui de ma fille. Et Pauline, c'est ma filleule, tu sais bien que je fais tout ce que je peux pour elle, j'en ferai encore plus. Un parrain, cela doit servir dans ces moments-là. Je serai présent pour la protéger, pour prendre soin d'elle, je te le jure. Bien sûr, je ne suis pas son père, personne ne remplacera son père qui est mort en héros, mais je ferai de mon mieux pour que personne ne lui fasse jamais de mal.

— Tu ne me laisses pas tomber, toi, hein ?

— Tu sais bien que non, Poupette, et je te promets que je ne te décevrai pas, j'ai grandi, j'ai mûri et je te soutiendrai le mieux que je pourrai pour que Pauline ne souffre pas de l'absence de son père. Enfin, qu'elle n'en souffre pas trop… Et ton père aussi, il sera toujours là pour toi.

— Oui, bien sûr, mon papounet, il sera toujours là pour moi, bredouilla Sarah, en reniflant, un peu plus apaisée dans les bras de Blaise… Tout ce bonheur, c'était trop beau, je le savais bien, ça ne pouvait pas durer ! Si seulement j'avais ma mère pour me consoler, elle seule pourrait comprendre ce mal qui me brûle de l'intérieur, qui me dévore, qui me consume… Maman, pourquoi tu ne me réponds jamais ?

FIN

Plomelin, février 2021

125, Vieille Route de Rosporden - 29000 Quimper
E-mail : contact@editionsalainbargain.fr
Site Internet : www.editionsalainbargain.fr

Dépôt légal n°1 - 2e trimestre 2021
ISBN 978-2-35550-810-3 - ISSN 1281-7813
N° d'impression : 103799
Imprimé en France